豪門守灶女

7

完

文創風 108

玉井香 著

目錄

人物簡介

(註：此人物簡介主要以文中較為重要的焦家、權家、楊家為主，幾個頗常出現的重要人物則歸為其他；焦、權兩個家族主要以主子所居住的院落來作為劃分；主子的名字或頭銜有加上外框，餘則為較有臉面的奴僕、丫鬟等。)

焦家

★焦閣老權傾天下，但焦家崛起不過三代，是連五十年都沒過的門戶。焦閣老母親八十大壽當日，黃河改道，焦家全族數百人全死於惡水中，人丁變得極為單薄。

焦　穎：即焦閣老、焦老太爺，為內閣首輔，相當於宰相之位。
有一妻二妾，頭四個兒子都是嫡出。除四子外，其餘子女皆死於惡水中。

焦　鶴：焦府大管家。焦閣老最為看重、信任之人。

焦　梅：焦府二管家。後跟著焦清蕙陪嫁到權家當她的管家。

焦　勳：焦鶴的養子。眉清目秀、氣質溫和，是個溫潤如玉的謙謙君子，焦家一手栽培起來，頗有才幹之人。和焦清蕙一起長大，原本內定要和她成親，在她出嫁前被外放出焦府。

▼【謝羅居】

焦　奇：焦閣老四子，人稱焦四爺。惡水後身體即不好，拖了多年亦病逝。

焦四太太：焦奇元配，育有一雙子女，皆死於惡水中，
腹中胎兒亦因過於悲痛而流產。心慈、不愛管事，對任何事皆不上心。

綠　柱：焦四太太的首席大丫鬟。

▼【南岩軒】

三姨娘：溫和心善，惡水時四太太找人救了她，此後就一心侍奉四太太。

符　山：三姨娘的首席大丫鬟，一心向著焦清蕙。

四姨娘：四太太的丫鬟出身。亦是溫良之人。

▼【太和塢】

五姨娘：麻海棠，出身普通，因生下焦子喬，在焦家地位突升，頗有一人得道，雞犬升天之勢。為人短視近利，手段粗淺。

透　輝：五姨娘的貼身丫鬟。焦老太爺安插在太和塢中給他遞送府中消息之人。

焦子喬：小名喬哥，焦奇的遺腹子，焦家獨苗。

胡嬤嬤：焦子喬的養娘、焦梅的弟媳。和五姨娘關係極佳。

堇　青：府裡最大的一個使喚人家族姜家的一分子。

▼【自雨堂】

焦清蕙：小名蕙娘，三姨娘親生之女，焦家女子中排行十三。
從小作為守灶女將養起來的，才智心機皆非一般，頗有手段。
婚前莫名其妙被毒死，幸運重生後作風一變，一心要找出凶手。

綠　松：蕙娘的首席大丫鬟，貌美。蕙娘親自從民間簡拔上來、從小一起長大的，
唯一敢勸諫主子之人。

石　英：焦梅之女。頗有能耐，算是綠松之下的第二人。

瑪　瑙：布莊掌櫃之女。專為蕙娘裁製衣物。

孔　雀：蕙娘的養娘廖嬤嬤之女。清甜嬌美，性子孤僻，一說話總是夾槍帶棒的。
專管蕙娘的首飾。

雄　黃：帳房之女。焦老太爺安插在自雨堂中給他遞送府中消息之丫鬟。陪嫁後為蕙娘管帳。

石　墨：姜家的一分子。專管蕙娘的飲食。

方　解：貌美，專管蕙娘的名琴保養。

香　花：貌美，專管蕙娘的妝容。

白　雲：知書達禮，琴棋書畫上都有造詣，但生得不大好看。

螢　石：專管著陪蕙娘練武餵招的，因怕蕙娘傷了筋骨，還特地學了一手好鬆骨功夫的。

廖嬤嬤：蕙娘的養娘。

▼【花月山房】

焦令文：小名文娘，四姨娘之女，非親生，焦家女子中排行十四。對蕙娘又妒又愛。
嫁給祖父的接班人王光進的長子王辰為繼室。

雲　母：文娘的首席大丫鬟。性子太軟、太溫和，無法拉得住主子。

黃　玉：姜家的一分子。還算機靈，會看人臉色，可有眼無珠，看不到深層去。
性子輕狂，老挑唆文娘和姊姊攀比。

藍　銅：焦老太爺安插在花月山房中給他遞送府中消息之丫鬟。

權家

★良國公是開國至今唯一的一品國公封爵，世襲罔替的鐵帽子，
在二品國公、伯爵、侯爵等勳戚中，一向是隱然有領袖架勢的。
權家極重子嗣，且承襲爵位的不一定是嫡長子，因而引發世子爭奪戰。

▼【擁晴院】

太夫人：喬氏，良國公之母，府中輩分最高者。三不五時就吃齋唸佛，不愛熱鬧。
較偏心長孫權伯紅，希望由他當世子承襲國公位。

▼【歇芳院】

權世安：良國公，看似不問世事，實際上深藏不露。

權夫人：繼室，與丈夫兩人較看好權仲白當世子，偏偏二子愛自由、不受控，
故千方百計娶進焦清蕙，希望能治一治他。

雲管家：良國公府的總管，與良國公之間有不可告人之秘密。

▼【臥雲院】

權伯紅：元配生，與妻子成婚多年，頗為恩愛，卻一直生不出孩子。
為人熱情，面上不顯年紀。喜愛作畫。

林中頤：永寧伯林家的小姐、皇帝好友林家三少爺林中冕的親姊姊。
林氏看似熱心，其實一心希望丈夫成為世子，但苦於生不出孩子，
眼見二房娶媳，只得趕緊抬舉身邊的丫頭當丈夫的通房，以求子嗣。
巫　山：本為林氏的丫鬟，後成了權伯紅的通房，懷孕後抬為姨娘。
福壽嫂：大房林氏的陪嫁丫頭出身，是林氏身邊最當紅的管事媳婦。

▼【立雪院】

權仲白：元配生，字子殷，聞名於世的神醫，帝后妃臣皆離不開他。
為人優雅，性喜自由，淡泊名利，講話直接、不愛打官腔，
但實際亦是很有城府之人，只是不愛爾虞我詐的算計。
前兩任妻子皆歿，本不願再娶，婚前親口向焦清蕙拒婚，
未果。與蕙娘道不同不相為謀，不喜她的個性，
兩人一路走來，磨擦不少。
達貞珠：達家三姑娘，小名珠娘，權仲白的元配。是權仲白真心喜愛
並力爭到底娶進權家的，可惜過門三日便因病而逝，權神醫來不及救。
焦清蕙：京城中有名的守灶女，一舉一動皆蔚為風潮。
張管事：是二少爺權仲白生母的陪嫁，也是他的奶公。
張養娘：二少爺權仲白的奶娘。
桂　皮：權仲白跟前最得力的小廝，母親是少爺張養娘的堂妹。
精得很，頗會拿捏二少爺。娶石英為妻。
當　歸：權仲白的小廝，人品人才都好，隻身賣進府裡服侍的。娶綠松為妻。
甘　草：權仲白的小廝，張奶公之子，為人木訥老實、不善言辭，但心地好。娶孔雀為妻。
陳　皮：權仲白的小廝，人品人才都好，一家子在府中各院服侍的都有。
註①：蕙娘在焦家時的一群丫鬟亦陪嫁過來權家了，此不再複述。
註②：二房在香山另有一個先帝御賜給仲白的園子【沖粹園】，兩邊都會居住。

▼【安廬】

權叔墨：權夫人所生，為人嚴肅，是個武癡，對兵事上心，對世子位沒興趣。
何蓮生：小名蓮娘，雲貴何總督之女。極機靈，是個見人說人話、見鬼說鬼話，
看碟下菜的好手，亦希望丈夫成為世子而努力想掌府中事務。

▼

權季青：權夫人所生，膚色白皙、面容秀逸，甚至還要比權仲白更英俊一些。
為人沈著，為達目的不擇手段，是個深藏心事之人。
對生意、經濟有興趣，亦學了些看賬、買賣進出之道。
覬覦二嫂焦清蕙，一心希望她與之攜手，共謀世子位。

▼

權幼金：年紀極幼，通房丫頭喝的避子湯失效，意外生下的。

▼

權瑞雲：權夫人所生，權家長女、楊家四少奶奶，丈夫楊善久為楊家獨子。

▼【綠雲院】

權瑞雨：權夫人所生，權家幼女，熱情活潑。後嫁至東北崔家。

楊家

★楊閣老是焦閣老在政壇上的死對頭，兩派人馬纏鬥多年。
皇帝一手提拔起來的人，預備等焦閣老辭官退隱後，接任他的首輔之位。

楊海東：即楊閣老，字樂都。有七女一子。

楊太太：楊海東元配。

楊善久：楊家獨子，與七姊楊善衡為雙胞姊弟，妻子為權瑞雲。

孫夫人：嫡二女，定國侯孫立泉(皇后的哥哥)之妻。

寧　妃：庶六女，皇帝寵妃之一。

楊善衡：庶七女，又名楊棋，人稱楊七娘，是楊善久的雙胞胎姊姊，
嫁給平國公許家世子許鳳佳為繼室(元配是楊家嫡女五姑奶奶，產後歿)。

楊善桐：嫡三女，與楊善衡是一族的堂姊妹，兩人關係頗好，小桂統領桂含沁之妻。

楊善榆：是西北楊家小五房的三少爺，與權仲白有深厚的情誼。
不喜四書五經，卻對工巧奇技愛不釋手，也喜歡擺弄火藥，奉皇命在研製火藥。

其他

封　錦：字子繡，朝廷特務組織燕雲衛的統領，極為俊美，是皇帝的情人。

桂含春：嫡子，亦是桂家宗子，字明美，為少將軍，妻子鄭氏乃通奉大夫嫡女。
為人溫文爾雅，頗能令人放心。

桂含沁：偏房大少爺，字明潤，小桂統領、小桂將軍皆指他，
世人亦愛戲稱他「怕老婆少將軍」。心機深沈、天才橫溢。
把太后賞的宮女子賣到窯子裡而大大地得罪了太后，結下宿怨，牛李兩家遂成仇人。
是和皇帝一同長大的好友。

許鳳佳：許家世子，字升鸞，是一名參將。
先後娶了楊家的嫡女五小姐及庶女七小姐。
是和皇帝一同長大的好友。

吳興嘉：戶部吳尚書之女，嫁牛德寶將軍的嫡長子為妻。
焦清蕙及焦令文的死對頭，老愛和焦家姊妹相比，
卻每每敗下陣來，唯有在「元配」的頭銜上
勝過「續弦」的兩姊妹。

牛德寶：太后娘娘的二哥，也掛了將軍銜，雖然不過四品，
但卻是牛家唯一在朝廷任職的武官，前途可期。

張夫人：阜陽侯夫人，伯紅、仲白的親姨母。

太后 娘家：牛家。

太妃 娘家：許家。

皇后 娘家：孫家。

寧妃 娘家：楊家。

焦家人物關係表

閣老首輔 焦穎 —— 四子 焦奇

元配 四太太（子息皆歿）

三姨娘 —— 十三姑娘 焦清蕙（權家二少奶奶）

四姨娘 —— 十四姑娘 焦令文（王家大少奶奶）

五姨娘 —— 十少爺 焦子喬

權家人物關係表

太夫人 —— 三子良國公 權世安

元配 陳夫人（歿）
- 長子 權伯紅
  - 元配 林中頤 —— 長子 栓哥
  - 姨娘 巫山 —— 長女 柱姊
- 次子 權仲白
  - 元配 達貞珠（歿）
  - 繼室（歿）
  - 繼室 焦清蕙 —— 長子 歪哥、次子 乖哥

繼室 權夫人
- 三子 權叔墨
  - 三媳 何蓮生
- 四子 權季青
- 長女 權瑞雲（楊家四少奶奶）
- 次女 權瑞雨（崔家大少奶奶）

姨娘 —— 幼子 權幼金

第一百五十九章

不論良國公存了什麼心思，既然把這樁差事應承了下來，那就沒有不辦的道理。雖說蕙娘現在身子沈重，又有許多俗務要忙，只能和幾個掌櫃略微攀談幾句。

互相認識過了，那幾個掌櫃便告辭了出去，都道：「近日要在沖粹園叨擾了，少夫人有空，儘管傳我們來，我們別無他事，只供您的驅策。」

蕙娘自然也笑著一一招呼過了，令幾個隨身大丫鬟將他們送走，自己這裡留下管事張奶公來說話，卻不忙著步入正題，先讓歪哥出來給張奶公看看。

張奶公自然也是喜愛至極，把他誇了又誇，只唯有一個遺憾。「可惜，孔雀和甘草去了南邊，不能做二郎的養娘了，不然，我們張家幾代都服侍『二少爺』，那是何等的緣分和福氣。」

蕙娘深知張奶公的意思，便微笑道：「奶公只管安心，少不得他們的前程。我看，他們也快回來了，二郎趕不上，還有三郎嘛！」

輕輕巧巧一句話，便把張奶公哄得眉開眼笑，給蕙娘說起這些掌櫃的出身，自然就更盡心盡力了。他是權仲白生母陪嫁裡唯一一個如今還在外院做事的管事，管的又一直是同和堂、昌盛隆等諸般藥草生意，對同和堂的人事自然極為熟悉，這時候給蕙娘說起那十餘人，頭頭是道，比花名冊上那乾巴巴的幾句話要仔細得多了。

「這個董三，是昔年老太夫人的陪嫁出身，如今繁衍到第三代了，自然早失卻了主子的歡心。他也算是有些能耐，在同和堂蘇州分號，先從幫閒做起，後因伶俐，轉了管事，這二十多年來勤勤懇懇，現在也是蘇州分號的二掌櫃了。」

一個蘇州分號的二掌櫃，在蕙娘眼裡自然無足輕重，但在一般蟻民眼中，已是可堪誇口的富貴了，一年的進項，也有近五百兩銀子。當然，這和同和堂一年創造的利潤比，又是個極小的數字。別的不說，只說同和堂這幾次失去的藥材，因全是南方運來的奇珍，已有數萬金了。他就從中分潤一成，那也是七、八年的進項，並且還只需要動動嘴皮，再沒一點風險。

蕙娘「嗯」了一聲，道：「他看著倒是挺老實的。」

剛才一群掌櫃的圍觀蕙娘，唯獨董三並其餘兩人很是謹小慎微，對同伴們的傲氣有不以為然之態。蕙娘心裡自然有些計較，她又細細地問了張奶公那些掌櫃的出身，卻是各自不一，有些是東北老家隨來的族人，在京城繁衍出來的，雖然已經出了五服，但還算是個親戚，投入同和堂中做事，也因為自身勤勉，便做到了高層；還有些是賣身進來投靠的，因粗通鑽營之道，經過十多二十年的琢磨，也就成功上位，放出去做了管事；更有些是外頭禮聘回來沒有契約的掌櫃，出身、年紀、性格都各自不一。最好笑是還有綠松的新婚夫婿當歸在，他是京城三分號的四掌櫃：此事雖然按說只和南邊分號有關，但良國公倒是也不管這個，一股腦兒把南北掌櫃都給調集過來了。好在南邊都調的是二掌櫃、三掌櫃，大掌櫃便不去動，免得蕙娘這裡身子有變，耽誤了生意，又白折騰。

要從這些張三李四之輩裡，揣摩出兩個真正的內奸，自然並不太容易——這兩撥人，南邊的那一群，品級都不高，三掌櫃、四掌櫃，甚至是寫帳的都有，想來那個溝通強人的小內賊，估計就在裡面了。北方的官比較大，都是二掌櫃為主，京城東城最老的那個鋪面，幾個掌櫃竟全都來了。這也不算太出奇，因為東城鋪面，如今已經不做零售了，發賣往北方各地藥房的材料，都在他們家集散，昌盛隆自然也不例外。

這一樁差事，要如何才能辦得漂亮？自然是借查小，不動聲色地查了大，把權季青在同和堂內部的這條線神不知鬼不覺、完完整整地挖出來，人證物證俱全地送到良國公跟前去，由他來發落。而後再把那小內奸也當個添頭查出，順帶著震懾收服了這些管事，再順理成章地在同和堂裡安插下自己的人手。但如今權季青起了警戒，他又不是傻的，哪還不知道抹去證據？這物證，也只能從人證手裡來找了。

蕙娘一時有幾分頭疼，撐著腦袋想了半日，才把張奶公給打發了，又喊綠松過來。「這些管事，個個都不是省油的燈，有些倚老賣老，倒有點看不起我的意思。我們年前沒工夫管這些事，我身子漸漸沈重，也不便再和他們相見，妳要好生照管，細心聽他們私下的抱怨，別讓人覺得自己在沖粹園，連年都過不好。」

綠松心領神會——這沖粹園上上下下，被蕙娘經營得水都潑不進來，沒有哪一個下人和她是不貼心的，全都盼著她好。

只要綠松使眼色，不出三天，這些先生們平時誰放屁多些，蕙娘都一清二楚。縱然這些先生們，私底下也有幾分小心，不敢隨意勾搭，就有話說，也要尋了背人的去處，但沖粹園裡的每一雙眼睛，幾乎都是蕙娘的眼睛，綠松又加意選了機靈聰慧的僕婦進去，面上裝著憨傻，私底下耳朵卻豎得老高，有時實在聽不到，也要告訴綠松、石英，某先生和某先生老湊在一起說話云云。

至於蕙娘，每天抱著歪哥玩耍的時候，玩笑般聽兩個大丫頭說著這些人的故事，半個月下來，心裡對各人的為人多少也都有數了。要知道任何一個人，躲得過一雙眼睛的探看，那也很自然，但若能躲得過十個人、二十個人的探看，那他也就不會來圖這麼幾千兩銀子的富貴了，早都裡應外合，做一筆大的走人，哪裡要這樣小打小鬧？

自然，這針對的是南邊來的那些小雜魚們，蕙娘心裡其實已經暗暗地疑了幾個人，只是這件事在她看來，實在不大，就是要借它的遮掩來查權季青而已。再說，桂家那支私兵，到手不過幾個月，差事也才辦好了一趟，就是要收攏人心，也要給她一點時日去布置。因此在過年之前，她根本就沒提這查案的事，一面養胎，一面照管宜春的生意，終於在大年二十七，宜春眾人也都回家過年去了，喬大爺自去城裡和他親眷一道兒，沖粹園內，便只剩下這一群心思各異的掌櫃、管事們。

這天已是大年三十，蕙娘自然無暇照管他們，權仲白素性瀟灑，對這樣的節日也不大看重，反正他素來也不需要新年大朝。園內過年的氣氛並不大濃，幾個管事們至此，終於有些思鄉了。

比較不老實的耿管事嘀咕道：「一年也就那些假，今年過來京城，住了一個月，拘束得很，等閒也不許出去。我家裡就老婆、孩子幾個人，少了我，也不知今年怎麼措辦的年貨！」

這話出來，本來定當惹來一片贊同聲，可在座的也都是老江湖了，俱都淡淡的不多搭理。

眾人枯坐無聊，因怕給東家留了壞印象，也不能賭錢取樂，這起人有些便說起生意「今年南邊生意不大好，北邊生意如何？」、「那年生意最好時，忙得團團亂轉……」，有的便在呆坐，總之各自就是個無聊。

這麼挨到了中午，沒想到二少爺身邊最有體面的小廝桂皮、陳皮這兩層皮，伴了少夫人身邊最有體面的焦梅大管事、姜福管事，並廖養娘的丈夫廖奶公等一道進來，俱都笑容滿面，拱手道了新喜後，互相邀著去到花廳裡，那裡已預備了酒菜，都是上等好菜，用料與外頭不同，格外名貴不說，就是擺盤也都好看。

焦梅笑道：「少夫人這一陣子，實在是忙，再說，也是保胎要緊。今日少爺難得有空，便不放他出來了，請各位管事切莫責怪。倒是特地請她隨身的大師傅給預備了好酒菜，親自調養的小戲班子預備了崑曲，大家吃酒做耍，也熱熱鬧鬧地過個新年。」

宰相門前七品官，這五人別看都有賣身契，算是奴籍，可平日裡結交的那都是大掌櫃同總帳房的一流人物，如今都來陪客，眾人還能多求什麼？全都露出笑來，好來好去，連聲說：「理會得、理會得！倒是耽誤了你們回家團聚！」

「越是新春日子，主子哪裡離得開我們？」

焦梅和桂皮兩翁婿，都是必要時很會交際的人，兩人一搭一唱，酒過三巡後，眾人已都是意興高昂，靠在花廳中看小唱歌舞。那些南邊來的管事，哪個不是目眩神迷，只恨不得把這見識到的富貴描摹成一幅圖，回去也好向人誇耀。

焦梅乃是海量，幾盅酒醉不倒他，反而使他更為精神，因平時出來交際的也都是他們這幾個，大家早就混得熟了，此時便衝南邊來的小管事們笑道：「別看我們平日裡似乎也有些威風，其實這都不作數的。主子一個眼色，膝蓋骨說沒就沒，跪下來磕頭人家都嫌你磕得太響，吵著清靜呢！倒還是在鋪子裡做管事好，雖說也難免受氣，但總是比我們這些奴僕受尊重些。」

他這麼一說，管事們口中雖然謙讓，但心底自然是開心的，彼此望了一眼，各自都有些赧然。

董三說：「一樣是為了掙錢受氣，這樣直接舔吃主子們手縫裡漏下來的，那是要比我們還好得多了。」他也是多吃了幾杯，不免就問：「焦總管一年，進項不少吧？」

焦梅嘆息道：「也是我們家少夫人手鬆，又寵愛我女兒石英，我們家一年進項，多半還是仗著她在主子跟前賣巧得來的那些賞賜。再有，便是我們家一家數口，都在府中做事，沒什麼閒人。」他終究也是面有得色，指著桂皮笑道：「他這小廝，平時也得貴人賞賜。一家幾口，一年拋開主子賞的貴重物事不算，單是現銀，也能見到四千兩吧。」

就連北邊的大掌櫃，都有幾個「噺」了一口氣。

董三聽得目瞪口呆的，涎水都要流下來了，就和焦梅算道：「我家裡也是有人在府裡服侍過的，當時在老太夫人跟前，也算是得意呢，一年能有個一百兩，都是主子開恩了！」

焦梅笑而不語，倒是石墨的父親姜福道：「焦總管怎麼能一樣呢？他管著宜春票號的事呢，進項那是多的。我們一般管事，也沒那樣多。」

董三吃多了酒，便又去糾纏姜福，問他一般管事年入幾何？

姜管事還沒說話，桂皮已道：「董大哥你是看著錢的好，沒看著掙的難。我們家家法最嚴厲了，別看少夫人天人也似的，脾氣又似乎很慈悲，可惹了她一個皺眉，轉天便再見不到了。」他衝廖奶公道：「就像奶公你那大姑娘孔雀……」

提到孔雀，不免有人露出關注神色，眾人卻都似乎未看見，廖奶公只皺眉道：「大節下的，再別說了。孔雀和甘草，幾乎丟盡了我們兩個養娘家的臉面，好在少夫人還念點舊情，不然，幾乎全家都要被發賣到海外去了！」

發賣到海外，在當時來說，是何等可怕的前程？眾管事都有幾分色變，便覺得焦梅那話，也不是說假了。一個是少爺的奶兄弟，一個是少夫人的奶姊妹，少夫人一個不悅，也就發賣出去了。真是做人奴僕，命都不是自己的！

只有董三並另兩、三個小管事，倒都不以為然。董三平時多麼謹慎小心的人，話也不多說一句，不料吃了酒就和換了個人似的，因笑道：「只是發賣海外罷了，富貴險中求嘛！少夫人金仙般尊貴的身分，脾氣大了點，也不算什麼！」

陳皮也笑著說：「就是、就是！少夫人什麼身分，能看得上我們服侍，是我們的福分呢！」

北邊幾個管事也是久聞蕙娘的名聲了，此時酒多了，話也多，京城分號的大掌櫃不免笑道：「我們平時私底下也想，少夫人嬌滴滴的一個小姑娘，如何能把那上億的資財給操弄於股掌之間？說句大話，似她這個年紀，多得是主母連個沖粹園都管不過來，凡事都聽僕人的擺布呢！怎麼聽幾位管家的說法，少夫人竟是洞明燭照，天生的英才，從沖粹園到國公府、票號，都沒人敢和她說個『不』字？」

話已是套出來了，焦梅便不肯多提蕙娘，他矜持地一笑，悄悄改換了態度。「唉，這就是本事了，她有這個本事，我們做下人的只有欽佩，私底下卻議論不得。」

大掌櫃還不死心，又隨指些家裡瑣事來問焦梅等人。「就說這家中處處妥當，真是皇宮後苑也不過如此了。老朽前些年來到沖粹園見二少爺，還遠不是這樣的景象呢！這都是出於少夫人的點撥？」

桂皮「嗤」了一聲，指著當歸，懶洋洋地道：「他的媳婦就是少夫人身邊得力的綠松，讓他來說吧！」

當歸面皮白淨，看著溫文爾雅，他出身權仲白小廝，又娶了綠松，對沖粹園人事當然熟悉，因便含笑道：「這些起居瑣事，哪裡消得少夫人費神？自然有人為她安排好了。若要她自己費心安排，那還叫什麼富貴呢？這些為她安排的人，有心腹丫頭婆子管著，就好比大總管、姜管事手底下，便有許多人，內院幾個心腹丫頭手底下也有許多人，少夫人只將這些心腹管緊了，不時抽查提點，沖粹園自然事事分明。票號、商鋪、還有朝中好些事，都在少夫人自己心腹之中，無人為她分擔的，只將這形形色色的人管好，便是一門學問呢！」

當歸說這麼仔細，倒是出乎桂皮的意料，他望了當歸一眼，見當歸衝他擠眼睛，這才明白過來：南邊小角色不說，北邊這些大老，個個都有一定的威風，雖說也奈何不了少夫人，但能順一點，自然更好。

他也不必為蕙娘吹噓，只如實道：「少夫人的學問，何止馭人了，只是她懂得的，我們多半都並不懂。我們也算是精靈角色了，平時看世間人都覺粗笨，可在二少爺跟前，有時往往還覺得自己思緒不夠敏捷，二少爺除卻一身風度外，那腦袋真不知是如何轉得那樣快？可在少夫人跟前，少爺有時也被比得粗笨了呢！」

他是權仲白的小廝，肯這麼說，那是顯見二房以蕙娘為尊，他不必擔心得罪了少爺。

幾個掌櫃對視了幾眼，都有些感慨，大掌櫃呵呵笑道：「也是，聽說少夫人門下許多丫鬟，都是蕙質蘭心，各自分管一塊，倒和燕雲衛似的，彼此也不許私下打探，把個家風治理得極是嚴格呢！」

焦梅淡笑道：「宜春票號，那是何等生意，少夫人也是小心從事。」他不肯再說蕙娘，衝廖奶公一使眼色，便又和眾人談些生意經，談談說說、吃吃喝喝，很快便到了新年。

大家放了幾掛小小的鞭炮——怕聲響太大，驚到少夫人——又互相道了新喜，便各自散回去休息了。

第二日早上起來，焦梅等人自然要給蕙娘拜年，焦梅是有心人，去得早，到得屋裡，卻見昨晚在花廳內服侍眾人的幾個丫頭，已給蕙娘拜完年出來了。幾人都有說有笑，雙頰喜得通紅，一眼望見，就知道是得了彩頭。

焦梅忙道：「仔細得意不可外露。」

那幾個丫頭也是機靈人物，立即都將神色掩飾過去了，給焦梅行了禮，這才散去。

焦梅進屋給蕙娘磕了頭，猶豫地道：「雖說少夫人不便勞動，可少爺也應該出來受我們全體下人一拜。」

「我也和他說了，可他不喜歡，便隨他去吧。」蕙娘一邊撫著肚子，一邊若有所思。「就覺得董三有鬼，沒想到還真就是他。這件事是權家的家事，也不便動用我們自己的勢力，你下回進城，給雲管事帶個話，讓他派人起起這董三的底吧。酒後吐真言，這個人的本性，哪有表現出來的這麼老實。」

焦梅自然恭敬地應了，也少不得捧蕙娘幾句。「倒都以為我們是去套話的，見我們只望著酒菜，一個個就都放鬆下來，倒不把那些鋸嘴葫蘆的侍女們當回事了。少夫人雖未見過此幾人，但算得真準。」

以蕙娘手段，若還要耐著性子和這幾人周旋，那她有什麼本事和喬家人鬥？這對她來說根本就不值一提，她只漫不經心地「嗯」了一聲，托著腮想了想，又說：「算啦，進了二月，再給雲管事送信好了。梅叔，我這裡有兩個名字，都是京城分號的掌櫃，你和張奶公打聲招呼，幫我在家裡起起他們的底，辨得隱密一點，主要是看看，他們誰和四少爺有過往來。若都有，和誰往來得頻密？若無，使盤盤他們的親戚家譜。」

焦梅身為大管事，隱隱約約也從石英那裡聽了一點口風來：孔雀失蹤，背後肯定是有文章的。但一個丫頭是死是活，關同和堂那些掌櫃什麼事？恐怕連孔雀是誰，他們都不會知道。他雖未特別留意眾人神色，但眼風一掃，也察覺到自己提到孔雀時，有兩人神色有異，關心雖細微，可瞞不了人——這一幕，看來也沒逃過那幾個小丫頭的雙眼。

「這是出過人命的事，」焦梅想了想，字斟句酌地向蕙娘進言。「又已經四年前了，若是聰明人，什麼人證物證都給毀了去。您新得的那一路人馬，都是江湖漢子，想必也慣有些刑訊逼供的手段……」

這上刑的事，焦家倒不大親自為之，蕙娘身邊的確缺少這樣的人才。她沈吟片刻，便道：「唉，其實這種事，還是衙門裡的人最順手。且先去辦這事，餘下的事，過了年節再說吧。」

把焦梅打發出去了，她自己坐了一會兒，歪哥便來尋母親玩耍，一邊說「新年大喜，長壽如意！」，一邊笑嘻嘻地伸手要壓歲錢。

蕙娘道：「我不是給過你了？你那時自己要睡，只看了一眼就睡過去了。」她果然從歪哥身上摸出一封壓歲錢來。

歪哥玩了玩裡頭的小銀錁子，便覺無味，跑開了又來聽蕙娘的肚子。「弟弟、弟弟！」

蕙娘垂下頭看見兒子神色，不禁微微一笑。她摸了摸歪哥的頭，笑道：「鄉下小子，把你野得都沒規矩了。明年你也得好好學點兒規矩，起碼這個禮，不能這麼行了，我們就要回城裡過年了，別人無所謂，到時候，你祖母未必不挑剔你呢！」

歪哥眨著大眼睛，哪裡懂得母親話裡的意思，只是見母親唇畔含笑，他也不禁傻乎乎地一笑，喊道：「挑剔、挑剔！」

說著，便又扳著母親的肩膀，要和母親說悄悄話。「今早，養娘拿錢，我、我捨不得，藏起來了！」

這個小歪種！

蕙娘不禁啼笑皆非，忙命人去給廖養娘傳話——果然，廖養娘怕銀錁子失落在地上，因小而可愛，被歪哥無意間撿起來吞吃了，正在那裡翻箱倒櫃呢！大年下還折騰出了一身汗，蕙娘要罰歪哥，又被她給護住了。

到了晚上，權仲白聽說了這事，把歪哥說了一頓，可歪哥似聽非聽，把玩著手指，明顯心不在焉。這麼小，又打不得、又捨不得餓，他爹娘都拿他沒辦法。

離開國公府，這個年過得清靜，頭幾天都沒人過來，蕙娘沒回去拜年，城裡幾戶親眷也沒過來給她問好，倒是過了初五，文娘從城裡來看她了！

第一百六十章

自從蕙娘出嫁，她要守大戶人家女眷的規矩，無事不能常回娘家。文娘又很快出嫁做了新婦，兩姊妹也就是四時八節，互相打發人問個好，平時見面的機會並不多。文娘這次得了長輩的許可，帶王辰過來小住幾日，蕙娘自然也有幾分高興。她大腹便便，不便和妹夫相見，便叮囑權仲白好生招待王辰，自己和妹妹到湖邊消閒說話。

姊妹重逢，自然要說些別後的情況，蕙娘不問王辰是否欺負文娘，反倒問文娘：「妳沒仗著身分，欺負王辰吧？」

文娘本來喜孜孜的，挽著姊姊的手臂，就像是一隻馴順的貓兒，聽到蕙娘這麼一說，頓時氣得面色嫣紅，把蕙娘的手臂給甩開了。「哪有妳這樣做姊姊的！又不是丈母娘，還事事都向著女婿呢，就專會和我作對！」

蕙娘在有歪哥之前，滿心裡放不下的也就只有這一個妹妹了，文娘的親事，她作不得主，心頭實在是有些憂慮，最怕就是文娘分不清局勢，不曉得人走茶涼的道理，還要顯擺閣老府千金的威風。王辰欺負文娘，她能為妹妹出頭，可文娘要自己做事不妥當，失去了丈夫的歡心，她在王家處境艱難，她卻幫不到什麼了。

可文娘性子又執拗，這麼一問，沒問出來什麼。她也不著急，只道：「妳這麼厲害，誰能欺負得了妳？連我都只能被妳欺負呢！」便問：「現在一家幾口都住在一處，平時家務，是誰在料理？」

「娘是有年紀的人了，不大願意料理家務。」文娘自然地道。「我和弟妹也都覺得家務事煩瑣，剛過門是弟妹管，我也巴不得，後來弟妹有了身孕，便交到我手上，我也就是個蕭規曹隨罷了，打算等渠氏生產完了，再交回給她。但渠氏老說，自己好不容易才脫出來，看來是不大想再拿回去了。」

王家這兩個兒媳婦說得都好，陪嫁都是一般人家的幾倍。渠家是山西鉅富，虧待得了小女兒和姑爺？就是文娘，除了焦家給的那份顯赫陪嫁之外，蕙娘給她的體己銀子，都抵得上一般富戶的家資了。將來要是沒了錢，衝姊姊開開口，蕙娘哪會讓她空手而歸？王家真正的那點家產，倒是誰都看不上，再加上王時不入仕途，兩房之間真正是沒有一點衝突。王尚書現在要靠焦閣老點撥的地方也有不少，因此文娘只要和王辰處得來，家裡是沒有別人會迫她的。

蕙娘點頭道：「妳不願管家也好，管家是多麼受氣的事兒，侍奉得不周到，反而容易生怨。既然不想管，我給妳出個損招，那就儘快懷個孩子吧，最好是等渠氏生完了，妳再懷上，名正言順就還給她了。」

見文娘低頭不語，她有些狐疑，心裡打了個突，低聲道：「怎麼，難道妹夫他——妳可不要不好意思，這種事，早治了就好了，妳姊夫的針灸秘術，可不是玩的。」

文娘抬頭看了看姊姊，又思忖了片刻，才噗哧一笑。「妳想到哪裡去了！」卻不提生孩子的事，而是和蕙娘閒聊。「宜春最近可不太平，現在朝廷就說兩件事，第一件是爭論要不要繼續派船出海，第二件就是朝廷要入股大商家，說……說是要監管什麼的，我也鬧不明白。聽辰哥講，因為宜春剛和朝廷做了一筆生意，現在大家眾說紛紜，都說宜春就是第一戶要被入股的大商家，已經是被朝廷給馴服了。渠氏當著我的面，沒說什麼，可聽她的口風，渠家對這件事很是不滿意呢！這些事，妳心裡有數嗎？」

從前的文娘，哪裡會管這些事？到底是出嫁了，就算家庭和睦，也漸漸地就懂事起來。蕙娘笑道：「說我強過妳，妳總是不信，現在明白了嗎？為什麼我是妳姊姊，不是妳妹妹，這都是有來由的。」

文娘細細審視了一番蕙娘的神態，也不禁點頭嘆道：「我聽著都覺得暈呢，妳卻是胸有成竹……看來，就連國公府的事都難不倒妳。也難為妳，大著肚子，還要操這麼多心。」

她又好奇地問了蕙娘一些生產上的事，蕙娘自己怕痛、怕死，只盼著快快地生了兩、三個兒子，便不再生產了。但她卻更怕文娘不生，因此只是輕描淡寫地說了些瑣事而已，真正有多痛，都推說不記得了。

文娘難得來城外消閒，對沖粹園也是有幾分嘆為觀止的，又有點羨慕蕙娘。「就妳福氣好！沖粹園裡，也埋了這樣的管子，用水多麼方便？我和渠氏說了自雨堂的事，她山西人的性子，也想要在我們自己家裡鋪陳一個。可尋訪了半日，都找不到當時的匠人了。我們自己要尋人來做，都道這不是一般人能做的活計，不然萬一漏水，修都麻煩。渠氏還說，讓我問問妳，宜春得的那些西洋工匠，有沒有會這一樁手藝的？不是當時我們家做這個工程，也說是西洋傳來的？」

「再別說這個了！」蕙娘笑道。「別看西洋來的香水好，寶石也漂亮，那邊人過的也不知是多骯髒的日子呢！鄉間還好些，城裡簡直和個大糞池子似的，我們這裡還有人來收納夜香，他們是直接就從窗裡傾到街上去，所以一般仕女出門，要穿高跟鞋、打傘，就是這個道理了。那些西洋來的匠人見到京城，簡直覺得和他們說的天堂一樣。孫侯船隊上的幾個通譯，回來了都說，再不去那鬼地方了。」

文娘聽得幾乎作嘔，又有點獵奇的興奮。「那要這麼說，這香水也是為了遮掩味道不成？」

「怎麼不是？據說他們法國宮廷的人，一年也不洗一次澡，頭髮裡爬著蛆呢！」蕙娘說得自己也有點噁心了，捂著嘴道：「從前只知道和西洋人做生意，倒是不知道他們這麼野蠻，蠻子蠻子，說得真是不錯。」

兩姊妹打開話匣子，文娘便纏著蕙娘問她聽到的西洋軼聞，還有那些西洋工匠的用處。蕙娘畢竟做這麼大的生意，方方面面的消息，收到的比文娘多些，隨口一說就是一個故事，倒是那些西洋匠人的事，她沒和妹妹說——文娘年輕嘴快，要是一時失口被渠氏聽去了，那就是是非。

姊妹倆說了軼聞，又說些吃穿上的事，並閨中姊妹們的近況。文娘不比姊姊，從小養得十分嬌，她是沾著蕙娘的光享用了一番富貴，卻到底不如蕙娘那樣，色色都是上好頂尖，後來定下親事以後，蕙娘實在怕她被養嬌了，在婆家要生事，便和四太太說起，斷了她那些過分奢侈的享用。她又沒有一個誠心要為難的妯娌，因此在王家也不覺得日子有多難過，吃穿用度上雖然有些不滿，但少少花用自己的陪嫁，也就補回來了，在這方面，倒是沒和王辰起什麼衝突。蕙娘又給她預備了好些名貴的首飾，只平時不好隨意發送，便趁著這一次擺出來給她挑選。

文娘還道：「孔雀成了親，就換作她妹妹海藍來看庫房，等海藍成了親，我看妳怎麼辦。」

兩人便說起從前眾姊妹成親後的境況，文娘有點唏噓。「現在最得意的，倒是當時最丟人的吳興嘉。她出嫁時，多少人看她的笑話呢，現在這些人的夫婿和婆家，也沒誰比得上她。雖說妳還是穩壓她一頭，可妳是續弦，她到底是高妳一頭……」

蕙娘心頭驀地一動，卻並不多問：文娘擺明了是不想添她的心事，她就是問了，這個倔姑娘也不會說的，反而可能徒增警戒。

等兩姊妹吃完晚飯，文娘回去歇息了，她方才把綠松喊來。

綠松不用她問，便道：「和雲母說了一早上的話……十四姑娘在夫家，的確是沒受什麼委屈，不論婆婆還是妯娌，都是互抬互愛，日子過得很和睦。」

王家的本色，蕙娘也是看出了幾分，現在王尚書還在養望，很需要焦閣老的力挺，怎麼會得罪老太爺的孫女兒？對這些親戚的態度，她並不看重，而是有幾分憂慮小夫妻的感情。「姑爺對她如何？雲母可說了沒有？我聽文娘的意思，也許王辰是有點懷念元配……」

綠松微微一怔。「這應該不至於吧？姑爺為人守禮大方，是個謙謙君子，人很沈靜。對十四姑娘一直是很客氣關懷的，沒聽說兩夫妻有什麼吵嘴的事兒。雲母說起來都是讚不絕口，覺得十四姑娘頂有福氣呢。您看這都一年了，也沒抬舉什麼通房，怕是就有懷念前人的意思，那也是題中應有之義，並未過分吧？」

一個人只要不太薄情，對於自己過世的妻子肯定都有懷念之意，如果轉頭就拋到腦後去了，這樣的人將來當然也可以毫不留情地把如今的妻子給拋棄。蕙娘的擔憂，對下人是沒法說的，她只盼著王辰倒真和他爹一樣，只看文娘靠山硬，便一輩子都待她好，永遠都別露出猙獰的面目來；又或者人真愚笨些，沒看出這是他家裡人的安排，兩夫妻糊糊塗塗，也就這麼過下去了。至於王辰元配是自然過身這事，她是不敢去奢望了。

蕙娘聽綠松的回話後，依然未能展眉，綠松察言觀色，第二日又和雲母嘀咕了半天，回來便和蕙娘道：「兩夫妻有說有笑，很少紅臉。姑爺剛剛入仕，又要幫著父親參贊政務，是忙了一點，但有空就回來，能抱怨的地方並不多。」

一般丈夫能做到這樣，已經很不錯了，不是人人都和權仲白一樣，追求什麼性靈相合的，大部分夫妻還不就是這麼平平淡淡地過了一生。性靈是什麼？多少錢一斤？

但蕙娘心裡，依然有些芥蒂，便問權仲白。「你也是見過王辰幾次了，覺得他這人如何？」

權仲白有點吃驚。「人也還成，就是一般官宦人家子弟的模樣。才具嘛暫時沒大看出來，性子還好，似乎比較和氣沈穩……並沒有什麼可說之處吧？」

連他都這樣說，蕙娘也只能覺得是自己多慮了。要知道他們這樣的人家，除非是蕙娘這樣，平時不喜人在跟前礙眼，又很注重保密的，否則主子的生活對於大丫頭而言根本就沒有秘密。雲母和權仲白都未看出不同，可見王辰和文娘之間，就有問題，應該也並不大。

送走王辰夫妻後，整個正月並無別事，無非是喬家繼續賣貨、朝廷繼續風波，不過，從承平元年開始，朝中平靜的日子一直都並不多，人們也都慣了這風起雲湧的局勢。

蕙娘已有五個月身孕，漸漸開始又有血旺之兆，好在此時沖粹園已經不同往日，園外有羽林軍，甲一號有王家兩位供奉，她的吃用之物也都經過重重把關，就是權季青要先下手為強，把她滅口，也有鞭長莫及之嘆。她只是安心養胎，這裡驅策著幾支力量為她辦事，一支已於年前出發，去往肅南放長線，他們本來就是西北出身，又都老於江湖，現在回到老家，化整為零地滲透進去，也無須蕙娘多作擔心；還有一支，平日裡都化了妝跟在權季青身後，不過到目前為止，還未能抓出什麼破綻。

至於調查京城分號的兩個掌櫃，進展得也還算順利，雖說時隔四年，但焦梅是何等人物？從前在老太爺手上，更棘手的事都操辦過不知多少。他借助張奶公的力量，輕輕鬆鬆，便套問出了分號的規矩。大掌櫃還當蕙娘是要先行摸底，以備日後掌權，幾乎是把同和堂的規矩給和盤托出了，都無須焦梅使什麼心機，便整理出了一條時間線來。

「我們家是已經理出了進貨的時間，出問題的那碗藥，藥材應該是在您和少爺訂親後不久採買的。」焦梅給權仲白、蕙娘做工作彙報。「昌盛隆每一季在同和堂採買一次藥材，要的都是上尖中的上尖，因他們開價高，又和同和堂有些淵源，平時關係也不錯，因此每次藥材進京，昌盛隆可以先行挑選，同和堂的二掌櫃、三掌櫃誰有空就誰接待，並不拘泥於哪一個。」

這就有點微妙了，因為二掌櫃、三掌櫃兩人，都很關注孔雀的下落。

權仲白道：「同和堂和昌盛隆的淵源，其實是要追溯到幾十年前昌盛隆剛開辦的時候，他們的大掌櫃從前在同和堂當過夥計，和當時的掌櫃有師徒之誼，再加上東家財力也雄厚。現在兩家的掌櫃們，倒好像沒什麼親戚關係了。」

「這個的確沒有。」焦梅說。「昌盛隆過來挑藥的都是頭把刀洪管事，他為人笑口常開，和二掌櫃、三掌櫃都十分要好，平時經常出去吃酒。也就是這點關係了。」

眾人都沈吟起來，權仲白道：「同和堂賣過去的藥，是原枝原葉，還是已經切好曬好？」

「多半倒都是做過一點處理的，但並不幫他們切碾。」焦梅自然也留意到了這一點，他面上頗有些憂色。「可昌盛隆上上下下的底，早全被老太爺起了一遍，真是清清白白、來歷俱在，找不到什麼破綻的。」

線索到這裡，好像又斷了，畢竟這種藥經過蒸煮熏，性狀無論如何都會有點不同，如果是切過、曬過的片劑，那還可以掩飾，可一株色澤、氣味都不一樣的藥材拿過去，洪管事會收，焦家人都不會要。這藥材是在誰手上被製成藥的，那就是在誰手上出的問題。這麼一說，同和堂的嫌疑似乎也消失了。

蕙娘看了權仲白一眼，又問：「還有一件事，我也要你去打聽的，你當著我的面說出來吧。」

焦梅有些顧慮，遲疑了片刻，依然一咬牙道：「四少爺前些年學生意，也很熱衷於去同和堂走動，京城老鋪雖然不做零售了，但一年的利潤也很驚人，他經常過去，這是人盡皆知的事。幾個掌櫃，和他也都友好……不過倒是二掌櫃，前些年喪偶，娶了他養娘的表妹做續弦，兩人的關係，似乎要更近一些。」權家這一代兒女的養娘，早都被送出去榮養了，好比權仲白的張養娘，統共就進來過幾次，權季青養娘的遠房表妹嫁到哪裡，這個不為人所知非常正常。焦梅這一句話，頓時使得二掌櫃的嫌疑提高。

權仲白又問焦梅道：「你姑娘的那張太平方了，你見過沒有？那裡面十三味藥材，有三味是我們權家到手後就在當地製好了運出來的，昌盛隆一年買走幾千斤的藥材，他們不可能逐一細細檢視，通常都是由同和堂事先挑揀好了，他們看過樣品，再隨意翻檢一番。要出問題，應該就出在這三味裡。」

這一番話，就顯示出他在這案子上下的功夫了。焦梅對權仲白的態度，立刻就有所不同，他更加恭謹了。「回少爺的話，您也知道，其實最容易出問題的就是冬蟲夏草，我們在昌盛隆那裡，也是最特等的客人，拿走的所有藥材，都是特等中的特等，這冬蟲夏草產量少，本身賣價也不一樣，因少夫人要用，更是細心挑選，每一片都要過目的，因此除非浸泡得毫無痕跡，不然，恐怕是難以逃過我們的眼光。」

權仲白又何曾沒有走到過這一步？就是因為冬蟲夏草這條線查不出來，所以才去檢查別的用藥，卻還是了無線索，真是每一條路都被堵死，每一絲證據都被消融。

三人對視了一眼，均感沮喪。

蕙娘至此方明白，為什麼權季青如此鎮定，恐怕他也是早就封掉了所有可能的手段和證據，所以才能悠然自得，半點都不擔心被她找出憑據，置他於死地。

「但，任何人做任何事，都要留下一點痕跡的。」她不禁就撐著下巴，自言自語，又問焦梅：「你和這兩個掌櫃接觸下來，覺得他們心性如何？就先不說憑據，只講感覺吧。別看這感覺是玄而又玄，可有時候，這就是匯聚了你自己對他們的全盤印象。梅叔你如此老辣，他們在你跟前，總比在我、少爺跟前要放鬆些，我信你的眼力。」

焦梅微有動容，沈吟了片刻，一咬牙道：「老實說，這兩個掌櫃，我都覺得有些不對，看氣質，不像是慣於行商之輩，平時也不大在鋪子裡管事，反有些吃空餉的嫌疑，這樣大膽，肯定是因為背後有些靠山在。但要說誰更可疑嘛……上回四少爺到鋪子裡辦事，大家一道過去應酬，二管事對他更親熱些，態度也比較和苦。」他頓了頓，道：「但就和那董三一樣，一般人做了壞事，往往就不想引人注目，明面上會疏遠開來，不是所有人，都有若無其事的底氣。四少爺為人如何，小的不敢胡說，但二掌櫃、三掌櫃看著都不像是具備了這份心性的。二掌櫃明面上和四少爺親近，我對他的懷疑便又降低了一點，要抛開親戚關係不說，我是更懷疑三掌櫃的。」

蕙娘又看了權仲白一眼，蓋因他和這幾個掌櫃應該也都有些熟悉。

權仲白想了想，也道：「是，二掌櫃李武，是我針灸師父周先生的遠親，昔日經常過來探望先生，這個人膽子不大。妳才把這些人聚集到沖粹園，吃過一頓飯，又提起了孔雀，剛打過草，他若心裡有鬼，表現得不會那麼自然的。」

這麼說，有嫌疑的就是三掌櫃喬十七了。蕙娘把喬十七的資料拿在手裡翻了翻。「倒是個外鄉人，在這裡置辦了家業而已，有妻無小，嘿，這樣的人也讓他做到了三掌櫃？」

一般鋪子用人，自然是要家底清白，一家人都在當地，走也走不脫的是最好。喬十七就一個媳婦，隨時可以抛下了走人，還能做到三掌櫃，的確是有些蹊蹺了。

權仲白道：「就算是他，妳預備如何逼問出口供來？屈打成招，那是不成的，這種事留不下什麼憑據，他不全鬚全尾（注）地站出來指控季青，恐怕爹娘未必會採信。」

蕙娘也知道這個道理，她嘆了口氣，輕聲道：「男人見了美色，很少有還要命的……」但心中終究反感這般行事，頓了頓，便道：「但這也要時間，如今怕是來不及了。」

蕙娘畢竟是血旺頭暈，想了半天，都想不到太好的辦法，便求助地望了權仲白一眼。

權仲白沈吟片刻，居然出了一個令人大吃一驚的主意！

第一百六十一章

「既然對他有懷疑，走巧路，路山又都被封死了，那就只能來硬的了。」權仲白這麼一個悲天憫人的醫生，下起決斷來倒比蕙娘還凶狠。「不要傷了他的身子骨，把他拿來拷問一番，是他，那什麼都不必說了，不是他，那便大大地補償他一筆銀子。從頭到尾，我們的人不要露面，他哪裡會知道是誰做的？」

這麼安排，實在非常冒險，萬一一個環節出了差錯，就給了權季青排擠兄嫂的藉口，良國公對二房的評價也會跟著降低。但這些風險，蕙娘也不是不能承受，她顧慮的還有別的。「不能嚴刑拷打，那問不出來怎麼辦？他若明知道沒有憑據，咬死了不說，我們手上能威脅他的籌碼可也不多……難道，你有什麼秘術，能夠不傷筋動骨，卻也令他感到非常疼痛？」

從來醫毒不分家，權仲白掌握了多少救人的秘術，泛泛來說，應該就掌握了多少害人的法門，尤其他又很擅長辨穴針灸，很有可能就有些手段，是能令喬十七屈服的。

焦梅精神一振，道：「這就好安排了！我們家新來的那些兄弟，都沒怎麼在人前露臉，他們江湖走老，多得是手段暗地裡把人綁來，包准不會追溯到少夫人那裡。」

注：全鬚全尾，北京土話，指完整、整個身子，現多用於形容某人的身體健康。過去形容蛐蛐兒時，「鬚」指其頭部，「尾」指其尾部。

「我哪有這個時間去刑訊他？」權仲白卻憐憫地看著蕙娘。「就算有，我一開口，他能認不出我來嗎？」

蕙娘這才發覺自己的疏漏，不禁自嘲地一笑。「腦子又開始糊塗了！以後幾個月，只有一天比一天不頂用，得靠你們為我安排了。」

她這麼一示弱，權仲白也不捏她了，他爽快地道：「這個神仙難救，流毒很廣，受害的可不止李紉秋一個人，恐怕多得是人樂意和他們作個對。我在廣州的時候，有幸見識過許家的逼供術，那是絕不傷害他們的身體，連毒、藥都絲毫不用，可受審的卻巴不得竹筒倒豆子，把什麼都說出來。定力略差一點的，七天；好些的，二十天也必定崩潰，到時候連說謊的力氣都不會有，真是問什麼就答什麼……我這就給許升鸞寫一封信，讓他派個審訊的行家過來。」

這話隱隱約約，似乎有所暗示，但蕙娘卻無意去猜度，究竟是哪個許家人吃了神仙難救的虧？至於焦梅，那就更不敢隨意介入這樣的權貴家密事之中了。雖嫌動靜太大，可因為沒有更好的辦法，因此權仲白所說的這個以力破巧的提議，便也就定了下來。

蕙娘現在，宜春票號的事，有喬家人打理；追查凶手、扳倒權季青的事，又有權仲白照管，焦梅主辦；良國公府裡的家事她無須照管；娘家、王家又都無事；她其餘的陪嫁產業，有雄黃看帳，幾個心腹管事不時過去巡視，自也不能出什麼紕漏；東城那片小小的產業，不過一時興起，現在已經自成氣候，也不必她去費神。她倒輕鬆起來，只一心在沖粹園裡閒住養胎，偶然和喬大爺見見面，溝通生意進展。

待到進了二月，朝廷上兩件大事，還在爭吵不休。宜春號倒是把所有貨物，十停裡賣了九停，那些商人動作多快？貨一到手，不管如何分銷，總之如今國內已經四處都有賣西洋貨的，價錢也喊得上來。民間富戶，有哪些不愛西洋玩意兒？就是圖個新鮮也都來買。還有一等大戶人家，正缺西洋座鐘，這些貨喊了多高的價也都賣得掉。餘下的一停，便被那些沒搶著頭啖湯的商戶一搶而空。宜春號結帳下來，這四百萬兩的生意，倒是足足賺了有一百多萬兩，利潤已算很高。

此間事了，喬大爺頓時要回山西去，為皇家入股做那些大戶的水磨功夫。畢竟皇上是最要面子的，雖說這事，肯定是違背了眾商戶的意願，可他也不想弄得怨聲載道，壞了自己的名聲。於是沖粹園便更清靜了下來，除了那些被拘禁在此處的同和堂管事，竟沒半個外人。就是這些管事，因蕙娘身子漸漸沈重，也被嚴格管束起來，絕走不進任何一處重地，更別提打擾蕙娘的清靜了。

進門幾年來，風波處處，真能放空心思來休息，也就是懷孕這一段時間了。蕙娘這一回，心態要比上回好，因已知道生產過程，就不像上回那樣惴惴不安了，閒來無事，便把歪哥放在身邊調養，玩笑般地教他認幾個字。歪哥精怪百出，雖然還不到兩歲，但興致來時，一天能學七、八個字，可心情一旦不好，那就是從前學過的字，也都一點不會，怎麼問，都還一個不認得。蕙娘也是孕婦腦子，雖然機變百出，但在自己兒子跟前，還屢屢氣得要去摔書。

這孩子從胎兒時起，便很會吸收母體的元氣，蕙娘為了生他，吃了天大的苦頭，當時還以為自己一想到這事，便會對兒子有些怒火，可現在回頭一想，卻有點欣慰：雖說當時胖大難生，可好在他元氣茁壯，命又好，有個疼他入骨的名醫老爹，權仲白待他，比待皇上好得多了。從三九到三伏，歪哥洗浴時用的都是藥湯，藥材隨節氣變化不同，得此保養，這兩年來除了發水痘以外，基本上沒有生病。就是談吐言辭，也比一般的兒童都慧黠許多，這就是因為天生元氣強健，靈智開得早，天分也強，雖然年紀還小，但似乎已經把同齡人給比出了孱弱愚鈍來了。他自己白白胖胖、乾乾淨淨、笑口常開、言辭便給，就是促狹起來，都那樣惹人喜愛。文娘這個小阿姨上回過來，就抱著他親了又親，比對當年的小焦子喬，不知親熱了多少倍。就連回去之後，還時不時令人捎些東西過來，給歪哥使用。

就是孫夫人，又來香山進香，過來和蕙娘吃茶說話時，都對歪哥讚不絕口，笑道：「要比我們世子當時，不知健壯了多少倍！」

說起來，孫夫人也是命苦，雖然生育了兩次，但一子卻在襁褓間便夭折了，夫妻分別多年，以孫夫人如今的年紀，要再生育恐怕也難了些。孫侯這些年孤身在外，豈能少人服侍？他也還算聽話，不比那些浪蕩的官兵，從海外帶了金髮碧眼的白膚美人回來，寵幸的都是孫夫人打發了隨在身邊的姬妾，饒是如此，也還是添了二女一子。長子含著金鑰匙出生，世子位非他莫屬，也就罷了，這次子的命也這麼好，還在襁褓中就得了世襲的千戶功名，按孫夫人的為人，待他又不會差，因此上回文娘說孫夫人，便道「都說雖是國公夫人，可也沒什麼意思，才去了個多病的太夫人，又來個多病的小姑子，身分還尊貴得很！小世子還有個千戶兄弟，再尊貴又如何？日子倒過得沒楊家那個嫉妒誥命快活」。

京城婦人的口，真是比鋼刀還要尖利。桂含沁這幾年來大放異彩，在海上百戰百勝，先驅逐了大波海盜，立下功勛，前一陣子巡海時，又和占據了呂宋的西班牙人有了小小磨擦，他脾氣大，竟擅自把小呂宋打下，所有西班牙人一律驅逐出去，現正在小呂宋上作威作福。朝廷的文官們，不知有多少人彈劾他擁兵自重，就是牛家的侯爺，也道他飛揚跋扈，是給朝廷惹禍。可這些彈劾的摺子到了皇帝跟前，就和泥牛入海似的，一點回音都沒有。倒是那牛家的少夫人，給他起了個諢名，「怕老婆大將軍」這一諢號已是流傳天下不說，如今牛家人又給他太太起了個「嫉妒誥命」的諢號，一樣也是轟烈流傳。都說這兩夫妻自己難尋朋友不說，就是他們的女兒，將來怕也是不好找夫家了。

蕙娘見孫夫人似乎是發自內心地喜歡歪哥，也有些替她感慨，又因歪哥怕生，不大理會孫夫人，便誘惑他道：「你知道孫伯母手上有什麼？有你愛吃的桂花糕呢！」

原來歪哥飲食，受到他父親和廖養娘的嚴格控制，就是怕他牙爛、虛胖，桂花糕雖香甜，可他一天只能吃一小塊，想要再多，絕對沒有，再哭鬧也是無用的。蕙娘便把這一小塊桂花糕放入孫夫人手中，笑道：「你逗了伯母開心，便能提早享用這塊糕點啦！」

見歪哥樂得一蹦，她悄悄地和孫夫人道：「嫂子別先就給他，起碼逗他一炷香再說。」

孫夫人再嚴肅，都被蕙娘逗得噗哧一笑。「妳哪裡是養兒子呢？倒像是養隻貓兒、狗兒。唉，不過孩子最有趣，也就是這段時日了，略略長大，有了自己的心思，便沒現在這樣純善可愛啦！小世子過了三歲，送出去開蒙學了規矩，便一天勝一天的克己有禮，我這個做娘的，有時都嫌他無聊。」

她平時剛強嚴肅，唯獨在提起兒子時，神態頓時柔和了許多，蕙娘想，這孫家一族上下，多少煩心的事情，孫侯又不在，她一個人擔在肩頭，看起來居然還並不多麼抑鬱，也許就是一心撲在兒子身上，人有了寄託，日子也就好過了。

由孫夫人，她不禁又想到了自己。人活在世上，誰都有一個寄託。真正毫無寄託的人，就像是從前的焦四太太，雖然活著，卻也不過是行屍走肉而已，身處絕頂富貴中，可也不見得有什麼樂趣。倒是如今真正開始貼身教養焦子喬了，她才漸漸地活泛了起來。孫夫人的寄託，左看右看，應該都是世子；權仲白的寄託，是他遨遊天下的夢想和大道；權季青的寄託，應該是上位奪權的野心。而她的寄託，又是什麼呢？是權仲白，是歪哥，還是那尚未到手，卻已經近在咫尺的國公位？是三姨娘、文娘、老太爺、四太太、焦子喬？又或者，是那一碗將她送入了陰曹地府的湯藥？

她不禁就輕輕地嘆了口氣，見孫夫人逗引歪哥，眼角微微的皺紋都樂得舒張開來，便不再說話，而是讓孫夫人和歪哥玩耍。歪哥有了那塊桂花糕，便格外可愛起來，嘴甜得和抹了蜜一樣，將好話說了盡，摟著孫夫人親了好幾口，才換得這一塊糕點，奔到母親身邊，美滋滋地吃了起來。

孫夫人望著他，臉上神色都柔和了幾分，過了半晌，才道：「廢太子要封王了，皇上把他封到了雲南。」

這件事，朝野間沒有半點風聲，看來，皇上是提前給孫家打了個招呼。

「皇上心裡，還是顧念著皇長子的。」蕙娘由衷地說。「封到雲南好，皇長子看來能過些安穩的日子了。」

孫夫人嘆了口氣。「是啊，皇上也是為他考慮，把他留在京城，太招人忌諱了……現在的享受，說不定就是異日的殺身之禍。只是娘娘出宮以後，本來病情轉好，幾乎已經和沒事人一樣，聽說了這個消息之後，便又開始失眠。聽說慧雲寺的慈恩方丈，善講一本寧心靜氣的《法華經》……我是送娘娘過來清修的。」

蕙娘挑起眉毛，做了個詫異的神情，孫夫人見了，便頷首道：「我們不打算讓娘娘跟著廢太子去雲南。」

孫家不欲如此，肯定是有原因在的，蕙娘也不好多做置喙。其實孫夫人說這話，也就是一個引子而已，她頓了一頓，又提起了牛淑妃。

「可能過了年，就能晉封皇貴妃了。」

皇貴妃幾乎就相當於副后，統領六宮諸事，地位要顯著高於其餘眾妃，牛淑妃晉封皇貴妃，很可能是為日後封后、封太子打的伏筆。蕙娘微微一怔，頓時就理解了孫夫人的惆悵：有權仲白護身，牛家得勢不得勢都得和權家打好關係，可對孫家來說，牛家上位，卻是最壞的結果。

「多餘的話，也就不多說了。神醫這一陣子忙，我們無事也不好打擾，畢竟現在也不能隨意把神醫請去問診了，怕問得多了，引來皇上的疑心，又要追究從前的事。」孫夫人說話素來直爽。「形勢如此，我們不得不作出應手。還請弟妹給神醫帶一句話：若是將來有一天，二皇子問他一點問題，希望他能據實以告，也不用多說、少說，便將實話告訴出來，便已深感恩情了。」

蕙娘也是消息靈通之人，哪裡聽不出孫夫人的意思？皇次子的身世，一直籠罩著疑雲，看來，如今孫家沒了掛礙，行事倒是大見狠辣，這是要從根本下手，斷絕皇次子和牛淑妃之間的母子情分了。

只是再怎麼樣，皇次子的生母也還是姓牛，這一招，似乎有損人不利己的嫌疑……

似乎是察覺到了蕙娘的疑惑，孫夫人鎮定地道：「自然，以後若宮中有事，賢嬪需要神醫的照拂時，也請神醫多加照料了。」

只這一句話，頓時回答了蕙娘的問題：孫家不知用何手段，看來是真的把小牛娘娘給籠絡過來了。若是皇次子能夠回歸生母膝下，並封了太子，孫家的地位，未必就比以前差了多少。這名門大族，果然是底蘊十足，就連損失一位皇后，對他們的打擊，看來都沒有預料中那樣大。

孫家和權家二房如今關係友善，蕙娘自然給了個話口。「一定把話給姑爺帶到。」

孫夫人又和她談了一會兒，便告辭離去，她自己托腮凝思了半晌，便又有些頭暈，也就不去深想，只摟著歪哥道：「和娘一起用了點心，咱們一道睡個午覺好不好？」

歪哥小小年紀，難得有這樣城府，等孫夫人走了，才一沈臉。「娘妳、妳、妳欺負我！」

這才要和蕙娘算她拿桂花糕來釣魚的事情，倒惹得蕙娘捧腹大笑。

兩母子正夾纏不清時，石英進來和蕙娘回稟——

「前頭有個管事老爺，私底下求了侍女過來通稟，想見您一面，說是有要事回報，希望能贖了自己的大罪呢！」

第一百六十二章

蕙娘不禁微微一怔。「哪個管事？是南邊來的？」

石英也是有些好奇的，早把那人的底細給打聽了幾句，聽蕙娘這麼一問，便道：「是從南邊來的，是廣州分號的小帳房，因為他要寫進出的流水帳，自然也知道車隊上路的日子，這就把他也拘來了。他和董三一樣，對少夫人都是極尊敬的，倒不像是別的管事一般，好像總有點傲氣，對少夫人不像是對主子，倒像是對個學徒。」

人有點本事，很容易就會孳生出傲骨來，這些老掌櫃，也許是仗著自己的資歷，對蕙娘這個將來的主子，總有三分保留，像是要見識一番蕙娘的本事，才甘心被她馭使，蕙娘如何又感覺不出來？

她思忖了片刻，便道：「此等人物，也是說聲要見，就能見到我的？妳先審他一審，看他所說自己的大罪是什麼？這倒好笑了，難道董三還是無辜的，有鬼的是他不成？」

石英也作此想。「他哪配面見少夫人，我這就扯桂皮去審他。」說著，便自己退出了屋子。

蕙娘沈吟片刻，又有些頭暈，便讓海藍、石榴等人，服侍她和歪哥午睡。

等到蕙娘醒來的時候，石英業已回來了屋內，蕙娘也無須格外吩咐，一行人知道她是有要事回報的，便都退出了屋子，只留石英和蕙娘兩人在裡間說話——從前綠松較為得寵，蕙娘安排她做事較多，但現在綠松新婚，桂皮又不像是當歸，和媳婦石英一起都在沖粹園服侍，蕙娘就安排她新年多休息一段時日，也好和當歸多聚一聚。而孔雀又去了南邊，石英自然格外打點精神，絕不願意錯過這立功賣好的機會，什麼事情，都料著蕙娘的性子，先就做到了十二分。

「這個陳功，膽子倒也是小。」她審陳功，也是審得很徹底的，自以為差事辦得相當漂亮，因此精神抖擻，先給蕙娘賣了個關子。「就是個雞零狗碎的人，做壞事都沒膽子做大，勾結外人來盜同和堂的藥材，他恐怕是想都不曾想過。畢竟那夥強人，是隨手就能揮刀砍人腦袋的，他哪有那個膽子？才做了一點壞事，看著什麼人，便都覺得是來查他的了。惴惴不安了許久，眼看過了新春還沒有放他們回去的意思，便索性自己來投案了——是做帳時玩弄手段，做了些手腳，一年也貪了有五十多兩銀子。」

五十多兩銀子，哪裡在蕙娘意中？她噗哧一笑。「這老實人做壞事，手筆也小得叫人發笑。他要找我，為的就是這件事？」

「這倒不是。」石英說。「他也深知自己的分量，就這麼一件事，哪裡能見得到您了？只怕見了面才分說原委，您就覺得被他玩弄，勃然大怒之下，還不知道該怎麼收拾他呢！他為了贖上自己的罪，不至於被投入牢獄之中，倒是想把自己的同仁給賣了，用他們的陰私事，來換個清白脫身。」

做帳房的，最怕手腳不清白，陳功就算只被同和堂踢出去，以後也再不能重操舊業了，他這樣的小人物，為了保住自身，有時什麼事做不出來？用同儕的陰私換一封清清白白的書信，倒是十分合算。蕙娘漫不經心，和聽世情故事一樣，「唔」了一聲。「廣州分號又能有什麼陰私？可別是誰家的掌櫃養外宅、哪個先生又捧戲子這樣的事吧？」

雖然是靜室之中，但石英卻也把聲音給壓低了。「這卻不是，陳功說，他撞破過一樁密事。這廣州分號的三掌櫃，私底下為人配毒藥呢！」沒等蕙娘反應過來，她又添了一句。「他倒也有些見識，說這一味毒藥極為有名，在江湖上就叫做……神仙難救！」

蕙娘眉頭一跳，心底吃驚至極，她有幾分興奮，但很快又被強行壓制住了，在這樣關頭，腦海更加清明。權仲白身為神醫，肯定接觸過好多中了神仙難救的病人，他在追查神仙難救的事，也應該還沒有暴露出去。當時密雲那場事端，因為有火器存在，恐怕那組織的人也想不穿他到底是針對火器，還是神仙難救的原石。若是要引她上鉤，試探她的意圖，陳功這麼說話，似乎是拙劣了一點。他隨意說幾個神仙難救的症狀，倒是更為妥當，起碼可以通過自己這邊的反應，來推算他們所知的程度。如今把名字都說出來了，自己這裡是什麼反應，他去哪裡試探？

看來，這倒更像是純粹的巧合……這世上人有時運，時運高時，真是心想事成，要查什麼事，什麼事就自己撞到了手掌心裡，守株待兔，還真能把兔子給等來！

「神仙難救，好稀奇的名字……」蕙娘只沈吟了片刻，便又冷靜下來，她淡淡地道：「我們家素來和睦，倒是從未在這種毒藥、毒粉上下心思。這口氣好大，想來，也是名貴的毒藥了？」

她這樣說了，石英還有什麼好懷疑的？她也是依樣畫葫蘆，把陳功的話拿出來說。「這個陳功，家裡也有親戚，輾轉和當今秦尚書家的老管家有勾連。他長輩隨如今的平國公夫人陪嫁到許家去了，又從許家被打發到這裡來，輔佐管事，接管平國公府上的一條海船，這海船當時依附孫侯出海，到了近海便已經回轉，在呂宋、廣州之間來回貿易。這長輩的妻子，曾也在許夫人身邊服侍，當時閒談時，便曾和他說過這一帖毒藥，據說平國公夫人當年無意間就吃過一口藥湯，也因為這事，許多年來身子一直不好……」

陳功把自己的來龍去脈，都交代得清清白白，雖然說得凌亂，但蕙娘一邊聽，一邊就能跟著分辨出他話裡所指的人事物。她漸漸地聽得入了神，石英看見了，自然更加喜悅，滿心只想趁著綠松不在時多加表現，將陳功的回話，說得很細。「我反覆問了幾遍，拆開打散問了，他回答得倒是都一樣，沒什麼不同，可見應該也不是編出來的。因此，他便知道了這神仙難救的名頭，和服下去的一些症狀……只是這事，當時也就是聽過便算了而已。」

那陳功也是交代得仔細，連同和堂一天的起居，都給石英明明白白地說了出來：他身為帳房，一天自然有大把時間做帳，但那些做出來的銀子，他一天卻只有一、兩個機會接觸。因晚上關門以前，各夥計、掌櫃，都在大堂內擺龍門陣談天說地，他往往趁這個時候，回去把散碎銀子取出來，夾帶在身上回家去。正好這天晚上也吃壞了肚子，便借著去茅房的機會，先把銀子取出，再去到茅房蹲下，因為心裡有鬼，便沒打燈籠。因對地勢熟悉，也不怕踩空了跌進茅坑去，蹲在最深處，黑漆漆的，誰也看不到裡頭還有個人。

他蹲了才只一會兒，便聽見兩個人一起進了屋子，有人在門口道——

「咦？老陳不是說過來茅房，怎麼又沒看見？」

這就是三掌櫃的聲音。

「不在也好，這裡銀貨兩訖完事，我們家夫人出手大方，只要你這藥好，回頭必定是還有恩賞的。」

這另一人的聲音他也認得，卻是兩廣總督府上一個二級管事，他家在附近，因此散了值最近也時常過來擺擺龍門陣，平時很是風趣的人，此時聲音卻低。

「倒也不是我誇口，這藥的來歷，貴夫人必定是有聽聞的，喚作神仙難救，我也是得來不易。若是平白化作水，那麼是有苦意，可以下在藥裡遮掩，或是用杏仁露慢慢地合了，便有些甜香，苦味也和杏仁露的味道混在一塊兒，粗心些的人，不大分得出來。一旦喝下，三個月之內，必定見效，起頭面黃肌瘦，到後來慢慢地就不成了，可等閒的大夫，把脈是把不出不對的。」那三掌櫃一邊說，一邊就聽見一陣窸窸窣窣的聲音。「我亦是見好就收，這些銀錢已經足夠，只一件事，還請大爺成全。我有一個親戚……」

兩人進了茅房，本來也只為了收錢給貨，此時銀貨兩訖，估計就覺得茅房污糟，一邊說一邊出了屋子。餘下的事，就不是陳功所能聽到的了。

至於他如何巧妙遮掩，則這些瑣事，也不必多費筆墨，反正到底是給他找了個藉口，遮蓋了過去罷了。

這個神仙難救，本來就是極難得的毒藥，要不然，權仲白也不會為了它的原石，寒冬臘月的還要外出冒險。沒想到峰迴路轉，一條線索，居然得來毫不費功夫。蕙娘心底頓時湧起許多思緒、許多疑問：暗地裡兜售毒藥，一旦傳揚開來，對同和堂的名聲肯定會有幾乎毀滅性的打擊。陳功覺得可以拿這條秘密兜售，換得自己的清白，也算他有幾分眼力。可這藥，原產地在北面，三掌櫃如何從南面持續得到，又能和買家勾搭上來，還要不露痕跡，不被大掌櫃、二掌櫃發覺？同和堂內部，究竟有多少人已被這組織侵襲？國公爺是否毫無所覺？又是否已經是有了提防？還是根本睜一隻眼、閉一隻眼，是收了好處，才為這些人提供方便？若是如此，那他會為權仲白把這事給平了，也就毫不稀奇。

可如果國公爺和這組織都這樣熟絡了，就看在國公爺的面上，那個神秘莫測、無惡不作的組織，會收權季青入門嗎？這可是當面打國公府的臉，也是給國公府帶來了極大的危機！要這樣想，便不難明白為何國公如此著急，連她生產的小半年都等不得，迫不及待地把一群人給劃了過來，恐怕除了給她機會，把權季青拉下馬之外，也是把一些有嫌疑的管事，全都尋了個藉口關好，自己不知道在同和堂盤了多少人的底，只等她這裡藉口一送，就要開始大清洗了。

這重重迷霧中的一重，似乎已經在蕙娘眼前揭開了謎底，蕙娘稍稍釋疑，亦感到一陣膽寒：越和這組織接觸，越覺得他們的陰毒與可怖。那三掌櫃賣了藥給兩廣總督夫人，所得銀錢還在少，最重要的，是握了一重把柄在手。他要求什麼事，只要不是大事，總督夫人總得給他辦了不是？他那個所謂的親戚，要只是在衙門裡求個差事還好，如果是想進府內做事呢？這就是明擺著在總督府裡安插了一個釘子，總督夫人想要拔除，還得掂量掂量三掌櫃的臉色呢！

哪家的宅院裡，沒有一點陰私事？同和堂是天下最大的藥鋪之一，大江南北都有分號，三掌櫃這樣的人稍微一多，這個組織，豈不是消息比燕雲衛還要更靈通？知道的官員陰私，比燕雲衛還要全面？

這已經不是一般求財的門路了，販賣毒藥、販賣火器，因為獲利高昂，風險雖大，但卻還有人做，對焦勳和她下手，似乎是有圖謀宜春票號的嫌疑，那也可以解釋為票號是個聚寶盆，可這借販賣毒藥之便廣布眼線之舉，毫無利益可言，沒有更大的目標驅使，他們為什麼要這麼做？這，恐怕真是坐實了造反的念頭啊……

畢竟是文官出身，受祖父教養慣了，蕙娘一時，真是冷汗涔涔、心跳如鼓，罕見地起了一絲懼意。可片刻之後，她到底還是穩住了，咬著牙安慰自己：武將人家，也不怕改朝換代，只要手裡有兵，心頭就半點不慌。自己這一代，雖然暫時還沒有人知兵，但勝在人面廣，親戚中知兵的便有崔家，東北又是老地盤，真有什麼事，也不至於沒個去處。

話雖如此，可同和堂是權家的自留地，悄無聲息地被權季青這個敗家子引進了這些居心叵測的江湖客，蕙娘雖然還沒掌家，可也情不自禁地有些不快。她沈吟了一會兒，便吩咐石英。「既然陳功有此等秘聞，那更不能放他走了。給他換個地方居住也好，免得他自己膽小心虛，被人看出破綻，倒又是事。等年後廣州人回來，我這裡一體審了，再送給國公爺發落。」

石英心領神會，自然去尋她父親辦這件事。

蕙娘托腮又想了半天，只覺得腦袋有點生疼，便不再驅策自己那血旺的腦子，預備等權仲白回來了，說給他聽聽，讓他決定，是否要越過國公爺，先把廣州分號的三掌櫃提回來一併審了——不過，這麼做也有個不穩妥的地方，那就是審京城分號的喬十七，怎麼說那也是權家自己的私事，就算借來的這個人，回去後給許家報信，也沒什麼大不了的，即使將來兩家敵對，許家也沒法拿這事來威脅權家；可三掌櫃那就不一樣了，讓許家的外人來審，恐怕不大妥當……

蕙娘用了這半日的神，這會兒已經很乏了，也懶於多想，只願做個聽丈夫吩咐的小賢妻。

第一百六十三章

進了二月，朝廷的兩件大事都有了進展。

因孫侯帶回來的那支船隊，經過環宇遠航，有些需要大修，有些乾脆就不能再做遠航之用了，因此朝廷終於開始在沿海修築新的福船，一併將泉州開埠的事，提到了日程上來，排在之後的還有天津，因天津畢竟離倭國近些，那裡銀賤銅少，又閉關鎖國，不大和紅髮人做生意，正適合大秦商人兌換白銀的需要。

這是一樁事，第二樁事，入股宜春。這件事延宕下來，主要是因為鍾閣老身子骨不爭氣，前段時間的瘧疾，一直都沒有好透，如今很難再勝任首輔的工作，只得黯然上書，要告老還鄉，好好地回鄉調理自己的身體。皇上是有意想跳過方閣老，直接指定楊閣老為首輔，只是其中還有些文章要作，必要的過場還是不能少的。過了個年，方閣老也有點擋不住，他的德望人脈，的確是坐不穩這首輔之位，於是亦上書辭了首輔，倒也沒有退休，而是被調任出去，管別的了。

至此，楊閣老終於掃清了仕途上的全部障礙，用九年的時間，走到了大秦文官所能達到的最高點，成為了大秦首輔。

他在北邊數省實行的地丁合一，去年剛推行就已經見效，如今自然寵幸日深，在朝野間的威望，也就更上了一層樓。這一次內閣空出了兩個位置，皇上竟不放新人進閣，很明顯，就是為了給楊閣老樹立威嚴，培養黨羽的時間，畢竟和當年的焦閣老比，楊閣老終究還是差了那麼一點。值此新官上任時，楊閣老再推了入股商號一事一把，朝中竟沒了反對的聲音，那些大商家雖然急得上躥下跳，但此時態勢非常明顯，誰出面說話，誰就是被商戶買通了的傳聲筒。仕宦為商戶張目，在檯面下倒不稀奇，可擺到了檯面上，還是要被人戳脊梁骨的。

有此一推，從宜春票號開始，盛源、乾元幾家票號，都要開始清算資產，為朝廷入股監管經營做準備。還有些綢緞、茶葉等民生巨頭，也被列入了監管的行列之中，只是比票號要慢一步而已。喬家三位爺再一次齊聚京城，不過因蕙娘臨盆在即，倒是不把這些瑣事，拿來煩她了。

就連國公府，現在也不拿同和堂的事過來催問——也是天意如此，春末夏初，海面多有颱風，許家的船被耽擱在了青島，又要改走陸路進京，恐怕到京城時，她已經臨盆。那就是有任何大事，都要等生完孩子再說了。因此蕙娘也不管權季青等人，在外都琢磨什麼，反正她自己安安耽耽，在沖粹園內吃飽喝好，就等著胎動生產了。

權仲白這幾個月，也很少和權季青照面，因皇上移駕到香山靜宜園預備避暑，他連城裡都不用去了，只在沖粹園和靜宜園之間來往，同國公府的往來都不多。蕙娘也好奇，權夫人、國公爺又或者是權季青，有沒有什麼別樣的舉動？但從身邊人安閒的表現來看，卻又覺得恐怕還是沒有。

這幾個月唯一一件被她知道的事，便是權叔墨兩口子往南邊去了。何總督動作不慢，也許是為了向蕙娘示威，去年宜春回了他的面子，今年才過元月，他就給權叔墨謀了個從四品的副千戶，在諸總兵旗下，也算是高位了——諸總兵自己的大兒子，現在也不過是五品身分。又有何蓮娘有孕的消息，小倆口也算是雙喜臨門，二月初便揚帆往江南過去。權仲白特地去送了三弟，回來後雖然極力遮掩，但依然有些感慨之色，坐在桌邊，發了半日的呆。

一家子兄弟五個，現在就只有一個幼金還在家裡讀書，卻也被他姨娘管束得老實無比，一點都沒有惹人憎的驕慢之氣。蕙娘心裡，也是有些感嘆的：家裡人少，她和文娘、子喬之間，猶還有些心結呢！以長輩們如此行事，這四兄弟不分崩離析都怪了。只是可憐權仲白，對權位最沒興趣的人，到頭來外人看著，倒像是他一個個把兄弟們給趕出了京城一樣。他心裡滋味如何，是可以想像的。

但兩夫妻現在也不談這些，權仲白學了老莊，很注重孕婦要「飽食終日，無所用心」。這兩個月，沖粹園就像是世外桃源，外人外事，絲毫不能相擾，只得一家三口，在園中優遊。權仲白還賴不過蕙娘，把一些花月湖景，都起了雅致的名。他們常繞著散步的蓮子滿，旁邊幾座亭子，都被挖空心思，安了名號。

因歪哥過了五月，便有三虛歲了，一般有些人早開蒙的，三歲半、四歲，就給延請塾師回來了。他又精靈頑皮得不成樣子，不論權仲白還是蕙娘，都不是他的對手，這一陣子他正和蕙娘商量，是否要給歪哥預備起開蒙事宜。「周先生這一次特地從東北過來，就是想看看歪哥的天分。」

說到周先生，蕙娘也是有點納悶，他混著管事們一道進京，但又在同和堂沒有職司，不過是在沖粹園內閒散居住，每日裡也不來擾她，就是對歪哥都沒什麼關注，她便道：「這也太小了點吧，哪裡看得出來呢？難道周先生一眼就能看出來，歪哥有沒有天分？」

「周先生一身家傳絕技，哪裡肯輕易授人？一看天分，一看人品，這都不是一、兩天內就能看出來的。」權仲白道。「當年我學醫時，就是先在他那裡玩了有兩年，才得傳湯頭歌訣，就此走進了醫道之中。當時我的年紀，也不過才堪堪六歲而已。」

六歲學醫，是比較早了，所以權仲白雖然師從兩家，但出道也早。蕙娘多少有些好奇。「你才六歲，就能下定決心要寄託醫道，國公也就竟真讓你去學了？他老人家行事，真是耐人尋味，令人捉摸不透。」

兩夫妻在一處，自然是談天說地，什麼閒篇都扯。

權仲白道：「其實學醫也算是家裡的安排，當時我爹問我，爵位若大哥襲了，我該從什麼出身？經濟、仕途、天文、地理，任何一道都好，只是不能做個閒人。我因覺得母親是生我去世的，從小朦朧中總想要做個醫生，聽了問便隨口一說。當時很小，從未覺得不對，之後第二天便被抱到周先生那裡，也沒感到不妥。其實現在回來想想，恐怕他們是早聽到我說要做大夫，所以才把周先生從老家請了過來。」

權仲白雖看似叛逆，但一生走過的路程，似乎都在良國公算中，現在連歪哥的前程，國公似乎都早有了盤算。蕙娘就算沒權仲白那股倔勁兒，也不禁油然而生一股不悅：連他們父母都沒說話呢，國公就把周先生給安排來了，這是什麼意思？

權仲白看她眉眼，多半也看出了她的心情，他按了按蕙娘的肩膀。「這也只算是歪哥的一個機緣吧，他真沒有興趣，周先生也絕不會勉強的。他的針灸術乃不傳之秘，不是他點頭，一般人想學還學不到呢。」

蕙娘也有點好奇。「這針灸術這麼神奇？怎麼沒聽說周先生的名氣，都只知道你是歐陽家的弟子？這兩門不傳秘術，倒都集中在你身上，讓你給發揚光大、融會貫通了。」

「我也就是這一代而已。」權仲白吁了一口氣。「當時兩邊都發了重誓，絕不再傳，不然和妳所說，帶幾個徒弟出來，也就沒那麼疲累了……」眼睫一搧，也就不提周先生了，轉和蕙娘道：「前些日子，我去祖父那邊扶脈，還特地問了四姨娘一聲。連岳母和四姨娘都很茫然，文娘幾次回娘家，倒都是笑口常開，沒說什麼不好。婚姻之事，如人飲水，冷暖自知，也許她是終於長大了一點，明白世上不可能任何事，都隨心所欲吧。」

當時蕙娘那麼一問，沒想到他就這麼上心，知道她掛念妹妹，還特地為她向家裡人打聽。蕙娘心裡，也有些甜甜的，她也昂血旺頭暈，沒想太多，便和權仲白感慨道：「沒有親娘，畢竟是差了一點。太太待她雖好，可沒上心；四姨娘又是一心以太太為馬首，因她不能養老，看她也是淡了。她性子倔，有苦處，也不大會和家裡人說。」

話出了口，才想到權仲白也是沒有親娘的，一時不禁有幾分後悔失言，這尷尬之色便流露出來。

權仲白倒是並不在意，和聲道：「也是，我從小要不是爹格外偏疼，沒準兒性子也還要更加偏激古怪。」

權夫人再視如己出，也終究是有差別的，權仲白倒是說得很白。

蕙娘默然片刻，忍不住又笑道：「就你現在和你爹的關係，要說他特別偏疼你，誰信？」

「是從小就比較偏疼，因為我沒娘嘛，大哥又有祖母帶。」權仲白想了想，也自失一笑。「沒想到就是我最不聽話，一旦學成出師，立刻就滿天下的晃蕩，辜負了他好些年的指望。就是現在，終於要接過世子位了，還要和他頂牛（注）呢。」

只這一句話，頓時帶出了幾個月來兩父子的紛爭，蕙娘自然很關切。「怎麼頂牛了？難道你把喬十七的事——」

「沒有真憑實據，說了也是無用。」權仲白「哼」了一聲。「還是宮裡的婷娘……這幾次進宮，我依然不肯去看她，爹氣得不得了，和我吵了好幾次。我也不管，要我接管權家，那就得憑著我的路子來。他還真以為我就是個傀儡，他拉一拉，我動一動？」

權仲白對瑞婷，的確是十分絕情，從瑞婷入宮的那天起，他就對這個堂妹不聞不問。現在要接過世子位了，按理來說，婷娘也該列入他的照管範圍，可看他的意思，還是想任婷娘自生自滅，蕙娘也能想像得到國公的無奈，她噗哧一笑。「你們也算是一對父子冤家了！」

「只盼著以後歪哥不要這麼折騰我就行了。」權仲白摸了摸蕙娘高聳的肚子，俊秀眉眼慢慢地柔和了下來，他曼聲道：「我小時候和大哥處得不大好，大哥老欺負我，有一次背了人擰我的耳朵，罵我是喪門星，說若不是我，他也不會沒了娘。」

多年前的往事，此時說來，真有點淒涼，若是換作從前，權仲白是斷不會把這事說出的，可此時卻是漫不經意，就講給蕙娘聽了。「當時我年紀還小，聽了便信以為真，又不敢和繼母、祖母說，委屈只好放在心裡。有一回在爹身邊，再忍不住，便發作出來，哭哭啼啼地問他，我是否就真是喪門星轉世，剋了娘親？娘親地下有靈，又會不會恨我？」

「爹平時總很嚴肅，可那天卻很柔和，把我抱在膝上說了好多話，我也不大記得了，就幾句話，一直銘記到了如今。他說我娘去世之前，一直惦記著生我時大出血，我只出了一條腿就生不動了，是被產婆拽出來的。」權仲白說。「她怕我腿被拽壞了，硬是要爹把我的腿給她看看，見到踢動如意，這才安心合眼。這世上唯有父母對兒女的付出，是從不要求回報的……我娘哪裡會恨我呢？只有遺憾，不能親自看我長大。當時我也不懂，只覺得世上哪有人會這樣傻，分明被我害死了，還只是盼著我好。爹說，等我長大了，有了自己的孩子，就能明白。」

他摟著蕙娘，隨意一笑，低沈地道：「可我真是作夢也想不到，我權子殷也有安定下來，娶妻生子的一天，更會接過我由少時便發誓不接的國公爵位……我終於能體會到爹當時

注：頂牛，此指爭執不下或互相衝突。

所說的心境。可見人生變化無常，不是一介匹夫能夠逆料的。」

雖未甜言蜜語，但話中的情分，蕙娘又哪裡感受不到？她垂下頭摸了摸肚子，心頭真不知是何情緒，一時竟是欲語無言，好半日，才幽幽道：「這一切變化，都是因我而起。老實說，你就真沒有一點遷怒、一點恨我嗎？」

權仲白哈哈一笑，灑然道：「恨是真有一點！」

有一點，卻也只有一點而已，餘下更多的是什麼，他不肯說，蕙娘似乎也能明白。只是她很想聽他說出口來，卻又不大敢去問，一時間心尖顫動，卻是欲語還休，似喜還嗔，兩人目光相對，半晌都未能說話。

權仲白左右一看，見幾個丫頭都避到遠處，便拉著蕙娘的手，慢慢地傾近前來，口中還道：「妳最近太忙，放在我身上的心思，要比從前少了。」

這話居然還有點哀怨。

三十幾歲的大男人賣起可愛來，真叫人肉緊，蕙娘忍不住吃吃發笑，貼著權仲白的唇，才要說話時，遠處忽然起了些動靜，這裡聽不分明，只有些喝喊之聲傳了過來。

權仲白耳朵一動，頓時站起身來，向遠處張望了片刻，便又若無其事地坐了下來，同蕙娘道：「喔，好像是病區裡有點動靜，可能那邊有人發病，我一會兒過去看看吧。」

倒還是陪著蕙娘散了步，兩人繞回了甲一號，他才往前頭去了。

過了一會兒，權仲白也就回來吃飯，蕙娘問起，都道：「就是病區那邊有點事情，現在已經解決了。」

蕙娘明知不是如此，但也並不多問，還是安心養胎。

又過了十數日，許家人終於到京，立刻就把刑訊好手給權仲白送來了，還帶了豐厚禮物，向蕙娘問好。只是蕙娘臨盆在即，卻不能相見，也不好再談正事了。

這天下午，她正陪著歪哥在亭子裡認字，指著遠處蓮子滿上幾隻大白鵝，哄歪哥唸。「鵝鵝鵝，曲項向天歌。」

歪哥有幾分不耐煩，並不唸詩，反而數那幾隻鵝。「一隻、兩隻、三隻、五隻、九隻……」

「喂，四、六、七、八，你都丟到哪裡去了？」蕙娘望著遠處那三、四隻鵝，好氣又好笑，才要教導兒子識數，忽覺下腹一暖，一股水淅瀝瀝就流了出來。

歪哥「啊」了一聲，又驚又樂，拍手道：「娘尿尿啦！尿褲子！娘也尿褲子！」

畢竟有過經驗，這一次並不如何慌張，蕙娘才知道原來自己腹部那微微的抽搐感，就是陣痛了，卻是和上回不同，減輕了何止一星半點。她指著歪哥，又好氣又好笑，一邊由著眾人把她攙扶著，一邊還要和兒子鬥嘴。「進產房前還要氣我，權歪歪，你長本事了你！」

歪哥這才知道母親是要生產了，他年紀還小，也不知道這其中的危險，還追在母親身後喊：「小弟弟快出來、小弟弟快出來！」

等蕙娘進了血室，還問廖養娘呢。「養娘，小弟弟什麼時候來和我玩？」

廖養娘抱起他，笑罵了一聲。「不懂事！」她若有所思，望了院外一眼，低聲道：「等你弟弟平安出生了，外頭應該也就能安靜下來了吧……」

第一百六十四章

到底是生產過一次，這一次就要順得多了，雖然也遭受了痛苦，但產程要快了幾倍。蕙娘因怕權仲白留下陰影，不到萬不得已，不想他親自接生，權仲白由頭至尾，也就承擔了一個在旁鎮場子的作用。才堪堪過了兩個時辰，待產道開了五指，產婆稍微一推肚子，一陣劇痛中，權家二房次子便滑了出來。

權仲白將他一拍，那口黏液吐出來，臍帶一剪，他就哇哇大哭，被抱下去擦身了。蕙娘這裡連會陰都未剪，就有產婆過來善後了。

這孩子懷得順、生得順，也是因為體重比當時的歪哥要輕好些，才堪堪五斤，也沒歪哥元氣那樣充足。權仲白說是她這一次孕期也持續視事的關係，也有這孩子不如歪哥霸道的意思，他未能太好地吸收母體養分，先天元氣，就沒有歪哥那樣足了。蕙娘聽著，心裡倒是有點愧疚：雖說是不得已，有些事少了她就沒法做，但到底還是有虧待了次子之感。她為褒獎小寶寶，便給他起了個小名叫做乖哥，以示他和歪哥不同，比較懂得心疼娘親。

反正生了孩子，總有那些禮儀要做，洗三、滿月，都是題中應有之義，才出生的小寶寶，禁不得顛簸，洗三就放在沖粹園辦了，權家只來了個權夫人，焦家卻是闔家出動，連老太爺都來親自添盆，順理成章，就充當了攪盆的長輩。

皁陽侯夫人來探視蕙娘時，便心直口快。「當時歪哥洗三，老太爺可沒過來。從這小名來看，似乎也有點偏心乖哥的意思呢！」

老太爺偏心乖哥，自有一番道理在，權夫人和蕙娘心底都是門兒清。

蕙娘笑道：「當時老爺子不是還沒有致仕嘛……」

張夫人也是有眼色的人，看蕙娘和權夫人神色，便不多提，轉而讚道：「都說老爺子當時已經病危，沒想到熬過了這一劫，反而精神越好，也是八十五的人了，還是那樣矯健，倒真有幾分修道中人的意思，看來，竟是百歲可期呢！」

眾人談說了一番，也就散去。

權夫人和蕙娘略略訴了訴苦。「自從何氏去了江南，家裡大小事情，只能由我來作主，多少年沒這麼操勞了，要不是有妳那些精靈的管事媳婦，這個年，還真過得慌亂呢！」

她就像是絲毫都不知道權季青和二房的紛爭，待蕙娘一如既往，一點破綻都挑不出來。蕙娘也不知是她城府功夫好，還是真被權季青蒙在鼓裡，畢竟兩房現在雖然鏖戰連篇，權季青可能甚至發動人來，想要在她這個即將臨盆的孕婦上作文章，但在面上，卻依然是一團和氣，毫無痕跡。權季青始終未能奈何得了二房，二房也一直都沒有找到對付他的證據。

蕙娘笑道：「等我坐完了月子，再看看能不能回府來住，幫著娘管管家吧。」

權夫人等的就是這一句話，得蕙娘吐口，她登時眉開眼笑。「仲白他爹也是這個意思，現在家裡人口少，大家要住在一起才熱鬧。再說，季青也到說親的年紀了，妳這個做嫂子的，少不得幫我參贊參贊，給他說上哪戶人家為好。」又悄聲告訴蕙娘。「老大家的柱姊雖還茁壯，但栓哥命就薄了些，去年年末得了肺病，藥石無效，開春夭折了。好在過去兩年間，幾個侍妾又為他們添了幾個兒女，族長作主，把其中一個最長的抱到林氏名下養。」

當時還在說栓哥的身世問題，現在孩子人都夭折了，想來也的確令人感慨。蕙娘和權夫人唏噓了一番，權夫人又笑道：「這樣也好！橫豎回了東北，愛怎麼納妾生兒子，都隨他們了。他們人丁旺盛，對我們也是好事。」

蕙娘當時還說，要和林氏互通消息呢，只是大房回到東北以後，只給長輩們送信，對她卻是別無二話，她也就漸漸地淡了這一顆心。現在林氏沒有兒子，已不可能繼承國公府的爵位，她對大房的忌憚倒淡了許多，便主動開口。「現在家裡，也的確是太冷清了一點，要是爹能點頭，其實把大哥大嫂接回來住，倒也不錯。他們在東北住了幾年，應當是收斂了性子，更成熟得多了。」

「家裡沒這個規矩。」權夫人搖了搖頭，卻毫不猶豫地否定了這個提議。「國公爺也不會點頭的。」

說了半日，又回到了瑞婷身上。「現在宮中情況變化，正是婷娘出頭的好時候，只可惜仲白性子太倔，對瑞婷十分疏遠。國公和我的意思，妳還是相機勸一勸，這也不是光為了我們，也是看在瑞婷下半輩子的分上。」

就權瑞婷那富態相，蕙娘很懷疑她能有多受寵，但現在情況變化，世子位十成到手了九成，她沒必要再顯擺架子，倒過來拿捏婆婆，因此只含笑道：「有機會，一定勸仲白幾句，只是他性子倔，若瑞婷沒什麼要緊事尋他，也不必一定要見，為了這事和他拌嘴，可不大值當。」

「哪裡是沒什麼要緊事呢。」權夫人嘆了口氣，卻也不強求。「算了，等妳坐完月子再說吧。還在月子裡，也不必就為這些事費神起來了。」

這話倒的確不假，權仲白的意思，也讓蕙娘不要過問外事，專心地坐完整個月子，好好將養身體。橫豎現在也的確沒有什麼大事。

為求一擊奏效，不浪費時間，他們是等許家人過來，才預備綁架喬十七。這種事總也要有個機會，不是說綁就綁的，等蕙娘月子坐了一大半，桂家的江湖好手，才尋了個天衣無縫的機會，一舉將喬十七擒下，送到了蕙娘事前就備好的一處宅院裡。此後手段，就自然有許家人施展了。

這喬十七也是個硬漢，按權仲白的說法。「我也是旁觀過的，據說許家的刑訊手段，講究頗多。甚至包括審訊的時間，都是有門道的，一關進去，立刻拿大燈照著，餵了鬆弛神志的藥，那人便很渴睡，可被燈光照耀著，卻又睡不著。就算食水給足，並不多加虐待，但光是不讓睡覺，很多人就撐不過三天。而且到後來神志暈眩，那是問什麼答什麼，連說謊的力氣都沒有了。

「據說一個人十天沒有覺睡，就一定會死，有些硬漢子，到第七天上還是不肯開口，便讓他睡兩個時辰，再於凌晨濃睡的時辰潑醒，這一下為了睡覺，他們可是什麼都說了。若在飲食上再剋扣些，再強硬的好漢，頂多也只能撐到第五天。」

可這喬十七，就硬是撐了有半個月之久，連乖哥的滿月酒都過了，他人已搖搖欲墜了，卻還是什麼都不肯說。蕙娘此時，反而知道他必定是有問題了。要知道所謂屈打成招，便是人有時候到了絕境，真是寧可拿後半生來換一時的休息。喬十七為了睡覺，只怕沒罪都要編出來，他一個京城分號的掌櫃，肚子裡會沒有兩件陰私事？能挺到現在什麼都不說，可見此人非但很有來歷，而且心裡也一定守護著很多秘密，也是自知一經洩漏，必定就留不下命來了。

權仲白也作此想，因此到這個地步，兩夫妻都不怕是抓錯人了，便任由那許家的好手，盡情地施展手段，等他什麼時候肯招了，再指派個沒和他照過面的心腹過去審他，也就是了。

因有張夫人提醒，蕙娘雖然心態變化，已經不那麼排斥哺乳，但卻也不肯多奶乖哥，免得歪哥一問之下，就要吃醋。她奶了乖哥幾口，便把他交到了乳母手上，乖哥的養娘，是姜福的妻子，為人也一向謹慎，她同廖養娘關係處得不錯。這一批新成親的大丫鬟，因沒有孩子，全沒趕上乖哥這一撥。倒是綠松傳出喜訊——新年休了十多天的假之後不到一個月，她便有了身孕。

從小一道長大的侍女，如今也成家生子了，蕙娘心裡實是為綠松高興，她也知道保胎、養胎的要緊，便親自許諾綠松。「妳只管放心生產，等妳回來以後，我還有要緊差事給妳。」給綠松放了長假，家中事務，暫由石英總攬。

石英也知道機會難得，打點精神，倒把沖粹園上下打理得井井有條，半點都不用蕙娘操心。

第一百六十五章

蕙娘如今雖說不上日理萬機，但等著操心的事卻也不少，難得這樣跟孩子在一起，便自己抱了乖哥來逗弄玩耍。不過，乖哥才剛足月，能和母親有什麼互動？也就是吃完了奶，安安靜靜地便合眼睡去而已。歪哥也在一邊看母親抱著弟弟，有幾分眼熱，卻又不敢討要弟弟來抱，只大聲說話，巴望著能把母親的注意力給吸引過來。

「倒是真乖。」廖養娘便和蕙娘道。「這孩子的天性，便是從胎裡帶來的，乖哥連餓起來，都只是細聲細氣哭幾聲，我聽姜養娘說，就連尿了、拉了也都不哭，只定時給他換尿片時，才發覺已經拉出來了。晚上一個時辰哭一聲，餵一會兒奶，就又沈沈睡去了，並不貪大人抱，真不知是比歪哥要好帶多少。」

蕙娘還沒說話，已發覺歪哥愀然不樂，這孩子年紀雖小，但也懂得廖養娘的意思，有誇讚乖哥、貶低他自己的感覺。他嘟著嘴，小肩膀耷拉著，使勁白了乖哥幾眼，倒是難得地淚眼迷濛，好像有點要哭了。

「孩子嘛，現在靈智都還沒開呢，我們歪哥也不是故意要折騰養娘的，現在不也乖得多了？」她又好氣又好笑，忙撫慰歪哥。

歪哥卻不大領情，只不斷拿眼角瞥著乖哥，哼哼唧唧地，又鬧了一陣委屈，直到蕙娘把乖哥放下，來抱他時，他方才緊緊蜷在蕙娘懷裡，哽咽著道：「弟弟討厭，我不要他了！」

在乖哥出生之前，自然有許多人把「要疼弟弟」這個念頭，投入到歪哥耳朵裡，歪哥怕也是受了影響，覺得弟弟是個好玩的東西，現在發覺弟弟奪了他的寵，便轉而想要把這個小討厭送走。蕙娘不禁一陣好笑，廖養娘深知歪哥的性子，忙哄他道：「你娘小時候，也這樣不喜歡你十四姨，可你看現在，十四姨和她多好，有多疼你？等你和弟弟長大了，也就同你娘與十四姨一樣，兄弟間便親熱起來了。」

文娘這個小姨做得好，很得歪哥喜歡，因此歪哥偏著腦袋想了想，便默不作聲，只是還有些憤憤的，鬧著要蕙娘更疼他幾分。蕙娘無可奈何，只好先哄了他高興，這個小小霸王才心滿意足，掙扎到了地上，把弟弟的小手捏住，撓了撓他的手心。乖哥還在睡夢中，被他擾得手舞足蹈，掙扎了起來，歪哥又樂得哈哈直笑，又要去撓他的腳心。

兩個小鬼頭正折騰得熱鬧時——這樣說有些不大公平，應該是歪哥正折騰得熱鬧，乖哥被折騰得很無奈——外頭來了人回稟蕙娘，卻是權仲白遣人來接她出去散散心。

雖然從前閒來無事，權仲白也喜歡帶著蕙娘出去走走，但現在正是和權季青鬥生鬥死的重要關頭，他怎會突發雅興？才剛這麼一想，蕙娘便自會意——應該是喬十七那裡有事了。

果然，這車接了她以後，並不往城裡去，而是走向蕙娘自己在城郊的小莊子。她在京城附近也有些產業，只是平時多半也是空置，這回倒是正好派上用場，許家來人已在那裡，審了喬十七將近一個月，居然都沒取得太大的進展。

因當時審訊時，便考慮到他們要在後頭觀看，這間囚室，是做過一番布置的，乃是用一間密室改造，權仲白和蕙娘能從喬十七頭頂的一間屋子俯視下去，將一切盡收眼底，但喬十七卻不能從那一個敞口，看到他們的面容。

蕙娘到時，權仲白已經負手在那裡看了一會兒，見到蕙娘過來，便道：「這個喬十七，也算是一條好漢了，知道我們要用這所謂疲勞審訊的辦法來審他，只要一有機會就要尋死。前幾天因為他把飯碗打碎，碎瓷片都吞進去幾片，審訊不得已因此中斷。到今日才算是將養好了，又行盤問，但不論怎麼問，他都回那麼幾句話而已，看來還是很難撬開他的口。」

蕙娘看他，也覺得有些佩服，經過這一個月的折騰，喬十七整個人都老了幾歲，但得到了將養那幾天的喘息之機，他看來仍還能撐上一段日子，只是這份毅力，便不是一個尋常掌櫃可以擁有。看來他身上，必定是背負了對他來說性命交關的一種秘密了。

「像這樣再審，可能是審不出結果了。」權仲白和她商量。「但這個人，對季青來說肯定也相當重要。自從他被綁來以後，四弟見到我，終於露出擔憂恐懼的神色，倒是比前一陣子幾次騷擾沖粹園，看到我卻還是行若無事的那番風度，要慌張得多了。」

他這樣說來，輕輕巧巧，蕙娘卻是才終於肯定，在她懷孕後期的那一、兩個月，國公府風雲暗湧，權仲白不知和弟弟過了幾招，卻仍沒捉到他的痛腳。就是現在，說不定他都在一家人身邊布下了一些護衛，只是她並不知情而已。

「沒想到少了我，你自己也能把事情辦得妥妥當當的。」她不禁便笑道。「我居然真是一點風聲都沒聽聞，也虧得我身邊那些丫頭，那樣聽你的話。」

權仲白笑而不答，過了一會兒，蕙娘看喬十七始終閉目養神，對那高懸的燈籠，似乎已不大在意，便一邊思忖，一邊隨口問權仲白。「你和季青談過了沒有？這件事，他總要對你有個說法的吧？」

「這也沒什麼好談的了。」權仲白輕輕地嘆了口氣。「我看了他的眼神，還有什麼不明白的？在他心裡，最重要的始終都只是自己，家族也好，兄弟之情也罷，都敵不過他自己的慾求。我就是再說一萬句，也拉不回他來。我們現在比較的，無非就是誰更快一步而已，是我先審出真相來，把他給扳倒，還是他先尋到破綻，把我害死。嘿……真想不到，居然會有和自家兄弟兵戎相見的一天。」

他倒背雙手，面容被那一線透過牆口射來的燈光，映得半邊亮、半邊黑，一眼看去，竟有些詭譎之意，似乎已不復當時的飄然欲仙。蕙娘細察他的神色，但卻看不大出權仲白的心情。他畢竟是三十多歲的人了，又慣走宮廷，即使以她的眼力，一旦權仲白有意收斂，她亦很難琢磨出他的情緒。

「別的事，先不說了。」權仲白卻沒再糾纏此事，拿下巴點了點喬十七，就問蕙娘。「現在妳看到他了，應該也和我一樣，覺得這塊硬骨頭，不是這個辦法能啃得下來的。我看，還是要換個辦法來審，不過這就要和妳商量了……我想自己審他，妳覺得如何？」

自己親身去審，就等於是把二房給暴露出來了，萬一還是什麼都審不出來，這個喬十七該怎麼辦才好？是殺又還是放？蕙娘有些躊躇——按她來說，若事不成，肯定不能放，但這麼關著，就是一處把柄，若要殺、賣、毒啞、刺聾等等，又都過分殘忍，不要說權仲白，就是她都有些忍不得。

人力有限，即使是通天大能，也有技窮時，如何能不傷喬十七，便把他的心防擊破，這個難題，連蕙娘都難以解出。但她也是有決斷的人，一咬牙，便道：「我沒主意了，要是你有，那就聽你的吧。」

權仲白點了點頭，道：「那我就下去了。」

他似乎早有盤算，竟是成竹在胸，徐徐下了臺階，未幾便推門而入，進入囚室之中。

蕙娘從上而下，把全局盡收眼底，只見那喬十七一見權仲白，自然是滿面訝色——這也是題中應有之義，但片刻後，他又把臉垂下，不再和權仲白對視。她滿以為權仲白還有一場硬仗要打，正打算看他施展手段，沒想到，權仲白才把那許家的好手遣出，在他原來的位子上一坐，喬十七便恭敬地問好。

「見過二少爺。」

權仲白滿面似笑非笑的神色，淡淡地「嗯」了一聲，從容地問：「說不說？」

喬十七居然毫無抵抗，馴順地道：「我說。」

第一百六十六章

蕙娘這一驚，自然非同小可，她心頭立刻就浮現出種種疑問、種種猜測，甚至對權仲白的所有評價，似乎都漂了起來，只覺得他看起來無比陌生，似乎還掩藏了重重的秘密。但這懷疑也只是一瞬，她便又堅定了心意：權仲白若要害她，又何必種種做作？她自己心底明白，他和她之間，只有她圖他，沒有他圖她！

只是喬十七這樣的硬漢子，為什麼在看到權仲白的一瞬，便即卸下了心防？蕙娘思忖片刻，腦際靈光一閃，忽然就恍然大悟——恐怕，他們倒是自誤了。

權季青既然收服了喬十七來害她，只怕這個三掌櫃，和那神秘的組織也脫不了關係，很可能喬十七真正的家小，還在他們的掌握之中。如果是被敵對勢力，又或者是燕雲衛擒去，喬十七一開口，他的家人還有活理嗎？可權仲白一露面，這件事的性質就分明了，也就是權家內部，二房和四房相爭而已。他一個馬前卒子，聽憑權季青的吩咐做事，良國公就算把他給殺了，到底也不會傳揚開來，把事情鬧大，那麼他的家人，就可保平安，更別說要留他作證，他就能多活一段時日，沒準兒就等到了一線生機，都是難說的事。因此之前讓許家的人來審，喬十七的骨頭就硬得不行，現在權仲白一露面，他便什麼都肯說了。

要不是立場敵對，骨頭這麼硬，在被困了近一個月，內心還未崩潰，甚至仍能冷靜分析局勢，如此心志毅力，蕙娘定會大為讚賞，甚至想要收為己用，只是現在，她卻感到不寒而慄。雖然已經見識過了那神秘組織的能量，但如此近距離地接觸其中一員，還是頭一次。要是裡頭人人都和喬十七一樣，那麼被他們盯上的自己、被他們覬覦的宜春票號，豈非都處在了極危險的境地之中？

她念頭轉得飛快，只是一瞬間，便推演出了許多訊息，正自怔然時，底下權仲白已問——

「我先只問一件事，你也先只答一件事就夠了。我想，我問別的，你未必會說。」

喬十七果然是個人物，他恐怕也一直不解，為什麼自己沒被動上肉刑，此時一見權仲白，便明白了個中關竅，扭頭望了蕙娘的方向一眼，雖然肯定未能看清她的面孔，但只這一道眼神，便可看出他心中大有丘壑，不是看起來那樣庸常，說不定已經猜到，在牆後還有個蕙娘在觀看。他咧嘴一笑，淡淡地道：「二少爺神算，您要問別的事，就少不得對我動點肉刑了。」

果然是看透了二房的顧忌……

「你當我就沒有別的手段對付你嗎？」權仲白的聲調也不見提高，可只這一句話，便在氣勢上把喬十七給壓住了，他也並不多提自己的手段，而是緊跟著發問：「二少夫人在娘家時，曾遭人毒害，這件事，你知道不知道？」

「知道。」這件事，喬十七答得毫不猶豫。

權仲白又道：「此事是你主辦？」

「不是。」

喬十七大有有問必答之意，權仲白也就不給他沈吟的機會，緊跟著又問：「是否權季青主使，你隨他協辦？」

喬十七又抬起頭來，看了蕙娘的方向一眼，他清脆而肯定地道：「是！」

這一聲「是」，在蕙娘心湖激起的波瀾，又豈是千重而已？一時間，她幾乎連腿都要軟了，到底還是下盤功夫運得好，這才沒有跌倒。從承平四年到現在，將近五年時間，她雖然看似毫無異狀，其實哪有一夜的安眠？這碗藥就是她的魔障、她的劫數，權仲白希望她放下一切隨他海北天南，可她找不到凶手，又怎能安心？這執著綿延了五年時間，她幾乎以為這是此生都堪不破的一道謎題，是她永遠都求而不得的遺憾，沒想到就在今日，猝不及防伴著一聲「是」字，竟真得到了解答。

「他是從哪裡得到的毒藥？又是如何設計？」權仲白就算心中亦有所波瀾，也已經被他遮掩得極好，他的語調幾乎沒有一點波動，彷彿今日一切，已在料中。

這份定力，畢竟是把喬十七給震懾住了，他的態度更恭謹了一點，看來，也有些囚犯被審的味道了。

「毒藥何來，我並不知道，只約莫猜到這是要毒當時還未過門的二少夫人。」喬十七道。「某年某月某日，四少爺給了我一株地黃，令我在給昌盛隆選藥後打包時，把這株地黃混入上上之選中，最好的那一包。我因和他交好，雖然知道他是要做害人的事，但也沒想那麼多，便幫他辦了。餘下的事，我就再不知道了。」

地黃？蕙娘不禁一驚！焦家幾個主子的太平方子，除了老太爺之外，幾乎都有地黃一味，也因此，查了那麼多藥，他們都沒往地黃上動疑心。權季青怎麼就在地黃上動了手腳？

「你就只知道這些？」權仲白也有些不信，他稍微抬高了聲音，又換了一個問法。「好，這些是你知道的。接下來，你給我說說你猜到的。」

喬十七肩膀微微一彈，他只看了權仲白一眼，權仲白便不耐煩地道：「若說出來，我就饒你不死。」

得了這句話，喬十七的話匣子就打開了。他馴順地說：「雖然四少爺沒說別的，但我和他平日裡比較相好，自己是有些猜測。」

也不要權仲白逼問了，自己便往下說：「從前四少爺還小，出入您的書房，並無禁忌，您平時都把脈案堆放在立雪院外院書房裡，直到沖粹園建成，才慢慢地搬遷過去。四少爺可能平時就有偷偷翻閱脈案藥方的習慣，此事他流出過一言半語被我聽到，說不定也許就翻到了焦家的脈案藥方，他記性過人，記下這些，也不是什麼難事。

「當時訂親風聲已經傳出，連我們都有聽說一鱗半爪，四少爺知道得自然就更加清楚了。您心裡也明白，家裡這幾個少爺，三少爺不用說了，大少爺也比不上您和四少爺的天分。只是國公爺心意一直晦暗不明，直到給您說了焦家，大家這才了然，他還是想捧您上位，國公爺對您的疼愛，那是不用說了。」喬十七說起來自然而然，彷彿權家的局勢，全在算中。

權仲白悶哼了一聲，並不說話。

「都知道您對國公位置，本來無意。」喬十七緩了一口氣，又道：「為免兄弟鬩牆，最好的辦法，自然是在過門之前，把焦姑娘扼殺掉。我想，四少爺恐怕就是存了這個念頭，這才尋了這一味藥來，博個萬一的機會吧。」

權仲白沈默了片刻，才為蕙娘問了她心頭的疑惑。「萬一這藥，被別人取用了——」

「那一味地黃，品相極佳，按昌盛隆和焦家的關係，以及焦家的一貫作派，十有八九會被送到焦家。而少夫人所用一切物事，都要盡善盡美的事，全京城眾所周知，不論是昌盛隆，還是您身邊的下人，那都是行家裡手，或遲或早，應當總會為少夫人取用。」喬十七頓了頓，道：「這都是我的猜測，不過我想，若果就是害錯了人，四少爺心裡，也不會太在意吧。本來就是一步閒棋，害死了正主兒最好，就是害了旁人，又有什麼干係呢？」

如此瘋狂而惡毒的念頭，卻極為契合權季青的性格。喬十七這麼說出來，自然而然，好像大家都覺得權季青作這樣的想法，實在非常合情合理。

權仲白重重地嘆了口氣，又道：「那麼，頭前那位才說了親，還沒下聘就——」

「那一位卻不是四少爺的手筆。四少爺私底下對我說過，他覺得天意屬他，國公位也好，」喬十七頓了頓，方緩緩道：「別的也好，命中注定，都是他的囊中之物。就是因為您先後兩任妻子，一個不是良配，還有一個卻因天命夭折，才給了他漸漸成長的機會。」

權季青今年，也就是蕙娘一般的年紀，四、五年前，根本還是個半大少年，他竟能作出如此布置，還有什麼可說的？即使是蕙娘也不得不承認，他可算得上是異想天開、膽大心細、天馬行空、不留痕跡了。現在是良國公有意扶持，喬十七又識得看人眼色，不然，這個人證就是得了，又能扳倒權季青嗎？

也許是因為和她想到了一處，權仲白也沒多問權季青的心理，只道：「這件事是由你一手操辦，想來，是未留下什麼憑據了。」

「不論是昌盛隆還是焦家，都沒有內應，全憑他們出眾的眼力。四少爺也就是弄來一株藥給我，這種事當時做完就算了，天衣無縫，哪裡能留下什麼憑據。」喬十七唇角牽出一絲微笑，慢慢地說。「不過，國公爺對四少爺想來也是有了提防，不然，也不會把我們天南海北地拘來，給您盤查。到底是少夫人好手段，竟也能發覺蛛絲馬跡，把我拘來。」

他衝蕙娘點了點頭，竟喝道：「二少夫人，我喬十七服了您了！只盼您也能將線索見賜，讓我做個明白鬼！」

權仲白既然已經許了饒他一命，二房又不能刑訊他，皮肉之苦是吃不著了。不能打、不能殺，再為難一個底下人，未免沒有體面。喬十七想來也是算準了權仲白絕不是這種人，所以才胸有成竹，甚至有餘力和蕙娘搭訕。

蕙娘輕輕地搖了搖頭，只透過縫隙，衝權仲白道：「走吧，也沒必要再待下去了。」

喬十七把能說的都說出來，她的生死大謎，算是解了惑了，這答案簡單得出人意表，卻又十分合乎情理，很符合權季青的個性。這小子亦算是有些氣運，昌盛隆的確不敢怠慢焦家，把同和堂挑過那最好的一包藥材，直接送到了閣老府。想來因品相好，又信任昌盛隆的眼光，挑藥分藥時，庫房嬤嬤到底心向自雨堂，有幾分情面，便沒把這最好的藥材給五姨娘配藥，而是同往常一樣，配給了自雨堂。接下來的事，便不用多說了。

疑了這麼久的內奸，誰知道最後的答案，竟真是沒有內奸。她所認識、所重視的人裡，並沒有誰安心害她，真正要害她的人，也沒有那樣手段通天、無所不能，至少蕙娘的生死之謎，看來是已經解開了。可她心底，卻毫無釋然輕鬆之感，反而轉有許多濃重的疑問，更解不開。回家的一路，她都沒怎麼說話，權仲白自然亦是心事重重。

回到沖粹園後，兩夫妻都無心先同甲一號，便攜手在蓮子滿邊上，伴著晚霞漫步，不知不覺，竟走到了歸憩林裡。

歸憩林換種梨花以後，蕙娘還是第一次過來，此時但見一泓綠蔭，彷彿已是多年成林，達氏的墳塋在遠處隱現一角，倒真像是在林中小憩一般。蕙娘立在林外，呆了半日，慢慢地透出一口涼氣，問權仲白。「季青這個樣子，你心裡想必不大爽快吧？」

權仲白搖了搖頭，低沈地道：「也不能說沒有想到，他遇事實在愛走極端，也許，是我一葉障目，太沈浸於兄弟之情，實在看不出他的本色吧。」

晚風徐來，吹得他的衣衫烈烈飛揚，蒙著夕陽餘暉的面龐，別有一番情致。蕙娘想到收藏在多寶格中的那枚帽墜，再嘆了一口氣，終於也接受了謎底竟這樣簡單的結果。她心頭慢慢泛起一陣輕鬆，一面暗下決心，一面和權仲白感慨道：「也不是我搬弄是非，但以你們家的這種教育辦法，會教出季青這樣的人來，也實屬正常。以後你繼位國公，這規矩少不得也要改一改了，歪哥和乖哥，絕不可走到兄弟相殘的一步。」

「從前七、八代傳承，也很少有鬧得這麼難看的，也許是這一代的情況，實在太特別了。」權仲白低沈地說。

他不再搭理蕙娘，而是頓住腳步，望著湖心，憤懣地長嘯了起來，似乎要用滾滾嘯聲，發洩心中數不盡的複雜情緒。好半晌，才收歇了聲，一拂袖子，乾淨俐落地道：「事已至此，再作兒女態，也是無用。明日我就把喬十七提去見父親，這件事，也該有個了結了。」

蕙娘道：「爹把人都打發過來，也許是指望我們挖出一整條線——」

「他指望那是他的事，我們又不是他的傀儡。現在喬十七人證在此，他要繼續保住季青，這個家，我們也沒有什麼待下去的必要。」權仲白冷道。「國公位讓我坐，我責無旁貸時，那是不能推卻。可他要以為他能靠著這個爵位來捏我、玩我、塑造我，那就大錯特錯了。」

雖說不能動喬十七，但怎麼都可以從他的交際圈裡，尋找一些那神秘組織在同和堂的暗線，一天不交出喬十七，一天他們起碼還占據了一點主動。蕙娘眉頭暗皺，正要說話時，又想到喬十七失蹤以後，眾人自然已經提高了警覺是一，二來權仲白現在的心情，只怕不會很好，若為國公爺說話反而惹怒了他，那又是何苦來哉？便轉而笑道：「好，那就這麼辦吧。從明日起，我睡覺都能安心一點了。」

「就是這個道理了。」權仲白重重地道。「早一天把此事了結，你們母子三個，也就早一天得到安定。這才是最要緊的事，別的那都可以押後再說了。」

兩夫妻計議已定，便攜手回轉。一路上權仲白神色都很凝重，蕙娘想說幾句話來安慰他，可她自己也是胸懷激盪、疑慮重重，亟欲整理思緒，好好地把來龍去脈想透，把疑點挖掘出來。

兩人默然走到甲一號門前時，她好不容易收攝思緒，展顏一笑正要說話，遠處又起了一陣騷亂。

桂皮直奔進來，連聲道：「少爺！大事不好，快、快去！」他猛地一跺腳，方才續道：「是皇上出事了！」

第一百六十七章

皇上出事，自然非同小可，權仲白和清蕙交換了一個眼色，都看出對方心底的震撼。他也不是婆媽之人，當下便一提身子，和桂皮一道快步往側門過去，一路上桂皮連喘帶咳，一邊走一邊給他說了原委。「昨晚在湖邊飲宴，也許是受了風寒，今早起來就不大舒服，咳嗽了幾聲，才要傳喚您呢，又被國事耽擱住了。剛才幾位閣老才退下去，就發起高燒來，這會兒歐陽家幾位御醫也都過去了，可皇上只要您給把脈開方，剛才來了一次，沒找到您，還當您在城內，剛打發人往城裡過去，您倒是就回來了！」

高燒忽起，來勢洶洶，很可能就是肺經出了問題。權仲白心底一沈，面上卻不露聲色，只道：「曉得了，我的藥箱帶了沒有？」

桂皮如此靈醒，這些瑣事自然安排得妥當，還未出沖粹園，便已有人送來了權仲白的藥箱。他自己卻是一溜煙跑在前頭，給主子開路去了。

權仲白身分特殊，得到皇上的愛寵，沖粹園和靜宜園之間有一條通道，可以隨時進出，方便他為皇上看診。今番皇上有事，各處倒還都未知道，要不是桂皮當前打了招呼，事前又的確有人過來尋找權仲白，權仲白這般貿然要進，守將幾乎不敢放行，饒是如此，他進靜宜園也頗費了一番周折。好不容易進了園子，一路還有好幾撥人馬上來盤問。

權仲白也是經歷過風波的人，只覺得這一幕似曾相識，心裡不由得更為沈重：以他的聖眷，從前朝到今朝，平時進宮，就不掛腰牌，又何曾有人敢上來相問？上回進宮進得這麼艱難時，恰好就是先帝病危……那一次真是險到了巔峰，差一點點，就沒有把安皇帝給救回來。就是其後，安皇帝也一直都沒有真正地從那一場病中恢復。

上回把脈，也就是四、五天前的事，當時皇帝的脈象也還十分正常，除了他先天帶來的隱患以外，幾乎沒有什麼值得擔心的徵兆。起病這麼凶猛，要救回來往往比較難，若是再來個皇子逼宮，朝廷的風雲變幻，還真是很難說！好在這一次皇帝來靜宜園只是小住，沒有把太后、太妃也接來，不然，這一次要治病，花費的心思恐怕不會比上一次更少。

權仲白的心好似被分成了兩個部分，第一部分是又緊張又有條理地思忖、分析著局勢，第二部分卻是已經開始盤算，以皇上的體質來說，該如何退燒，用什麼藥，再怎麼針灸。心底念頭飛轉，面上卻絲毫疑慮都不露出，任是幾撥兵馬停下來喝問，他也絲毫都不搭理，只留桂皮和他們夾纏，自己拎著藥箱，很快就靠近了皇帝居住的玉華岫臯塗精舍，只這一次，精舍門口把守著的卻不是尋常守將了，乃是鄭家大少鄭宇和，他今日身披甲冑、面色端凝，即使是見到權仲白，也不過是用眼神打了個招呼，將身子一讓，卻是什麼話都不肯說。

權仲白二話不說，快步進了裡間，果然見到幾個御醫已經到了，都正跪在地上，預備輪番給皇帝把脈。他熟知太醫院規矩，皇上用藥，必須幾個太醫斟酌了出方子，從脈案到藥方都要有幾個人的手印，必須禁得住後來人的質問。因此開出來的，泰半都是無功無過的太平方。若是一般時候那還好，此等急病，誰還容得他們這樣慢吞吞的行事？

封錦本來坐在皇帝床邊，還有宮中一位白貴人，正給皇帝擦拭額前熱汗，見到權仲白進來，封錦便長長地吁了一口氣，起身道：「了殷快來扶脈！這裡交給你了，現在園子裡亂得很，連公在外地沒能趕回，我得出去辦點事兒！」

到了這時候，任何人都信任不了，唯獨可以放心交付大事的，也只有皇帝自己的嫡系了。權仲白也不矯情，道了聲得罪，從幾個御醫手中，把皇上的脈給接了過來，才只一按，面色就是一沈，脫口而出道：「這是肺炎無疑了，邪毒壅塞，難怪這麼快！」他瞅了白貴人一眼，直接就問：「昨晚皇上臨幸妳了？」

白貴人身世雖然不大顯赫，但也是名門嫡女，聽到這麼一問，自然緋紅了臉，國色天香般的臉龐，再添了幾分楚楚可憐的風情。她望了封錦一眼，見他已經出了屋子，才輕輕地點了點頭，道：「是，可昨晚皇上還好好的呢……」

「妳出去吧！」權仲白不容分說地道。「就在外屋候著，一會兒要妳來服侍了，自然喊妳進來。」

也不顧白貴人聽了會怎麼想，便把她連逼帶推地送出了屋子，自己門一關，回身開門見山地道：「皇上的身子骨底子，我們自己人心裡有數，胎裡的不足，先天肺經就不好，和先皇是一色毛病。尤其是皇上平日操勞，心血耗得快，也不適合多近女色，恐怕這次病起，就是昨晚受了風涼，卻偏偏還同女子尋歡作樂，因此起了病，便一發不可收拾了。為今之計，還是先退了燒，再補益元氣，以桔梗為主，一朵雲、十大功勞、野薑並白果輔助，先開方，再針灸吧？」

同一般人想的不同，太醫院內的明爭暗鬥，倒並不是圍繞著誰給皇上看病這回事，一般的太醫，想的只是坐穩太醫院的位置，給達官貴人們扶脈開方，大收診金。至於診治皇帝這種隨時都可能掉腦袋的事，沒有人會爭著去做的。權仲白肯出頭，幾名太醫如何不肯？當下都道：「說得是，果然子殷是年輕人，一眨眼就有一個方案拿出來了。」

權仲白深知個中講究，此時卻也懶得和他們計較，不過是走個流程而已，當下便自己作主開了個方子出來，這群太醫看了自然也只有說好的。此後抓藥、熬藥、試藥、餵藥，便不必權仲白親自安排了。按宮中規矩，兩位太醫留下，預備日夜用藥，他這個不入太醫院的真正御用醫生，反而不算在內。還有幾個親近的內監在一邊服侍，至於白貴人，被權仲白趕出去以後，倒也知趣，並未想要進來，爭奪那虛無縹緲的「服侍湯藥」功勞，倒是乾淨利索地回自己的住處去了。

到了這種時候，服侍皇上的工作有內監們在做，幾個大夫，反倒只是呆坐，因熬藥畢竟也是費時，他們只能在一邊乾看著。

權仲白試探了一下皇上的額溫，眉頭暗皺，便道：「這時候沒有什麼發汗一說了，被子全都掀開，把皇上脫光了，拿涼手巾來擦身，再去預備一點冰塊來！」

眾人頓時又是好一通忙活，幾個內監把皇上圍成了一圈，權仲白抱著手在一邊看著，只是皺眉沈思。

過了一會兒，歐陽太醫給他遞了一盞茶，道：「你也忙活了有一個時辰了，且喝一口茶潤潤嗓子吧。」

權仲白這才發覺，一旦忙起來，時間是過得真快。他捏著茶杯下緣，望著皇上隱隱約約露出的一點身影，不覺低低地嘆了口氣。

歐陽太醫也自意會，他壓低了聲音。「燒得太高了，恐怕就恢復過來，也……」

「是有這個可能。」權仲白也不避諱，他搖了搖頭，感慨頗深。「只怕天下的形勢，又要隨著皇上的身體，而變上一變了。」

「你又何必這麼擔心？」歐陽太醫說起來還是權仲白的大師兄，兩個人私底下說話，不大避諱。「反正不管怎麼變，你們權家的榮耀倒不了，天大的熱鬧，你也就是冷眼瞧吧。」

這倒也是知心話，皇上若是此時去世，大不了權家就沈寂下去，對他們這些老牌世家來說，還是有機會再起，倒是別的那些更興頭、更當紅的名門世族，卻大有可能因此而倒臺。至於歐陽家，多年的醫藥世家，和哪個主子關係都不親密，換了誰上臺，也都和他們無關。在這樣緊要的時刻裡，他也還是看戲的不怕臺高——反正，權仲白已經把歐陽家最後一個風險都給擔走了，朝野上下誰不知道，皇帝的身體，那是權仲白在負責，和他們歐陽家可沒有一點關係。

權仲白也懶得和歐陽太醫多說：和他說東海、南海、泰西、新大陸，沒有一點意思，歐陽太醫的眼界並不到那個地步，還想不到「人亡政息」這四個字。要是皇帝沒有熬過這一關，同當日明武宗一樣，也是因為肺炎去世了，那麼上位的極有可能就是皇次子，牛家一旦得勢，楊家、桂家、許家總要倒楣，南海兩大將領，被奪權了還好些，要是心一橫，聯手反叛起來，那麼這個天下，可就真要亂了。西北的羅春、海外的魯王，可不是作夢都要笑醒？

一個巨人，總是要倒下的時候才能顯示出分量，從前皇帝還健康的時候，似乎總是充當著不大光彩的角色，這裡也要插一腳、那裡也要翻雲覆雨一番。可現在他有了危機，才顯出來自己的能耐。承平九年間，發生的這所有一切變化，甚至是國勢上的轉變，又有哪一個能離得開皇帝的努力？這整個天下大勢，都是因人成事，因的就是他這個九五之尊，這一點，如今來看，真是無可辯駁的事實了。

權仲白搜腸刮肚地想著還有沒有別的法子可以用？只是人有命數在，皇帝一家子，肺都容易出毛病，這要是肺炎還好，治好了也就是治好了，最怕是轉成肺癆……

權仲白不再想下去了，見封錦大步進了裡間，便迎上前問：「外頭都處理好了？」

封錦俊秀溫潤的面容上殺氣一閃，他點了點頭，咬著牙道：「淑妃娘娘也實在是心急了一點，這個皇貴妃還沒封呢，就已經把自己當成副后了！」

權仲白這才知道，自己並非妄自擔心，牛淑妃的確也有仿效昔年自己姑母用計的意思，只是當年先皇的病，本來就要溫養，耽誤一段時間還不打緊，太后、太妃在當年聯手拖延時間，就給了先帝安排後手、從容應付的機會。現在皇帝是已經高燒昏迷，失去理智了，要不是有封錦、鄭宁和這樣一心只效忠於皇帝的死黨，權仲白要救回皇帝，勢必又要大費手腳了。

「才覺得他重要得很，」權仲白也不禁嘆了口氣。「又覺得他實在也十分的脆弱。人才一倒，底下人就各起異心，這還沒合眼呢，說話就不好使了……」

「底下人也是無所適從，寧妃又萬事不管，才會由淑妃娘娘出頭。」封錦淡淡地道。「我這個身分，管理後宮，也是名不正言不順，我已令宇和把妃嬪聚居的地方封鎖起來，這回皇上要醫要藥，就不會遇見什麼疑難了。等連公公到這裡，園子裡就有主心骨了，在此之前，說不得還得請子殷和我配合起來，輪流在皇上身邊看守。」

權仲白自然沒有異議，一時皇上行開了藥力，呼吸漸漸平緩下來，燒得也沒那樣駭人了。權仲白便令人用乾布將他周身擦乾，又燒了艾來，給他做艾灸。

封錦其間又出去幾次，等皇上睡沈了方才再偷空進來，把權仲白換出去吃飯。

這一次皇上病勢，非同小可，封錦已將內外通道一律封鎖，權仲白也接觸不到什麼人——這還是他有先見之明，一開始就把白貴人趕走了，不然，白貴人現在也得跟著被關在這裡，有這麼些大男人在，她進進出出的，可就殊為不便了。留下來的幾個內監，想來也都是封錦的心腹，沒有誰敢貿然盤問權仲白，皇上的病勢究竟如何。他就是想給家裡送個信都辦不到——忙了這半天，他也是現在才想起來擔憂家裡人，也不知清蕙一個人在家，又會如何應付季青的招數？會否直接帶著喬十七，去找國公爺攤牌？不過，父親又哪裡有時間管這個，皇帝忽然病危的消息，肯定已經傳到了他的耳朵裡，這會兒，只怕他正忙著吧……

如此胡思亂想，真是山珍海味都吃不香了，更何況呈上來的飯食，也並不太美味，權仲白對付著吃了幾口，又略微梳洗一番，便往回進了精舍裡間。腳步才到門口，便見得幾個太監宮人，都跪在地上，封錦彎下身抱住皇上，肩頭微微抖動，似乎在忍耐著極大的痛苦，聲音都有些微沙啞，他道——

「不，不會的，絕不可能，李晟你天命所歸、福澤深厚，又怎會……」

第一百六十八章

權仲白被人叫走，蕙娘心裡怎會安穩？她聽了桂皮說話，也知道是皇上出事，自然不敢隨意打探，因此雖然權仲白和桂皮一去就杳無音信，連沖粹園和靜宜園相連的門扉，不多時都被人從那一側掛了粗大的鐵鏈鎖死、派了人站崗，蕙娘也並不太詫異，只是心中越發沈重。若是皇上現在出事，朝中再起風雲，宜春的地位，就要比現在尷尬得多了。正是才說要合作，章程都沒定死的時候，要是牛家所出的那位皇子上位，他們家和桂家的仇恨，天下皆知，桂家這個靠山，自然立刻就不好用了。到時候，只怕牛家一騰出手來，宜春就相當危險了。這還不說，如今東宮空虛，太子在天下人眼中，算是無辜被廢，還有許多「仁人志士」給予深切同情，牛家皇次子聲勢也高，楊家皇三子有首輔的天然支援……要是皇上突然去世，奪嫡之勢漸成，天下還不知道要亂到什麼時候去，到時候，海對面的那支力量，如果已經站穩了腳跟，再來攪風攪雨一番，又有那不知所謂、神秘陰毒的組織敲邊鼓，只怕大秦一百多年的天下就此破滅，都不是什麼稀奇事。

任何一個當朝的權貴，只要不是腦了出水，當然都不會希望改朝換代，蕙娘在這一點上，並無特出於人的見解，因此也很難無動於衷，一時連自家的命案都無心去想了，一顆心轉而擔憂起未來的危機，出了一回神，才讓焦梅親自給良國公送信。自己這裡，又派人鼓舞、約束護院，令他們看守門戶時更加意小心，現在靜宜園有事，那些羽林軍可能隨時就會被抽調離開，顧不得護衛沖粹園，而兩園比鄰而居，天知道在這等時候，會不會有人在沖粹園上打主意，異想天開，想要通過沖粹園，混到靜宜園裡去。在這種匯聚了天下所有目光、為眾人心頭第一大事的問題上，任何離奇的事，都不是沒可能發生。

待得回到甲一號，蕙娘尋思了半日，又把自己的那一支私兵中威望最高、隱為頭領，名喚熊友的一人請來說話。

桂老帥雖然難免心機算計，但和京城人比起來，西北人辦事就要實誠得多，這一支私兵不論是人數還是質量，都令人無法挑剔。尤其是這位熊友，師從二十年前北地第一武林高手，他的兩個師兄，如今都是武林赫赫有名的人物。雖他本人聲名不顯，但王家兩位姑奶奶，對他的武功評價都相當不低，為人又深知禮數，辦起事來能狠能寬，是個江湖走得、場面也上得的人物，跟隨桂元帥辦事，已有十多年的時間。故主對他是滿意非凡，特意在信中叮囑蕙娘，若是不滿意熊友，可把他送回西北，不要任意打發。就是到了京城以後，他也是循規蹈矩，並未輕易和舊主人聯繫，因此蕙娘雖無明言，但平時一言一行裡，漸漸也把他當作這支私兵的首領來看待了。這一次綁架喬十七，就是他作主所辦，乾淨利索，線索遮掩得很好，直到現在，眾人都以為喬十七是酒後回家，跌入通惠河裡去了。

「參見少夫人。」熊友雖然已經四十多歲，但為人卻也機靈，一進門便道：「今日園外有些動靜，兄弟們都察覺到了，不知是否到了用我們的時候？如少夫人有用，請儘管開口，我們兄弟是萬死不辭，絕不會推託一句。」

到底是武林人士，再有心計，說起話來還是直通通的，少了些禮數和周折。蕙娘不免一笑。「不打緊，是靜宜園出了點事情，和我們沒什麼關係。」她頓了頓，又道：「前一陣子我身子沈重，也不知少爺是怎麼支使你們的，弟兄們有沒有折損？他那個脾氣，餐風飲露、不通人情世故的，照顧你們就難免疏漏了點，若對少爺有什麼不滿，你這裡和我說，我為你們作主補上便是了。」

熊友忙道：「前陣子是有些宵小前來滋擾，身手亦頗不弱，但我們有少爺特意要來的火器護身，並未吃虧，反而還占了些便宜，可惜沒能留下活口，不然，早就順藤摸瓜，尋出他們的老巢了。」

他言下猶有些悵悵，可見的確是對未能同這夥人一較高下頗為介懷，倒對權仲白沒什麼意見。

蕙娘點頭道：「辛苦兄弟們了。如今倒還有一件事……」便隨口把喬十七的事說了說。「那夥人就是為了他來的，如今靜宜園裡有了大事，我怕家裡需要人手，一時也顧不到那頭的院子。要是沖粹園這裡的院子布置好了，便把他鎖來這裡關著吧。」

熊友對於沖粹園竟沒有一處密道、密室，當時是感到極為不可思議的，這一點倒是提醒了蕙娘：就是從前的閣老府，借著修下水道，都有一條密道直接通往河邊，國公府想來也有類似的建築。倒是沖粹園，當時就有一大半是皇家園林改建成了，剩餘的那些建築，權仲白也不會拿來派這樣的用場，因此的確是清清白白，都是亭臺樓閣，要鎖人，只能鎖在柴房裡。

因當時沖粹園裡有個孕婦，不好動土，只能等她生育以後再來改造，熊友也算有本事，不過一個月多一點兒的工夫，便將幾間所謂的柴房，改建得雄渾厚實、難以突破，此時聽問，也道：「那幾個兄弟孤零零地在別處，某也確實有些不放心。此際多事之秋，萬事以穩妥為上，少夫人也這樣想，那是正好。我這就令人出去，把他提來，大家固守一處，有變化也可從容應對。」

若說蕙娘一個人，能力自然有限，可她勝在有這麼一群人幫襯，任何事情，都有極妥當的人去辦，自不必事事都要親力親為。如今多添了熊友一行人，她在很多事上又從容了不少。這起江湖漢子，個個經驗豐富，心腸也狠，就是對上軍隊，都有一戰之力。若是在從前，安排焦梅等人去辦，卻是免不得又要提心弔膽了。

因焦家宅院，距離沖粹園實在也不算太遠，熊友一行人回來得倒早，言道一切順利，還順便分了一匹馬，把許家借來的那一位高手，打發回平國公府裡去了。

蕙娘也不再和喬十七多做接觸，只把他在柴房內鎖好，也不多加拘束，還吩咐底下人，在吃食上別虧待了他。

其實這一番，雖然對自己來說，是真的審出了真相，但要在國公府裡把權季青扳倒，證據實在也還不足了一點，沒有物證就是最大的難題，但權季青平時行動根本捉摸不到破綻，熊友手底下的幾個兄弟，跟了他這麼長一段時間，也沒能掌握到一線蹤跡。蕙娘又勢必不能親自去跟監權季青，有些事就是再著急，也沒有辦法。因此把喬十七交出去之後，權季青的命運如何，還得看國公爺的意思，國公爺願意信，權季青便能倒臺，要不願意信，只怕還多得是話說。

蕙娘冷靜下來以後，最擔憂的還是這個問題。她托腮在窗邊坐著，兩個兒子都擺在身邊，兩個小王先生在屋角做著針線，歪哥手拿博浪鼓，還是不死心，想要將自己曾很喜歡的玩具同弟弟分享，可乖哥只顧著睡覺，哪裡搭理哥哥？如此溫馨場面，可她卻根本無心欣賞，腦子裡想的，都是如何徹底除去權季青，又做得利利索索，不至於被權夫人以及良國公抓住破綻。

自從權仲白進了靜宜園，便再沒了消息，一整天也未出別的大事，甚至就連權季青都沒有再遣人來生事滋擾。倒是到了晚上，良國公居然親自來了沖粹園，蕙娘聽報時，也是吃驚非小——她入門三、四年來，權家長輩，幾乎從未踏入沖粹園一步，也就是權夫人過來了幾次，至於良國公，雖然二房幾次相邀，但都沒能請得動他的大駕。

公公過來，肯定要親自出去，妥善接待。

良國公面色端凝，也不和蕙娘多作客氣，才坐下來，便道：「仲白進去多久了？桂皮呢？在他身邊，還是已經出來了？」

「進去是有小半天啦。」蕙娘把自己全部所知都交代出來。「桂皮跟著一道過去的，也沒出來。我們家往靜宜園的門已經被鎖了，還有衛士把守。今天一天，靜宜園外頭的羽林軍調動很頻繁。別的事，我就知道得不清楚了。」

牽扯到改元的大事，良國公自然極是關心，他竟難得地將急切給表露在了面上。「唉！偏偏又是在靜宜園！」

蕙娘不禁有些詫異，還是雲管事笑著對她解釋。「我們家在宮中，自然也有些老關係了。任何事只要是人在辦，都有縫隙，一個消息，如何傳遞不出來？只是這一回，皇上在靜宜園裡，又有封子繡坐鎮，他非但將皋塗精舍封鎖，甚至還霸道地把諸隨駕妃嬪全都軟禁在住處，無事竟不可以外出。現在的園子，恐怕就像一座死城，除了皋塗精舍中皇上那幾個心腹以外，竟無人可以隨意出門了。」

也就是說，上一回，良國公是人在家中坐，消息天上來，這一回他沒得消息了，格外急切也在情理之中。不過蕙娘依然不免疑惑：上一回，那是雙王奪嫡之勢已成，太子之位誰屬，還是牽扯到權家的大事。這一回別說什麼事都還沒譜呢，就是真有人想要奪嫡，這又和權家有什麼關係？良國公這麼動感情，是否也有點鹹吃蘿蔔淡操心的嫌疑？

不過這不恭敬的話，自然是不好對公公問出口的，她為良國公預備了住處，又問雲管事要住何處。

雲管事道：「我就在國公爺院子裡找一處地方歇著就行了。」

在同和堂內奸一事後，他對蕙娘是越來越客氣了，今番說話，語氣竟似乎是真把自己擺在了下人的位置上。蕙娘不禁有幾分詫異，事實上就連董三的名字，她都還沒給雲管事送去，這整件事到現在，都還僅僅侷限在二房以內呢！

在權家生活，很容易就有處處疑雲之感，即使是已經挖掘出權季青真面目的現在，蕙娘都很難擺脫掉這種感覺，她索性也就不再去想，和雲管事稍微應酬了幾句，便要起身告辭回後院去。

沒想到良國公卻一擺手。「妳留下來吧。」

他也不說要進後院去看乖哥，只道：「現在皇上急病，是毋庸置疑了。封錦消息把守得非常嚴密，就連楊閣老親自去求見，都被他擋了駕，外頭只知道皇上是突然高燒，就病勢來看，很可能非常嚴重，生死就在一、兩天之內。」

良國公一邊說，面色一邊就沈重了下來，他看了雲管事一眼，道：「你也坐下說吧。皇上活下來，一切好說，皇嗣如何，也不是我們能作主的，但萬一就這麼去了，對於身後事並未留下隻言片語，究竟是哪家皇子繼位，就有文章了。我的意思，妳說服仲白，一旦皇上駕崩，立刻毒死二皇子，我們一道捧三皇子上位，這也是一條思路！」

蕙娘頓時便是一驚，她反射性地就要推諉。「現在哪裡還聯繫得上仲白！就算皇上駕崩，恐怕為了局勢穩定，都會秘不發喪，仲白能出來才怪。」

「仲白不能出來不假，可婷娘卻也在靜宜園。」良國公冷冰冰地道，並不容蕙娘質疑。

「這些細枝末節上的事，一會兒再說。妳只先說，妳有說服仲白的底氣嗎？」

以權仲白的為人，誰都知道他肯定不會去毒害無辜的皇次子，蕙娘也未想過自己能說服他做這麼一件事。她甚至看不到權家人這麼做的好處。權家和楊家是兒女親家不假，可平素裡往來一直不大頻繁，也就是普通的親家關係，說起來，和何家、焦家、林家，也一樣都是親家。如此竭力捧楊家人上位，對權家有什麼好處？要知道，牛家和權家可沒有什麼仇怨，又不是你死我活的關係！說那什麼一點，權季青還沒有娶親呢，大不了，讓他娶了牛家女，再把他給限制住了，這對權家來說也是一條思路，這條路，可比毒害皇次子要穩得多了。

不過，牛家上位，對她卻的確是有害的。蕙娘心思浮動，沈吟了片刻，仍斷然道：「這件事太大了，我可不敢給仲白作主。連見都見不到他的面，我哪能說服得了他？」

她亦是言之成理，良國公陰沈的面容稍稍緩和了下來，卻也不再理會她，而是和雲管事商議起來。「挺三這個姿態，還是要做出來的，只是現在站隊，是不是還太早了一點？事發距今，還沒有十二個時辰呢，也許過了今晚，消息就能漏出來了。」

「大人說得是。」雲管事很謙遜。「少夫人顧慮得也對。雖說皇上病勢沈重，但從來任何事都有一個過程，以二少爺的能耐，就算不能把皇上治好，多拖幾天也是沒有問題的吧？在這幾天內，事情說不定就會有轉機，各方的態度，也就都能明朗一點了。」

現在臣子們手上的訊息，實在是少得可憐，來來回回掰開了、嚼碎了，也實在是分析不出什麼來。

既然三人都認可先按兵不動，蕙娘就真回去休息了。

良國公估計是又和雲管事商量了一會兒，才派人把乖哥抱出去給他看看——這個孫子，出生了一個多月，他老人家可還沒有親近過呢！

不過，就算是消息已算靈通的良國公一家，也都沒有想到，皇上的腳步居然會比任何人都快！第二天一大早，桂含春就親自到權家拜訪來了，原因無他，昨天晚上，皇上的旨意已經出來了，淑妃牛氏祥鍾華胄，秀毓名門，溫惠秉心，柔嘉表度，應立為皇貴妃統領後宮，賞金冊金寶。著令欽天監挑選吉日，禮部議辦冊立典禮。

雖然未提皇次子，但皇上的態度已經非常明顯。一時間，京城政壇幾乎為之震動，甚至還有一種謠言，暗暗地傳播了開來，言道——

皇上其實已經身故，如今這道旨意，便是他的遺言了！

第一百六十九章

一彎孤月高掛，平白給夜風多添了幾分涼意，三伏畢竟已至尾聲，雖說白日裡還是燠熱難當，但太陽才一下山，香山就有些秋意了。權仲白負手在皋塗精舍外頭站著，抬頭仰望夜空中隱見輪廓的烏雲，暗中運轉隨常修練的童子功呼吸之法，平復自身心境，未幾，便進入一種奇妙的心神狀態之中，雖未物我兩忘，但也把那於自身無益的種種情緒，給摒除出了心靈，再睜開眼時，已是心神寧靜、思緒清晰。

此時的玉華岫，幾乎與萬物同歸於寂，除了一點燈火之外，傳不出丁點人聲。只是站在高處望下去，能見到一些披甲的衛士，在緩緩地變動著姿勢，因今晚烏雲濃重，只有月光還透得過一點雲色，在極深極濃的寂靜之中，這一切彷彿夢魘中的人形，竟有些亦真亦幻之感。

權仲白凝望著這些模糊的身影，良久才回過身子，道：「子繡怎麼來了也不出聲？」

封錦倒背雙手，緩緩踱到了權仲白身邊，低聲道：「看你在出神，不敢攪你。」

「皇上……」權仲白道。

「連公在李晟身邊。」封錦說。「他已經睡熟了……其實不獨是連公公，餘下幾個人，也都還算可以信任。」

皇上的名諱，本不是一般人可以隨意稱呼的，封錦吁了一口氣，此時方才有些不好意思地衝權仲白解釋。「昨晚情急失態，讓子殷你看笑話了。」

「昨晚是比較嚇人。」權仲白也不在意。「也難怪皇上都要為自己的身後事準備，他燒得實在嚇人了，這十二個時辰，過得不輕鬆。現在燒退了一點，那就好些了，今晚再熬一夜，若沒有起燒，估計就不會再有什麼迫在眉睫的危險了。」

封錦眉峰一挑。「怎麼？迫在眉睫？難道此病，還有什麼後患不成？」

明人不說暗話，以他和封錦的交情，權仲白也不必賣關子，他沈聲道：「皇上起病是高燒，脈象又虛弱，我就往肺炎的路子上去想了，如今從退熱的速度來看，倒像是誤診……」對封錦疑惑的眼神，他微微一笑，只道：「唉，難道神醫就不能誤診？有些病，許多人的體癥都是不同的，也得看病情的發展，一步步地來罷了。皇上如今的體癥，看來，頗有幾分像是肺癆。」

「肺癆」兩字一出，封錦的面色頓時就變了。

權仲白心思澄明，並不動情緒，只續道：「只是一般的肺癆，起病多以午後低燒為主，皇上卻是來勢洶洶，發病就是一場高燒。因此我也沒有能拿得十分準，還得再看著把脈吧。」他笑了笑，又道：「自然，不必我說，你也曉得這件事不能隨便往外提了。」

因奇病、怪病，譬如胸口發生腫瘤等等身亡的，這還能抱著萬一的希望，也許用藥能夠治癒，但肺癆這明明白白就是絕症，千古以來，多少名醫都沒能治好，就是吃藥也是藥石罔效，一旦得上，只能慢慢等死，當然，這拖上多久也是難說的事。即使只是懷疑，封錦的臉色也要直沈下來，半晌都作聲不得。

兩人並肩站在精舍門口，沐浴著蕭蕭松風，許久許久，封錦才多少有些無奈地道：「都說是真龍天子、天命所歸，彷彿沾了一個天字，他就什麼都與眾不同了，其實說到底，還不是一個人？還要比一般人苦了不知多少……」

「他到底還是不同的。」權仲白點了點山下。「他這一苦，天下怕是也要跟著苦了。因此而生變的大事，還不知要有多少呢。」

封錦也明白他的意思，如今操辦國朝幾件大事的人，幾乎都和牛家有大大小小的過節，若是二皇子上位，將來天下就算沒有大亂，各種大計因此半廢也是必然的事。皇上始終也只是一個人而已，他可以協調各大利益集團，甚至是脅迫、壓制其中數個，但在他自己都朝不保夕的時候，卻很難憑藉純粹的君臣道義，來約束這些實力雄厚的大家族。遠的不說，就是現在，他不也不敢讓任何一個後宮妃嬪近身服侍自己，而是把自己的性命，交到了封錦、連太監和權仲白手中嗎？

「也就只是立個皇貴妃而已。」他使淡淡地道。「也是兩害相權取其輕吧，立皇三子，現在就要廢了首輔，那也不夠現實。」他輕輕地嘆了口氣，將自己的一絲鬢髮給別回了髮髻裡，如此柔婉的動作，叫封錦做來，卻是絲毫不帶媚氣，反而有一種難言的風流姿態，和著他難得的愁容，反而格外迷人。「皇嗣太少，始終也不太好。若權美人有個皇嗣，說不定問題就簡單多了。」

「真要這樣，我也就進不來了。」權仲白隨口說。「我進不來，皇上病情耽誤，說不定都沒有留下遺言的時間，就這麼燒死過去，朝局自然就又是一番變化，也未見得會比現在好到哪裡去。」

他看慣生死，始終比封錦要多了三分冷靜，封錦和他說了幾句話，自己也沈穩了下來，不再糾纏這些後宮中的事務，而是把注意力轉向了朝局，低聲道：「這件事出來，恐怕孫侯是不能再出海去了，他再掌兵，朝臣們的心會不安定的。」

這自然是可以預見的事實，孫侯就是為了避嫌，也不可能再碰兵權。這再行派船出海，該由誰來領隊，就成了個需要解決的問題，也很有可能，會就這般爭吵著、爭吵著，便隨著皇上要扶二皇子上臺後，朝局的連番變動，而不了了之了。

至於東南沿海開埠、擴張疆土、地丁合一、改土歸流等諸般大事，還得要看皇上能撐幾年，若是皇上一、兩年間便已經過世，則就只能看新首輔的臉色了。多少國策，才剛開了個頭，有的甚至還沒有見效，眼看就有人亡政息的危險，封錦身為皇上最堅定的支持者，心裡又豈能好受？就是權仲白，心頭也不禁有幾分惻然。

這一切，倒也不是不能改變，只要改為扶植皇三子，楊閣老起碼是支援地丁合一的。只是外祖做閣老，外孫做皇帝，漢代故事擺在這裡，皇帝的忌諱，又是可以想見的。而一旦楊閣老失位，以楊家這一房底蘊，又不足以和牛家爭鬥……皇上難不難？皇上也很難！

權仲白琢磨著封錦的態度，口中也應和了他一聲。「的確，皇嗣太少，也不大好。就是太子在位時，這一切也都不是問題……皇上還應再立新后，並從名門中採選良家女，這要比眼下這樣強得多了。」

和封錦一樣，也是看出來問題出在皇嗣上，但卻寧肯採選新后，都不願意推薦自己家的權瑞婷……

封錦對權仲白的欣賞，亦不由得要再增幾分，他說：「難怪皇上這樣信你，我看，就是權美人有了皇嗣，他也一樣信你的。」略頓了頓，方才露出真心話來。「牛琦瑩此人本色如何，相信不用我多加評述，愚蠢二字，尚且不足以形容。但此事煩就煩在，牛家也不是沒有厲害角色，不至於保不住她的位置，卻又不足以鎮壓住所有的聲音。一旦上位，只怕黨同伐異（注）的動靜小不了。兔死狐悲、唇亡齒寒，他們要弄倒的幾個人裡，也有我封子繡的親眷。」

權仲白毫不懷疑，一旦牛淑妃上位成了太后，必定會和她頭頂的太皇太后聯成一體，再結合牛德寶一家，大肆排擠楊家、桂家，當然也不介意多對付一個封錦，反正燕雲衛統領這樣重要的職位，不落在自己人手裡，他們也絕不會安心的。至於宜春票號、東南船隊等等，估計也都會欣然笑納，以顯示天下之母的氣度。得道多助、失道寡助，就是這個道理。封錦又不是傻的，當然要為自己的後半生考慮。

注：黨同伐異，即結合同黨，攻擊異己。

「就是肺癆，也有個發展的過程。」他說。「皇上的身子，只要細加調養，五、六年起碼是沒有問題的，往多了說，十餘年也大有可能。現在的贏家，亦可能不是最後的贏家，皇上就是在最危急的時候，也不過是要立她為皇貴妃，而不是皇后。」

「人總是要防患於未然。」封錦淒然一笑，低聲道。「別的事我也不多說了，這幾天，若是皇次子入侍醫藥時，私底下問你幾句話，子殷你如實回答他就好了，不用多說，也不要為誰遮掩。」

這要求，和孫家的請託竟是如出一轍！要不是知道兩家之間的恩怨過節，權仲白幾乎以為他們早有默契。他一時不禁失笑，口中卻道：「皇子們年紀不大，最好是別靠近皇上。肺癆和一般疾病不同，很可能是會過人的。這件事，日後皇次子要是找到機會問我，我也沒什麼好藏著掖著的。我一生人最不耐說謊，你們也都清楚。」

輕描淡寫，就為將來二皇子和養母離心離德，埋下了一個伏筆。

雖說漁翁得利的是他未必有多喜歡的賢嬪，但封錦的神色也寬和了不少。他注視著漫天烏雲，不再說話了。

權仲白亦是負手而立，想著自己的心事，好半晌，才聽得封錦浩然一聲長嘆，低聲道：「輪迴火宅，沈溺苦海，長夜執固，終不能改。人生終究不過是一大苦海泥沼，想要開心逍遙，又哪有那樣簡單？是我太貪心，求得過多了。」

說完這句話，便像是放下了一點什麼，他雙肩一振，也不和權仲白道別，便逕自轉身回去。只是走到院門前時，又轉過身來，輕聲道：「忽然入園，家人只怕有些擔心，子殷你不給佩蘭公子傳個話？雖說如今精舍上下是一隻鳥都飛不出去，但我也總有一點手段，可以為你安排送到。」

皐塗精舍的種種布置，都是封錦聯合連太監層層布下，他要給權仲白送消息，那還哪能有送不到的？權仲白灑然一笑，也不裝清高，只道：「好，就煩和阿蕙說一聲，說我過幾天等皇上痊癒了就回家，讓她不必多加擔心。」

封錦唇邊的微笑，亦加深少許，他欣然道：「好，這句話，我一定為子殷送到。」

封錦也是說到做到，才只第二天上午，便有人給清蕙把這句話帶到了。當時桂含春正在沖粹園作客，蕙娘和良國公商量了幾句，便將這消息向他露出。桂含春又有什麼省不得的？當下心情稍安，便立刻起身回京。蕙娘也信任以他的身分，不會胡亂四處去透露這個消息，至於鄭家，鄭大少爺就在園中，想必也會設法給家裡送信，畢竟這種消息，還是紙包不住火，不可能完全封鎖的。

皇上的病並無大礙，則權家不必馬上站隊，別人不說，良國公先就鬆了一口氣，不說歡欣之情溢於言表，可也的確是真真切切地鬆弛了下來。蕙娘雖然心裡全都是事，但也作出歡容，還要安排良國公在沖粹園內遊樂一番。

良國公卻道：「這也不必了，我在先皇時，多次到靜宜園遊樂，都是看熟了的景致。」

他隨指一處，讓蕙娘坐下了，又屏退閒雜人等，只留雲管事，並蕙娘幾個心腹丫頭陪伴，沈吟了片刻，便道：「同和堂的事，妳查得怎麼樣了？」

蕙娘心底，突地一跳：沒想到良國公如此果斷，這邊才算是了結了皇上的身體問題，便又毫不猶豫地過問起了同和堂一事的消息。權仲白現在可還在靜宜園裡呢，她一個女眷，和良國公交流也是多有不便，起碼很多話，兒子和老子說，更為理直氣壯……

她前思後想了一會兒，畢竟還是忍住了現在就把權季青這個大麻煩給解決的衝動，只輕描淡寫地道：「確實是尋到了些不妥的地方，我懷疑的，主要也就是董三這個管事。」

良國公眼神一閃，居然尋根究柢。「喔？妳倒是說說這是為什麼？」

蕙娘也就只好把自己略施的那點手段給交代了出來。

良國公聽了，點頭不語，倒是雲管事笑道：「還以為少夫人疑的是喬十七呢！」

見蕙娘作疑惑狀，他便解釋道：「這是京城分號的三掌櫃，前一陣子失蹤了。」

「我也聽說了這事，還疑惑他為什麼不來這裡呢，後來聽說是喝醉了酒、栽進河裡，才沒太在意。畢竟北方哪管得到南方，他們這些人過來，似乎也並不是為了查案。」蕙娘笑著說。「我也就沒往心裡去了。」

雲管事笑而不語，只是點頭。

良國公也是微微一笑，便不追問，還反過來叮囑蕙娘。「不要把皇上的消息到處傳遞，其中道理，妳也明白。」

語畢便打道回府，回京城去也。至於他自己，會不會把這消息到處傳遞，則只能存疑了。

既然已經知道皇上的病沒有大礙，蕙娘便心定了幾分。

良國公過得幾日，自然將同和堂眾人接走，除了柴房裡的喬十七，圍牆外的熊友，甲一號內的王家姑奶奶等人，沖粹園又回到了那沒甚外人侵擾的悠閒步調裡，不管靜宜園的氣氛多麼緊張，似乎還影響不到這塊淨土。

不過，在沖粹園之外，事情又不太一樣了。皇上這幾天接連傳出旨意，人事調動相當頻繁，值得注意的，第一是將桂含春調入京中任職，職位倒比他弟弟當年進京時高了半籌，非是御前侍衛，而是御前統領。第二，便是命許鳳佳、桂含沁兩人進京述職，原有職守，由廣州將軍暫代。

只這兩件事，便成功地在朝野中營造了風雨欲來的氣氛，如非楊閣老一聲不吭，奉行如儀，只怕中朝（注）已大有人想要挑頭出來，質問皇帝的生死了。

注：中朝，即朝中。

第一百七十章

朝局變化得如此迅猛，消息都還沒傳播開來呢，就已經變了好幾變了。權仲白除了託封錦送出來的那番話之外，竟並無半點消息，蕙娘還料著良國公怕是又要不安定了，沒想到老人家倒還有點城府，得了權仲白的那番話，也自安心，不論再怎麼風風雨雨，都不曾來沖粹園問消息。倒是焦老太爺有些不甘寂寞，居然又親身到沖粹園裡來看乖哥。

「妳不是說，孩子滿月以後就回城裡去的？虧我還信了妳，夏天都完了，妳卻還不急著回來。我半夜想多看看我乖哥幾眼呢，都不知去哪裡尋人。」老太爺現在是越發慈祥了，八十多歲的人，閒來無事，和幾個多年的老清客下下棋、講講古，腦子倒還和從前一樣靈醒，但畢竟已不在廟堂，那股算計殺伐之氣漸漸淡去，留下來的就只有恬然，他又愛作道士打扮，看起來，真有幾分仙風道骨似的。「倒還要我這把老骨頭，坐上車到沖粹園裡來尋妳！」

「沖粹園地方大，您閒來無事，也可以多走幾步。」蕙娘哪把祖父的埋怨放在心上。「既然來了，就小住幾日——也該把母親和兩位姨娘接來嘛！您就只會和我虛客氣！」

老人家呵呵笑。「不明白妳在這個家，能作得幾分主，貿然就把一家人都帶來，妳姑爺知道了，心裡嫌棄妳呢！」

自從老人家致仕以後，蕙娘省親時便不大把煩難事說出來給他聽，她和權仲白的關係，自然也在煩難事裡。她也笑了，道：「我姑爺再不會為這個嫌棄我了，這裡這麼大，您就是在沖粹園養老，我保准家裡都不會有人說什麼的。」

現在的蕙娘，倒也的確有底氣這麼說，反正她和權季青之間，已成無法共存之勢，權季青若留，她就和權仲白分家出去，到時候沖粹園就是小夫妻正兒八經的私產；權季青若去，一個未來的當家主母願意如何款待自己的娘家親戚，又豈是外人能夠說嘴的？

只是老人家當家作主慣了，終不喜寄人籬下，即使沖粹園景色可喜，他也只是笑道：「消閒幾日就好了，久住了，惹人的閒話呢！」

雖然還是這麼客氣，但蕙娘遣人去接四太太等人時，老太爺也未阻止，只是在一邊逗兩個孫子玩樂：雖然打的是看乖哥的名號，但乖哥現在才多大？更多的，還是逗弄歪哥。

歪哥畢竟年紀還小，雖然喜歡小姨，但對這個只見過幾面的曾外祖父，很有幾分害怕，估計是怕他年老，因此畏畏縮縮、羞羞怯怯的，不知為何，竟又有點怕生起來，見老太爺衝他招手，便慢慢地挪到母親身邊，藏在她腿畔，只露出一點點眼睛來看老太爺。

蕙娘欲要重施桂花糕故技，老太爺卻笑道——

「無妨，妳先去忙妳的，過一會兒回來，我們兩個就好了。」

這個老人家！蕙娘也有幾分無奈，索性便起身出門，親自指揮丫頭，為四太太、三姨娘等人鋪陳住處，又燒暖了熱水，使室內升溫，這麼耽擱了一會兒，再回來時，果然歪哥已經趴在老太爺身邊，規規矩矩地和他背書——

「天地君親師……」

老太爺很得意。「我一輩子收服了多少政敵，難道連他一個小娃娃都奈何不了？」

他又和歪哥玩了一會兒，倒真是把這孩子的心給收得服服貼貼的，一會兒因乖哥醒來吃了奶，老太爺要過去抱，他還和弟弟吃醋生氣呢！

歪哥一溜煙跑到老太爺身邊，要去抱老人爺的腿。「曾姥爺不和弟弟玩，曾姥爺和我玩！」

蕙娘忙道：「以後你不能隨便抱老人家的腿，這要是抱倒了，可是要鬧出大事。」

歪哥頗任性，哼了一聲，竟還要抱。

蕙娘便命海藍：「把他抱開了！」

她語氣不大好，歪哥聽了，就抽抽搭搭的，作出要哭的樣子——這孩子，精靈起來，真是精靈得可愛，可任性起來，也是惹人的憎恨。蕙娘見他說不聽，心頭也是火起，便喝令海藍。「取一塊毛皮地毯來，把他放上去。」

海藍雖是孔雀的妹妹，但卻要比姊姊出色得多，大有成為下一個大丫頭的意思，饒是以她的聰慧，聽到蕙娘的吩咐，仍有些不知所云。

倒是老太爺樂不可支，點著蕙娘道：「妳可是有意思，和他一個孩子，計較這麼多。」

蕙娘的收藏裡，又哪能少得了成塊的毛皮？還有西洋來的長毛地毯，都是珍品中的珍品。海藍不多時，便令幾個僕婦，搬來了一卷五色斑斕的厚織錦毯，鋪在地上，蕙娘摁了一摁，見的確厚實綿軟，便親自把歪哥抱起來放到毯上，命海藍：「妳捉住他的腿，也讓他看看，被人捉住腿了，可還怎麼走路。」

小孩子畢竟靈巧，歪哥一聽蕙娘說話，立刻就要往毯子外頭跑。海藍雖然驚詫，可反應也頗不慢，一個魚躍倒地，已是抱住了歪哥的一條大腿，歪哥頓時失去平衡，一頭栽倒在毯子上，只是毯子厚足有幾寸，和幾層床墊似的，從聲音來判斷，他也並未摔疼。

老太爺樂得拍手大笑，蕙娘也覺得場面滑稽，只是她要教子，便千辛萬苦地忍了下來。歪哥也是倔強，急得一陣胡亂踢騰，想把海藍甩開，可海藍已經明白了蕙娘的意思，又哪裡會由得他造亂？索性就把他雙腿一起抱住，兩個人在毯子上纏鬥了片刻，歪哥便嗚嗚地假哭起來，眾人均都木無反應。即使廖養娘已經趕來，見蕙娘的神色，也都不敢胡亂開口說情。

一屋子人都看著歪哥，這孩子雖小，卻也頗為知道羞恥，估計是更覺得丟臉，便不肯再哭，只是屈膝在毯子上，也不用腿勁了，奮力要用手和腰的力量，把海藍一起拖著，爬出毯子去。但海藍的重量，又不是他能拖得動的，他徒勞無功地划動了一會兒，便再忍耐不住，小聲地抽噎了起來。

蕙娘給海藍使了個眼色，海藍一鬆手，歪哥便連滾帶爬，爬出了毯子，衝到廖養娘懷裡大哭。

這裡自然有人收拾殘局，那邊廖養娘雖然滿臉心疼，可卻也不肯縱容了歪哥，將他推到了蕙娘身邊。

歪哥抽抽噎噎、躲躲閃閃，就是不肯同母親對視。

蕙娘道：「你知道你錯在哪兒嗎？」見歪哥不答，便續道：「抱你曾姥爺的腿，本不為錯，因為你並不知道這樣忽然抱上人的大腿，容易叫人受傷。你錯在我告訴你這一點後，你還不肯聽從，覺得自己的做法並無不妥之處。你現在知道，抱人家的腿，有多容易令人跌倒了？」

歪哥雖然雙頰脹紅、上頭還掛了淚珠，但終究還是慢慢地點了點頭，以示自己明白母親的意思。

蕙娘語氣稍緩，道：「做錯了就要受罰，今兒你的桂花糕沒有了，也不能和曾姥爺玩，回房去自個兒玩吧。」

小孩子最怕的就是沒熱鬧蹭，如今母親、弟弟和曾外祖父都在一處，他卻要回自己屋裡去，這比打歪哥幾下都讓他不樂意。他一下子就又紅了眼睛，楚楚可憐地去看老太爺，老太爺笑咪咪地衝他打眼色，偷偷地指蕙娘，歪哥便只好不情不願地到蕙娘身邊央求道：「我知錯了……」

蕙娘哼了一聲，指著老太爺道：「曾姥爺讓你留下，你便能留下。還不去求曾姥爺？」

歪哥一下子又撲到老人家懷裡去撒嬌，老太爺被他哄得大悅，便也隨口向蕙娘求了個情，便和曾外孫玩了起來。

歪哥這下，對曾姥爺是真正親熱喜歡了，這一老一小，玩到晚飯後，歪哥才被廖養娘抱去睡了。

老太爺自然沒那樣早安歇，吃過晚飯，便和蕙娘在廊上泡茶談天——他情緒好，也就把話說得開。「妳也別怨我偏心乖哥，這一次過來，也就是借他一個名目，我啊，還是躲過來的。」

躲的是什麼？蕙娘心知肚明：王家和牛家，可沒什麼仇怨，牛家除非倒行逆施到了極點，否則將來除掉楊閣老後，總是要扶植一個人起來的，王尚書的機會，這不就跟著來了？只是他又到底還是差了一步，沒有入閣，對皇上的消息知道得不多，現在楊閣老如此配合，王尚書自然不免有些疑惑，他疑惑了，他底下的人，自然也跟著疑惑，老太爺這個離開中樞沒有多久，又還有一個外孫女婿在御前服侍的老首輔，門前重新熱鬧起來，也就是順理成章的事了。

老太爺不跑到沖粹園裡來，恐怕還未必擋得住這一班來問消息的門生，也就是在靜宜園附近、燕雲衛的眼皮子底下，老人家才能偷得一點清靜了。

權季青的事，畢竟還沒有水落石出，蕙娘也不想貿然就驚擾了老太爺，她給老爺子斟茶。「現在皇上生死不知，似乎也沒見大臣們，大家心裡不安，也很正常。恐怕，皇上也是想摸一摸重臣們的心思了。」

老爺子指了指蕙娘，淡淡地道：「妳是說進他的心底了，這一場病，來得很突然，他也有點措手不及。眼下兩個皇子，都不大好……嘿，也是東宮的事，打亂了皇上的陣腳，不然現在，人心也就不會這麼浮動了。」

「按仲白的意思，他還是有把握讓皇上扛過這一關的。」蕙娘眉尖微蹙，不自覺就有些為桂家擔心，過了片刻，才想起來看老太爺的神色，歉然道：「也不是我胳膊肘向外拐，不幫著王家……」

「王家沒什麼好幫的。」老太爺神色淡然。「王光進要是能看破自己的心魔，將來還有進步的餘地，要是這一關過不去，貿然和牛家就勾結上了，他這一輩子都鬥不過楊海東。楊海東這一陣子恐怕也未能得見天顏，卻如此聽話，他難道就不會想想個中的因由？」皇上病危，要摸摸朝臣的心思，誰在這個時候活躍，不是自己惹事嗎？

蕙娘也明白老太爺的意思，這些朝中爭鬥，因權家並無人在朝為官，因此始終也是隔了一層，她並不太在意。

老太爺也未多說，只道：「現在各省大員，應該都得到消息了，不過消息傳到他們那裡，多少也都有些走樣。再往下，就是那些大商戶了。若是十多天內，皇上不能露面，宜春在山西老家，只怕都要遇到一點麻煩。」

宜春和朝廷合作，率先接受入股，無疑是為同行們出了難題，現在此事眼看又要生變，只怕幸災樂禍的人也就更多了。將來要是遇到什麼困難，只怕雪中送炭的人沒有多少，雪上加霜的，卻大有人在。

蕙娘眉尖一蹙，道：「這也是沒辦法的事，好在盛源一時半會兒也上不去，宜春好歹也還有牛家的股在呢，再看吧……」

祖孫兩人對視一眼，老太爺微笑道：「我隨常也為你們謀劃，文娘那裡，是別去指望了，她不拖累妳都好，要帶契（注）妳，那是千難萬難。皇上要是能闖過這一關，我看，妳還是要用點心思，給你們家那位美人鋪鋪路，哪怕就是一個皇女、一個藩王，對妳的幫助都要比別人大得多了。」

「確實是這個道理。」蕙娘給老太爺斟茶，卻也有幾分無奈。「但皇上是看慣了後宮三千佳麗的人，婷娘的長相，是有點太富態了。」

老太爺眼神一閃，有些訝異。「喔？」

兩祖孫各有各忙，蕙娘並非事無鉅細，都會報給老爺子知道，如今老爺子有問，她少不得將婷娘的來歷、長相、才幹等，一一告訴。

老太爺聽了以後，沈默了良久，方道：「權世安這個人，很有才幹，不會做此無益之事的。這件事妳還是要和家裡多溝通，不能在沖粹園住著，就和府裡慢慢地都疏遠了，這不是妳鬧脾氣的時候。」

在老爺子這裡，哪裡想得到自己孫女連分家的想法都有過，只當她還是在欲擒故縱，拿捏家裡。同權仲白之間，自然也是慢慢地就占了上風，沒有反過來被他拿捏的道理……

蕙娘心頭，不禁就有幾分感慨，她「嗯」了一聲，忽然想起一事，便問道：「對了，祖父，當時營造自雨堂時，鋪陳下水管道的那位奇人，不知現在正在何方？我倒是有心給府裡翻修出這個呢，不然一旦回了京城，生活上就太不方便了。我們大人還好，歪哥第一個就不喜歡木馬桶。可細節翻修不用找他，這管線圖，卻不能不找他了。」

「這……」老太爺拉長了聲音，瞟了孫女幾眼，忽然一笑道：「我還真不知道，當時工程做完了，他拿了錢走人，便沒怎麼再聽說過他的消息了。倒是妳這個沖粹園，不是自己也修了這樣的上下水道嗎？妳倒是可以遣人去問問妳公公，仲白不耐俗事，當時這個園子翻修一事，還是宮裡人領著良國公府裡的人做的。」

蕙娘若有所思地點了點頭，又沈吟了片刻，便放下包袱，和老太爺談起了風月之事。

老太爺因道：「歪哥這孩子雖然還趕不上當年的妳，但卻也不是省油的燈，我看明年這個時候，可以給他開蒙了。蒙師務必要好好挑揀，妳要是少人，國公又沒有意見，我這裡還可以給妳找幾個人。」

他言下之意，已經是把歪哥當作將來的繼承人看待了，所以事事都要先問過良國公。

蕙娘不禁便笑道：「還想著再拖幾年，讓子喬的蒙師來教他呢！」

注：帶契，即提攜。

提到焦子喬，老太爺面上便蒙了一層淡淡的陰影，他輕輕地搖了搖頭，淡道：「子喬那個先生，教他是夠了，教歪哥，妳是不會滿意的。」

「怎麼？」蕙娘神色一動。「子喬他……？」

老太爺欲語還休，到底還是嘆了口氣，他慢慢地道：「等明兒子喬來了，妳自己看吧。」

第一百七十一章

四太太、三姨娘和四姨娘都要來沖粹園度假，焦子喬自然不可能被獨自扔在家裡，當天晚上，一行人便到了沖粹園，只是夜色已深，到次日清晨，大家才正經相見說話。

蕙娘給長輩們問過了好，便輪到焦子喬來給蕙娘請安了。像他這個年紀的男孩，行事已經很有法度了，見到蕙娘，反而不比從前幾年相見時那樣，把心事都寫在臉上，拱手給姊姊問過好，便在下首坐了，一臉的沈穩、寧靜，單從外表上看，也是個頗為標準的大家子弟。蕙娘因得老太爺一句話，便暗地裡細查他的言行，粗粗看了幾眼，都沒看出有什麼不對來。

因歪哥、乖哥都沒有回過焦家，三姨娘上回洗三、滿月都沒過來，今次見到兩個外孫，自然是喜之不盡，就連四姨娘都跟在一邊湊趣，看到小娃娃，便打從心底愛了起來，倒是四太太這幾年精神比較衰弱，趕了半日的路，歇了一個晚上都沒有歇過來，和眾人說了幾句話，便自又回去躺著了。

兩個姨娘圍著兩個哥兒看了又看，三姨娘還道：「歪哥也兩、三歲的人了，有沒有大名呀？老是歪哥、歪哥地叫，性子不歪都要被叫歪了。」蕙娘看歪哥眨巴著大眼睛，作天真無邪狀，知道他昨天被自己狠狠收拾了一遍，今日少不得要作出乖巧的樣子來，即使心底未必親近兩個姨娘，都不敢表露出來，因便隨口笑道：「他就叫權歪，已經上了宗譜了，姨娘不知道嗎？」

歪哥本來沒嫌自己名字不好，聽三姨娘這麼一說，倒是也有三分嫌棄，頓時就著急起來，蹦蹦跳跳地要和蕙娘說理。「我不要叫權歪，我不要叫權歪！」

倒把一行人都鬧得笑了，焦子喬也露出笑容，瞅了蕙娘一眼，道：「十三姊，我想讓小甥兒帶著我去外頭看看，成嗎？」

這是想讓歪哥出去和他一道玩的意思，凡是孩子，肯定喜歡和同齡人在一起，都不大願意同大人們在一處，歪哥沒有奶兄弟，一直沒有同齡的玩伴，也的確是個遺憾。

他都開口了，蕙娘自無不許，想到焦子喬兩歲多的時候，彷彿就在昨日，連自己拍拍他的頭他都要不高興，現在卻已經像個小大人一樣了，也是有幾分感慨，便笑著摸了摸焦子喬的頭。

焦子喬抬起頭來對她一笑，彎下腰牽起歪哥的手，笑道：「來，歪哥，我們出去吧。」

歪哥難得見到一個大哥哥，雖然要叫小舅，但是這並無損他心裡的孺慕、親近之情，平時的頑劣大都收了起來，乖乖巧巧地抿唇被子喬牽了出去，一群養娘丫頭等人慌忙跟在後頭。

蕙娘和兩個姨娘都笑著目送他們去遠了，四姨娘也起身道：「難得來大園子，上回文娘來了，都說好得不得了，想長住下來呢，我也逛逛去！」便很有眼色地，將空間留給了蕙娘和三姨娘這對母女。

如今的焦家，除了焦子喬還是個變數之外，平日裡死氣沈沈的，幾乎沒有什麼變化。三姨娘的生活，也就是日復一日，在內宅打轉，隨著春花秋月，到焦家的莊子裡去消閒，又跟著四太太聽聽說書罷了，連戲都沒得多看。三姨娘和女兒見了面，雖然歡喜，卻也沒有多少話可說，只是反反覆覆地打量著蕙娘，念叨著：「年紀到了，真是一朵花一樣地綻放開了。姑爺就是個石人，看到了也會心軟吧？」

從前蕙娘不大願意嫁給權仲白，此事一直是三姨娘心裡的一根刺，到現在兒子都生了兩個，她還是有些擔心女兒、女婿的關係。

蕙娘不免也安撫了她幾句，才問起喬哥。「現在也算是妳們三個人帶他一個，這孩子今年……虛歲也有八、九歲了吧？開蒙都有幾年了？您看著，如何？」

蕙娘在九歲上下時，已經拜別蒙師，開始在家塾裡上課了，從睜眼到閉眼，滿滿的都是課程，雖說心機到底不比大人，但稚氣也剩不下多少。倒是焦子喬，人看著很乾淨，眼神也非常純潔，看起來，還是一臉涉世未深的璞玉模樣。

「他像爹。」三姨娘笑著說。「小時候不懂事，到了三、四歲，就看出來了，性子還是像四爺，比較大氣。從前被他生母慣出來的，在太太手裡，不到半年就都改了過來。現在很知禮，脾氣又寬和，我們常說，這是個做哥哥的料呢，可惜，他卻沒有兄弟。」

這不是滿好的？和她一直得到的訊息，也是相差彷彿，蕙娘不禁有幾分費解，但她也知道，三姨娘平時深居內院，對老太爺那邊的事，幾乎一無所知。再說，她日後養老，畢竟還是靠喬哥更為名正言順，繞著他問太多，容易激起生母的憂慮，便也不再多問，而是轉而談些歪哥、乖哥的瑣事。

三姨娘對乖哥愛不釋手，抱起來親了好幾下，又問了好些歪哥吃奶、排泄的事，才若有所思地道：「太太可看重乖哥呢，報喜的一送信兒，立刻就得了重賞，要比當時歪哥出生還隆重。聽說就是老太爺，都很有幾分高興。」

蕙娘心裡，更添了幾分疑惑，她只不動聲色。

待吃過午飯，孩子們又玩了一會兒，蕙娘親自帶歪哥、喬哥午睡時，方才和喬哥閒聊。「這回過來，沒帶夫子，可耽誤了功課吧？」

焦子喬玩得開心了，也有些孩童的憨態出來，一邊擦著額前細密的汗珠，一邊毫無機心地笑道：「我的功課也不沈重，夫子給我布置了一些大字，抽空寫了便是。」

「你現在都學什麼？」蕙娘隨口便問。「《算學》學到哪一章啦？姊姊給你送了些西洋的算學書，你可看了沒有？」

「只背了九九乘法表。」喬哥毫不疑心，扳著手指給蕙娘算。「再往深，聽不懂。雜學，學完了《聲律啟蒙》；正學，剛開始學《論語》。先生說，我不用考科舉，學得慢些，也無所謂。」

喬哥和歪哥一樣，也是沒有奶兄弟的，他養娘很早就被處理掉了，後來跟在身邊的，就多半是丫頭、婆子了。沒人和他一起上學，他又少出去交際，自然不知道自己的水平，在同儕中是高還是低了。

但老太爺身邊，卻不只養過喬哥，就不說別人，單只是蕙娘，九歲的時候，已經會解二元的方程式，四書因先生教得好，她理解得快，也學了有一半了……再說其餘雜學，從琴藝、武藝，乃至是待人接物等各方面，都已有了小成。不說別的，只說她爺爺是失望還是喜悅，這點情緒，她便已經能夠琢磨出來了，哪裡同喬哥一樣，連自己學得好不好，都是一片茫然。

蕙娘心頭嘆了口氣，面上卻絲毫不露端倪。按老太爺的手段，喬哥總不可能偷懶藏拙，天分如此，那也是沒有辦法的事。畢竟人老了，也有些孩子脾氣，怕也有覺得蒙師啟蒙得不好的意思，可堪告慰者，喬哥起碼心思純淨，只要管束得當，將來還不至於往敗家子的路上走。

至於老太爺去後，他怎麼護住焦家家產的問題，看來，卻也指望不了他自己了。

有了這樣多新鮮的親戚，歪哥的情緒自然高漲，就連焦家眾人，在沖粹園內也都住得舒心。雖然皇上重病，這時候也不好擅開宴席，只是在園中優遊，可園內氣氛悠閒自在，倒和京中那緊繃的氛圍格格不入。

蕙娘就是心底掛念權仲白，也掛念她的宜春票號，卻也知道這個時候，一動不如一靜，再擔心也沒什麼用，便索性把胸懷放開，只是盡心侍奉長輩，教養三個小的。偶然得了閒，便把喬十七提出來，想要從他口中，得到一些神秘組織的訊息，但喬十七卻頗為硬氣，仗著蕙娘不敢對他用刑，雖然言語態度都還十分恭敬，可一問到這方面的事務，不論蕙娘如何逼問，他只是淡然含笑，都還了一個「不說」。

如今不論是京裡還是良國公府自己的事務，都等著靜宜園裡給一個結果出來，而這個結果，靜宜園竟是半點都不著急，足足拖了有半個月，把桂含沁、許鳳佳的步伐都拖到了北上的海船上，皇上這才開恩，一口氣召見了內閣諸臣並六部尚書，還順便把自己前一陣子重病的消息給公布了出來，算是昭告天下：朕躬如今甚是安穩，你們也不必太費心啦！

既然皇上未死，一切自然如常。牛淑妃——現在是牛準皇貴妃了，便不失時機地求見皇上謝恩，就連太后、太妃，都派了人往靜宜園問皇上的好，一應種種表面文章，自然無須多言。

就連老太爺都準備打道回京城去了，他有點遺憾。「牛家居然還沈住氣了，他們要是輕輕一動，場面可就更熱鬧好看了。」

「太后要是已經故去，沒準兒他們還真按捺不住。」蕙娘笑著說。「一朝被蛇咬，十年怕草繩。牛家吃過虧的，還不至於那麼沒記性吧？」

要不是如今的太后，當時的皇后太過著急，現在的新大陸上，就不至於多出一個魯王了。老太爺一想，也是這個道理，他笑了。「也好，皇上畢竟是一代英主，他要能在皇位上再做三十年，我們大秦中興的日子，就能多延續幾天嘍！」

人老了，說起話來就透著看破世情的味道，老人家灑然一笑，登車去享他的清福了，倒是把成堆的俗事，留給了蕙娘。

第一個，便是預備在權仲白回家以後，和家裡人攤牌的事。蕙娘有心了結了權季青，因此近期格外留意他的動向，但權季青最近乖得很，連門都不大出了，成日便縮在自己的院落裡，也不知在做些什麼，並不要家裡人來服侍。蕙娘在不撕破臉的情況下，亦沒得辦法將他的一舉一動都盡收眼底。

第二個，就是預備權仲白回家的事了，權仲白已和她打過招呼，在他回家之後，要用特製藥水洗浴，兩、三天內也不打算看兩個兒子，蕙娘自然更不敢冒險，又要為他安排住處等等。雖然她神通廣大，性格剛強，身邊又有人相幫，但至此，亦不得不感到煩難，權仲白回來當日，要不是擔心她去見了權仲白，回來再見兩個兒子，也是過病，她倒是真想同他秉燭夜談，把心頭的煩惱好好地倒一倒。

不過，權某人雖然忙碌，但心裡也不是不惦記著家裡，他令蕙娘將他的衣衫全都燒去，又稍微休息了一夜，第二日便和蕙娘商量。「剛好這幾天也不能見兒子，不如便把季青的事解決吧？一會兒妳提了喬十七，我們一道往國公府去？」

蕙娘還惦記著問他皇上究竟得的是什麼病，可看權仲白的意思，倒未必想要和她說，她沈吟了片刻，也就不再多問，而是選擇先將這心腹大患解決。

她把兩個兒子留在家裡，令人提了喬十七出來，由熊友等人護送，自己和權仲白坐了一輛車，便一道往國公府過去了。

第一百七十二章

他們兩夫妻的回歸，倒不算是出人意料，除了權仲白一回府就被良國公叫去之外，蕙娘回府，亦被看作是回來給長輩們請安問好，以便接過家務的意思。

太夫人和權夫人正好就在一處，在擁晴院裡一體見過了，兩人都很好奇的，自然也就是皇上的病情了，明知道權仲白一會兒也要進來問好的，卻仍讓蕙娘把朝中情況稍微說說。

蕙娘只好隨口搪塞了幾句，推諉道：「實在是不知道多少，仲白也是什麼都不說。」她畢竟住在城外，對城裡的消息，知道得不那樣分明，權夫人和太夫人也不介意她的無知，反倒還告訴她。「現在城內，最風光的就是牛家了，聲勢比當年的孫家還盛，多得是人想要攀親、結親，我們本來看好了他們家的小女兒，想要說給季青的，被這麼一鬧，倒是不好開口了。」

未來的太子母族，當然是一條通天的大道。只要不謀反，就是出了天大的事情，皇上要看在太子的面子上給他們遮掩，等太子做了皇上，難道還能為難母族不成？昔日的牛家，就是靠了牛皇后，硬生生地熬過了先兩代侯爺相繼去世，老太爺庸碌無能的真空期，等到了牛德寶的出現。這個老牌世家，雖然私底下名聲並不太好，但生命力也的確是夠強韌的了，狼狽而匆忙地熬過了孫家得意的日子，這會兒，可不是又熬出頭了？

「不過，從前他們家都是宗房一支獨大，這一次又不一樣了。」權夫人又道：「鎮遠侯本人實在是平常得很，皇上要拉扯，多半也會拉扯他們牛家二房一支，牛家人又很會打蛇隨棍上，看來不幾個月，說不定牛德寶封爵的事，就又要提起來了。」

蕙娘和牛家，倒沒有很直接的仇恨，只是牛德寶的長媳吳興嘉，和她之間實在是十分不對路，她輕輕地抽了抽唇角，究竟還是露了一點話風。「來日方長，很多事，還很難說呢。」

太夫人、權夫人兩個對視了一眼，均都不免一笑——蕙娘也就是在吳興嘉身上，還有點爭雄鬥氣的心思了。

太夫人道：「你們這一次，實在應該把乖哥帶回來，歪哥可能要開蒙，也就不說了，但我還沒有見到曾孫，心裡實在是掛念得很呢！」

等兩個曾孫帶回來了，自然而然，就要住一段時日，權夫人這裡家務一交，蕙娘就走不開了。兩位長輩怕也以為，蕙娘不肯帶孫子回來，就是擔心這麼一點，名分未定，她是不肯白為家裡出力的，因此權夫人就對她略微露出底細。「歪哥也這麼大了，還有那邊的柱姊和幾個弟妹，都到了可以取名字的時候，國公爺最近就在參詳這個呢，連蓮娘肚子裡的那個，都要給他把名字取好了。」

蕙娘還是第一次聽說蓮娘的喜訊，這麼算來，很可能是在路上，又或者是在京裡就懷了的。她連忙給權夫人道了喜，又問了權叔墨在江南的境況。

權夫人道：「他好得很，一投入軍務，就全身心都撲了上去，連諸總兵都誇獎他用心。親家老爺寫信來，說是已經和袍澤們都打成一片了。」

何蓮娘說到底，也未曾怎麼為難她，就得了丈夫的兩個巴掌，蕙娘對她沒什麼厭惡，甚至還殘留了一點淡淡的情分，她欣然道：「諸事如意，那就好了。娘什麼時候給江南送東西，和我說一聲，我這裡也有些吉祥物事，給沒出世的姪兒姪女送去。」

權夫人頗為興味，連道了幾聲「好」，又和她說些親朋好友家的紅白之事，猶道：「前一陣子皇上病重，京裡沒有誰敢熱鬧，這個夏天都過得很平淡。到了秋天，卻又有兩樁盛事，其中一樁，必定是要大辦的——是牛家太夫人的壽辰。到時候，娘是過去不了了，我們卻要一塊兒過去，也算是給牛家面子了。再說，也許在席間，能給季青相看上人家，我這一向給他挑了幾個姑娘了，都是這兒不好、那兒不要，還說『我也只會耽誤了人家』，說來說去，還是玩心重，不想娶妻！」

權季青是玩心重，還是知道自己倒臺在即，猶有一點良心，這估計是不可考證了。蕙娘微微一笑，並不接權夫人的話頭，只泛泛地道：「到時候倒也要去見識一番熱鬧。」

權夫人不免有少許不悅，眉尖才一蹙，又舒展了開來，她笑盈盈地道：「這幾年，雲娘那裡的喜訊，是一個接一個，他們夫妻膝下，已有了四、五個子女了，雨娘最近也有了好消息——」

話音剛落，一陣急促的腳步聲響起——良國公請擁晴院內的三個主子，到前頭他小書房裡說話。

女眷們無事不出二門，良國公無事也不進他的小書房，多半都在別院內調弄他的戲班子。這兩件事一加起來，就是最不敏感的人，怕也都能發覺，家裡是又出事情了。太夫人和權夫人對視了一眼，都有些驚疑不定，兩個長輩在片刻之後，又都不約而同地將眼神調向了蕙娘。

蕙娘此刻，也遠未說得上胸有成竹，她當然也不是沒有後手，但這後手，卻頗有幾分破釜沈舟的嫌疑。若能說服良國公，漂漂亮亮地把權季青掃地出門，才算是皆大歡喜的結局。只可惜，這一次同往常都不一樣，她並沒有足夠的底氣操縱府中長輩，讓他們別無選擇，只能讓事情走向這個方向。大少夫人說得對，權家的水的確不淺，時至今日，即使距離世子之位只有一步之遙，她依然感到自己並未參與到權家的最核心決策層裡，良國公、權夫人甚至是太夫人在考慮的事情，彷彿永遠都和小輩們不太一樣。

也因為如此，她的表情也有些不安，這倒是把長輩們給糊弄了過去。

權夫人輕輕地嘟囔了一句。「該不會是皇上……」

太夫人倒是很鎮定。「是不是，過去就知道了，妳在這兒瞎想，也想不出個所以然來。」

權夫人立刻就收斂了態度，低下頭恭敬地道：「是，媳婦兒還是不夠穩重。」

這對模範婆媳相視一笑，便攜了蕙娘一道上了轎子往小書房過去。

權季青、權仲白兩兄弟，也已經在良國公跟前服侍，甚至連雲管事都在——蕙娘也服了這個內寵，他給權夫人請安時，態度甚至還十分之鎮定。

事涉權家內部爭權奪利的醜事，當然不會在下人跟前談論，良國公甚至連小書房都嫌不夠隱密，他將下人屏退以後，在書架上撥弄了一氣，便在一面白牆上，推出了一扇門，又命雲管事：「你在外頭守著吧。」便若無其事地將一行人帶到了權家的密室裡去。

良國公的書房，採用的是隔斷套隔斷，真假門交錯的花式風格，這一風格用在書房，是很常見的，因其便於隱藏空間。這間暗室雖然入口隱密，但採光竟很良好，陳設也十分整潔，幾扇窗戶都能打開，只是蕙娘隱約看見，這窗戶藏在假山石後頭，雖能透光，但卻很難被外人發現。設計精巧，確實令人讚嘆。

良國公也不顧家人驚訝的表現，他親自關了窗戶，在桌邊坐了，又吩咐眾人。「都坐。」

見眾人都坐定了，這才微微一笑，指著在牆角侍立的喬十七道：「來，都見過京城分號的三掌櫃。說來也巧，他前些時候酒後跌入河裡，居然未死，只是被沖到了下游，輾轉一個多月，這才回到了城裡。」

喬十七雖然曾受折磨，但那畢竟只針對他的精神，肉體上並未受到大的傷害，又得了皇上重病的半個月時間喘息，如今幾乎已經都將養了過來，只略略還有些憔悴。看起來，和良國公敘述的經歷，似乎大同小異。他也乖順，過來給幾個東家都行了禮，便撲通一聲，跪了下來。

良國公唇邊，現出了一縷高深莫測的微笑。自從蕙娘進門以來，就一直在揣摩他的表情，可也許是她太不熟悉自己的公公，一時間竟難以解讀他的心緒，只能聽他似乎帶了一絲嘲諷地道——

「說來也巧，這三掌櫃呢，跌入河中以後，忽然間就大徹大悟、良心發現，同我說了許多本該早已經塵封的往事……」

他瞟了權季青一眼，蕙娘也跟他一道看了過去，不過，權季青依然是那無辜而驚訝的表情，他似乎還困惑於自己來此的目的，見父親望向了自己，便投去一個疑惑的眼神，又瞅了母親一眼，權夫人雙眉微蹙，輕輕對他搖了搖頭。

「現在人都來齊了，喬十七你就再說一遍吧。」良國公似乎失去了耐心，並不再看兒子的表演，而是直接就把話鋒丟給了喬十七。喬十七亦表現得相當鎮定，他雖跪在地上，但形容卻並不猥瑣，脊背甚至還挺得很直。

「小人冒昧說一句，從我進分號當差時到現在，一直都得到主子們的關愛。」他從容地道。「也有這個榮幸，時常入府回話，亦時常能近身服侍主子，也可算是看著四少爺長大的。」

這「四少爺」三個字一出口，權夫人頓時輕輕地倒抽了一口涼氣，她看了權季青一眼，又望向良國公，又是不解，又是疑惑，又有幾分懇求地道：「老爺，什麼事，不能我們夫妻私下商量了再——」

良國公一擺手，反而衝也有幾分疑惑的太夫人道：「還是先聽完三掌櫃的說法，再談別的事吧。」

他在家裡總是有幾分權威的，太夫人嘴唇嚅動了一下，掃了權季青一眼，又重看了看蕙娘，頹然嘆了口氣，道：「說吧，我聽著呢。」

權季青面色泛白，似乎想要說話，可和母親交換了幾個眼色，到底還是把話給嚥了下去，他微微也挺直了脊背，彷彿受到了極深的冒犯，只是僵硬地盯著前方，卻不肯再看權仲白或者蕙娘了。

喬十七也顧不得這些微妙的互動，良國公既然讓他往下說，他便自然地說起了權季青的謀劃。「從前四少爺還小的時候，二少爺也住在家裡，他時常會去找二少爺玩耍，這個我們在身邊服侍的時候，也是見到過的。二少爺屋裡的醫案，四少爺拿起來就看，二少爺也並不阻止，往往還指點他幾句，只是這些醫案，都是二少爺給那些無名小卒編寫的，真正達官貴人們的脈案，二少爺一般都放在一邊。只是四少爺少年好弄，有時偷偷翻看，被我們撞見，我們也都不說什麼。

「家裡的規矩，我們這些下人亦很明白，要做當家人，可不能只有個長子的名分。大少爺中庸了些，子嗣又困難，遲遲沒有嫡子；二少爺閒雲野鶴；三少爺性子魯直。這個家將來落到四少爺肩上的可能，似乎更大。」喬十七說起這些事來，倒是非常的大膽。「我們這些下人，看人眼色行事，自然也就都對四少爺有些格外的尊敬。四少爺怕也是作這樣的想法，那年冬天，您從動念給二少爺續弦起，四少爺的心情就一直都不是很好。這天，他忽然把我拉到一邊，問我能不能為他做一件事……」

接下來的事，便是喬十七受權季青所託，把一株上等的地黃，換入了昌盛隆驗過藥的上等包裹裡。昌盛隆在和同和堂結帳時，已經將藥物清點檢驗完畢，以兩家的關係和同和堂的信譽，他們自然也不會多懷疑什麼，而這一株極上等的地黃，也就隨著昌盛隆對焦家的巴結之心，以及焦家庫管對蕙娘的尊敬之心，化作了藥渣，融到了蕙娘的那一碗藥裡。

因是在國公爺跟前，喬十七說得更細，有鼻子有眼的，將權季青的一言一行，及自己如何換藥的事，都說了出來，還提出了當時在場的幾個人名，竟比和權仲白、蕙娘交代的還要詳細。他的誠意，倒也是可見一斑了。

他剛開始敘述時，權夫人、太夫人還不斷望向權季青，待他說到後頭，兩人反而也都不看權季青了。太夫人閉目沈吟，權夫人眉頭越蹙越緊，只是望著手中的茶杯出神。

倒是權季青，越聽唇邊笑意越濃，等喬十七說完了，他禁不住還呵呵笑了幾聲。

良國公便望向他，徐徐點頭道：「想來，你也是有話要說的了。」

權季青和聲說：「父親，空口白話，如何做得了憑證？三掌櫃能這樣說我，也能這樣說大哥、三哥。我們兄弟感情本來就不錯，二哥在家的時候，誰都經常到立雪院去，只是後來立雪院有了女眷居住，我們才去得少了。」

他掃了蕙娘一眼，似乎頗覺好笑。「難道就憑著他的這一番話，我便成了個大惡人了？且不說當時我年紀還小，哪裡想得到這方面，就是我想到了，又安排三掌櫃給我做了這件事，我都這樣狠毒了，事後難道還不把三掌櫃滅口了事？二哥二嫂忌諱我、要對付我，我走就是了，大可不必如此血口噴人吧！」

聽他意思，竟真是打算矢口否認了……

沒憑沒據，怨不得人家不認。蕙娘雖然也明白這個道理，但到底還是感到一絲失望，她暗下了一番決心，這才若無其事地道：「四弟，你要不對付我，我又何必忌諱你？你比得上你哥哥的地方，可沒有幾處。」

她這還是用上了激將法，想要激一激權季青露出一點破綻。

可權季青一聽這話，頓時便露出受傷神色，他大聲道：「我比不得二哥本事，我自己心裡清楚，可我也不是沒有氣性的！二嫂，妳別逼人太甚！」

權仲白嘆了口氣，才要說話，良國公已是一聲斷喝——

「夠了！像什麼樣子！」他自己穩了穩，把情緒給鎮定了下來才望著權季青，不知為何，竟還微微一笑，方才和緩地道：「的確，只有人證，並無實據，幾年前的事了，不管是誰做的，也都留不下什麼證據來。」

在良國公微笑時，權夫人的神色頓時變得難看無比，但她並未開口打斷良國公的話頭，而是仔細地聆聽著良國公最終的決斷。

「但……」良國公掃了室內眾人一眼，才慢吞吞地道：「我要是就信了這話呢？」

此言一出，眾人反應不一。

權季青面色大變，他又是痛心、又是受傷地望了父親一眼，長身而起，一字一句，都似乎痛徹心腑。「好、好，我知道您的意思了，您是嫌我只會給您添麻煩，不若二哥有用，好不容易有個話頭，您就要趕我走了！」

他再看了母親一眼，唇角泛起一絲苦笑，這才掉頭冷冷地瞥了蕙娘一眼，忽而一把便扯開了上衣盤紐，露出了裡頭雪白的中衣——

以及上頭那橫七豎八、胡亂綁著的火藥包！

第一百七十三章

室內氣氛，頓時為之一變，蕙娘只覺得眼前一花，自己已被權仲白搡（注一）到了身後，她丈夫沈聲道——

「季青！一家人，不至於這麼做吧？」

權季青手裡，不知何時已經拿出了一個火摺子，慢慢往密室門口退了過去。

良國公面色陰沈，見權夫人想要說話，便衝她擺了擺手，自己對兒子道：「你是要作死（注二）？」

「是你們要把我逼死。」權季青堵在門口，態度卻頗為從容不迫，彷彿破釜沈舟以後，自己已經一無所懼，只是望向母親時，還隱約能見幾分愧疚。他隨手把火藥包的引線給拔了出來，湊在火摺子邊上，這引線並不太長，一經點燃，只怕連反應的時間都沒有，火藥包便會爆炸開來。

這密室也並不大，又被他搶占先機堵住了門口，按火藥包的分量來看，只怕一屋子人能不能逃出生天，就得看命了。在座的幾位都是聰明人，大家只憑眼看，都能看出這些問題

注一：搡，音ㄙㄤˇ，即推、擠之意。
注二：作死，即自找死路。

來，並不用誰來解釋。一屋子人，卻也的確都有幾分震驚：就算已經把權季青的瘋狂儘量高估了，恐怕亦都無人想到，他會做到這個地步！這一屋子人裡，除了二房兩口子以外，餘下的幾個，不但有他的生身父母，也沒有什麼虧待他的地方！

喬十七本來默不作聲，此時卻開口說話。「四少，你這不是直認了我的話嗎？剛才的冤枉之色又是作給誰看呢？大丈夫敢作敢當，你這個樣子，有點沒意思啊！」

權季青本要說話，被他這麼一打岔，倒是微微冷笑起來，不屑、冤屈之情，溢於言表。他也不理喬十七，只衝著蕙娘道：「我知道妳誠心對付我，已是有一段時日了。二嫂，妳把大哥一家趕去東北，三哥一家趕到江南，是還嫌這個家不夠凌亂，還嫌自己不夠敗家，還想把我也給趕走，妳這才能放心地和二哥坐在世子位置上嗎？喬十七本和我要好，他一失蹤，我就知道妳在設法對付我，妳派了人在府外跟蹤我也就罷了，我問心無愧，不怕人跟！可妳在府內還要安插人到院落來監視我，又是什麼意思？妳是想要挑我的不好呢，還是要牢牢把我給監控住？喬十七白白胖胖，看來在妳手下也是好吃好喝，妳用多少錢買了他來指控我？我知道妳有錢！妳嫁來我們家，不就是為了用我們家的權，護住你們家的錢？為了這事，妳是連良心都不要了！」

他越說越激動，火摺子大有湊近引線的意思，這東西稍微一晃就能燃起來，到時候大家都是個死！

蕙娘還未說話，權夫人已忍不住道：「小四，你不要這個樣子！什麼話大家好好說！沒有真憑實據，光是你二嫂血口噴人，你爹也不會輕信的！」這番話，已經給權季青鋪了下臺的階梯。

良國公悶哼了一聲，並不說話，看似默認；太夫人漸漸鎮定下來，作沈吟之色；就連權仲白，也未作聲。蕙娘被他護在身後，倒是看不到他的臉色。

但權季青似乎並不領情，他輕喝一聲，又指著蕙娘道：「妳手段縝密、家資雄厚，又有那樣多的人才供妳驅使，我權季青自知本領有限，奈何不了妳！可我也不是泥人，不能任妳欺負！妳過來！」

權仲白本來已不再動作，此時雙肩一振，就要說話。蕙娘卻怕他把權季青激怒，他已將是一無所有的人了，若真的把心一橫，來個玉石俱焚，她死了也不要緊，那總是一瞬間的事，可她的歪哥、乖哥又該怎麼辦？她輕輕推了權仲白一把，自己由他身後擠出來，柔聲道：「你卻待要怎樣？」

權季青一把將她拉到身前，扭了雙手，讓他一手箍制著——這樣即使火藥爆炸，威力未能傷到別人，卻足以讓蕙娘陪葬，又或者是受到極為嚴重的傷害了。除此之外，他倒沒怎麼輕薄她。

這個演技上佳的小無賴，情緒似乎極為不穩，現在蕙娘成了他的人質，他就不多加理會，而是衝著良國公道——

「我知道爹你的意思，我還不明白你的為人嗎？從前三個哥哥都指望不上，你便無可奈何，私底下也有把我當成繼承人的意思。可這不過是緩兵之計，你心裡一直都惦記著二哥，我不過是你的次選！現在二哥有了個出息的媳婦，他自己也出息起來，對世子位有了想法了，你便視我為眼中釘、肉中刺，不把我送回東北，永生囚禁起來，你是不會干休的！同和堂北面但凡和我打過一點交道的叔叔、伯伯，你都給她送到沖粹園裡，一住就是許久，你不就是給二嫂送了把柄，讓她對付我嗎？二嫂上體天心，知道你給她送人的意思，設了這麼一個局，真是正中爹你的下懷，你自然是深信不疑了。就是這消息再牽強，你也會信吧！」

真是一個人說一種話，喬十七編派了這麼一條謊言，對他有什麼好處？曉得了如此密事，他最後的結局很可能就是被滅口，蕙娘為了自證清白，也不會為他說話，就是事先許了再多錢，他沒有孩子，又給誰花去？只是這些反駁的話語，此時卻無人能說得出口，也沒有人敢於打斷權季青。眾人都聽他道——

「我的血肉都是你給的，你要怎麼擺布我，我原也沒有二話，可看著你們被二嫂玩弄於股掌之間，我卻忍不得！權家人的事，有權家人作主，她一個外姓人多嘴什麼？我含冤帶屈活在世上，也沒有什麼樂趣，倒不如帶她一起死了，大家乾淨！」

說著，便真的要去晃那火摺子，眾人都是連番呼喝。

蕙娘眼角餘光瞥見他的動作，心底倒是沈靜下來，她雙掌一錯，正要掙開權季青的掌握——他雖捏住了她的麻筋，讓她難以用力，但她亦不是無法掙脫，只是之前局勢沒有變化，不願隨意激怒權季青而已。

正當此時，權仲白忽道——

「好了，你做作也夠了吧？季青，明人不說暗話，有些事我們也就不提了。可在你嫂子生產前後，她有什麼事是針對你的？任何不利於你的事，都是我一手操辦的，喬十七是我審的，監視你的那些人是向我回報，你把所有事都推到你嫂子頭上，可有點不大公平。說對不起你，是我這個做哥哥的對不起你居多，畢竟你嫂子和你素昧平生，可我這個做哥哥的，卻是實實在在地把你當敵人看待了。」

這話說出來，等於是直認了二房的確在暗中部署對付權季青。權夫人驚喘了一聲，捂住胸口，一時連站也站不穩。良國公眼神連閃，卻不說話。

權仲白緩緩踏前一步，從容道：「威脅個女人，終非好漢。再說，有她這麼擋著，你也炸不死我們全部，你和她一道死了，我卅頭一續弦，還不是一樣做國公？這樣吧，我來換了她。今日你要留下來對質，怕也是洗不白了。我們二房預備了好些後招來對付你，你要自辯，自然是得大費功夫。再說，一家人變成這個樣子，再強留下來，也沒什麼意思……倒不如給你預備了銀兩、快馬，從此海闊天空，你逍遙幾年，想回來，你再回來吧。」

這其實就是在給權季青找個遠走高飛的藉口，眾人心下亦都明白此點。雙方不可能永遠僵持下去，權季青要是不想真死，總是要挾持一個更有力一點的人質。現在這個樣子，權仲白已算得上是將來的國公爺，挾持他，要比挾持蕙娘更有作用。

權季青略作猶豫，便將蕙娘一推，火摺子就湊在引線邊上。他一手將權仲白扯到了身前，這兩兄弟，頓時便親密地靠在了一起。

權仲白低聲道：「四弟，你已經達到目的了，放他們走吧，我在這裡陪你。一會兒等馬來了，我送你一程。」

權季青眼中，射出了複雜至極點的眼神，他低聲道：「哥，你就這樣相信她？我究竟做了什麼，你都沒有問我，便將我當了個敵人看待？」

權仲白嘆了口氣，低聲道：「你做了什麼，你自己心裡有數，我們也不必再多談了吧？」

「憑據呢？」權季青望了蕙娘一眼，他的聲音忽然低了下來。「任何事都是她在說，你總是要給我一點憑據，讓我死也死個清白吧！」

問題就在於，權季青背靠那樣一個神秘莫測的組織，他又足夠聰明，聰明至不留下一點證據，這件事被他弄得，蕙娘倒是幾乎無法自證清白了，起碼權夫人看她的眼神就不太對勁。

良國公眼神閃閃，忽道：「你要和我談憑據？」

這一句話出來，頓時又把權季青的注意力拉回到他身上，兩父子隔了權仲白對視，彼此的表情，都令人捉摸不透。權季青注視父親片刻，忽然壓低了聲音，在權仲白耳邊又急又快地說了幾句話。雖然密室狹小，可他聲音裡多半是用了一點內勁，竟收束得很好，只有一點餘音漏出，可那些音節，卻拼湊不成一句完整的話語。

權仲白神色數變，只是輕輕搖頭，卻並不回答權季青。權季青親密地伏在他肩上，一手還捏著火摺子，在引線附近晃蕩，眼神卻直盯著蕙娘，受傷、痛恨……他的情緒，亦算是恰如其分，畢竟作為一個「無辜」的被迫害者，對於他無可奈何加害人的事，也正該是這般情緒。

事情發生得實在太快，到現在都沒有任何一個人能掌控局面。權季青看似手握籌碼，但實際上，除非他有玉石俱焚的決心，否則他才是那個最大的輸家。良國公已將態度表露得非常明白，在二房和權季青之間，他的選擇，永遠都會是二房。權季青這一輩子，恐怕是和國公位無緣了。

但就因為他有權仲白和火藥包在手，他又掌握了暫時的主動，用這掙來的一點時間，他和權仲白說了幾句話……

蕙娘的心，直往下沈去，她從權季青望來的眼神裡，似乎也讀出了一點快意。權季青心知肚明，他的倒臺，從眼前看，是出於她一手策劃；從長遠看，亦是因為她嫁進了權家。以他的作風，恐怕是將上回拉扯她走到一邊說的那番話付諸實踐，要運用眼前這微妙的局勢，來挑撥她和權仲白之間的關係……

但，這都是以後的事了。蕙娘掃了權大人一眼，寧靜地道：「權季青，藏頭露尾、矢口否認，你令我很失望。虧我從前，還將你當個人物。」她也不去管良國公、權夫人，甚至是權仲白，而是站起身徐徐前行。

權季青厲喝道：「妳再過來，我就點上了！」

「點就點！」蕙娘步步進逼，神態竟十分不屑。「這麼多包火藥，該有多沈？你從頭到尾腰背筆直，沒顯出一點吃力也就算了，連衣物都半點不見受力，繩子綁得那麼浮，你是真綁了火藥，還是虛張聲勢？火藥是管制的東西，你上哪裡弄來的？你出門時我的人就跟牢在你後頭，你可沒和什麼煙花爆竹鋪的人勾搭，在家裡也沒見什麼小廝給你送這玩意兒。是誰給你的火藥？是不是在密雲栽了的那批人馬？你深更半夜把人頭丟在我們立雪院的窗戶下頭，是想顯示你的本事？你始終都太幼稚！禁不得激，藏不住事，就是仲白不能繼承國公的位置，就是我死在了你的陰謀下，你都沒有機會問鼎國公位！」

她很快就把權季青逼到了退無可退的地步，這青年背靠暗門，手持火摺子，竟被問得有幾分愕然，之前的氣勢，終於漸漸被她壓過。

他張口正要說話時，蕙娘喝道：「好比現在，我敢和你玉石俱焚、同歸於盡，你卻不敢告訴我，這一身火藥，乃是你的虛張聲勢！你不點火，我就幫你點！」她竟要伸手去奪權季青手中的火摺子，逼他晃燃！

權季青驚訝之下，反射性就將火摺子一揚。這東西本來就是晃動幾下便能點燃的，動作一大，登時「嗤」的一聲輕響，便燒了起來。

一屋子人的目光，都集中到了那墜落的火星上。

蕙娘眼裡，卻只有權季青怔然的俊顏，她飛起一腳直取權季青的手腕，力道之大，立刻使他手指一鬆，火摺子頓時墜了地，被蕙娘一腳踩滅。一時間，火星四濺，煞是可怕。

說時遲那時快，權仲白亦是身子一矮，就勢把權季青翻過來重重摔到地上，他出指如電，捏住了權季青的脖筋，這地方被人捏住，就是壯漢，也是片刻便倒，權季青還想掙扎，但不過一會兒，雙眼一翻，便頹然暈了過去。

權仲白衝父親叫道：「給我剪子！」

良國公也還能把得住，從身邊摸了一把匕首扔過來。

蕙娘和權仲白兩人協力，將繩子割斷，火藥包全取了下來放到一邊。這裡良國公開了暗門，讓太夫人和權夫人先出去，又和喬十七、權仲白、蕙娘一道，將權季青給拖出了密室。此事事發倉促，眾人誰也顧不得儀態了。蕙娘才出了屋子，便把太夫人、權夫人兩個長輩一擁，喝道：「還不快跑出去！」

正是沒主意的時候，聽她這麼一說，也都顧不上細問，一群人爭先恐後地出了屋子。

太夫人還道：「不是說火藥包是假的嗎？」

蕙娘也來不及回話，只顧著往前捍，過得片刻，眾人都出了書房那院子時，她方道：「都打了同歸於盡的主意了，火摺子燃起來的時候，他又怎麼會那麼慌——」

才說到這裡，後面的話，卻也不必說了——小書房的方向，傳來了幾聲悶響，眾人都感到足底輕晃！

太夫人面色唰地一下變作慘白，她望了權季青一眼，一時卻是什麼話也說不出來了。

第一百七十四章

在短短一個時辰都不到的時間裡，兔起鶻落（注），又是盤問、又是攤牌、又是挾持人質，可謂是好戲連臺、高潮不斷，眾人一時，都有千頭萬緒不知從何說起的感覺。卻還是雲管事一直守在外頭，雖也驚訝，但還能維持鎮靜，先請太家到別院休息；又令人熬了壓驚的湯藥，給眾人送來；還有喬十七也要被押下去關著。倒是權季青該如何處理，他有點犯難了。

因怕權季青醒來以後胡言亂語，又再刺激到太夫人、權夫人的情緒，或者是將權家的陰私事隨口亂說，良國公令權仲白給他配了一帖安眠的藥——說是安眠，其實也就是迷藥的好聽說法——他這會兒還在榻上沈睡呢，要不是身上被翻得亂七八糟，連裡衣可能都被解下來，驗過了沒再藏什麼害人的東西，這一幕看起來，倒還有幾分溫馨：一家子聚在一起吃補藥，小兒子貪睡，還賴在榻上不肯起來。

權夫人坐在兒子身邊，凝望著他的睡臉，過一會兒，便輕輕地嘆了一口氣。

有她這一番表現，雲管事勢必不能自作主張。他請示般地看了良國公一眼，良國公便道——

注：兔起鶻落，兔子剛躍起，鶻（ㄏㄨˊ）鳥就猛衝下來，這是比喻動作極為快速敏捷。

「先鎖到柴房去吧。」他顯然也是驚魂未定，掃了權季青一眼，猶有餘怒。「這個小畜生，再不能放縱了！連他娘都不顧了，世上哪有這樣的禽獸！」

若說二房的指控，還有不盡不實、難以求證的地方，權季青剛才的舉動，也足夠磨滅太夫人對他的不捨了。

老人家面色陰沈，也道：「爭位失敗，就要抱著大家一起死？我們權家沒有這樣的規矩！」有些話，良國公不好說，她倒是百無禁忌，當下便衝著權夫人道：「妳也不要為他覺得冤枉，就是真冤枉了他，連一點容納怨憤的城府都沒有，連一點東山再起的信心都沒有，他也不配當我們權家的子孫，更別說還要妄想國公位了！」

這話倒是在情在理，權夫人就是再想指責二房逼死權季青，亦無法和老太太辯駁。她不情不願地讓開了一點，由得雲管事和另一個心腹小廝將權季青抱了起來，一頭一尾地抬出了門口。

老太太這句話，亦是一錘定音，鮮明地表達了她的態度。

良國公也是忙了有一會兒了，這才剛安定下來，用了一口茶，又沈吟了片刻，便吩咐權仲白。「你們先回去歇著吧，這件事怎麼處置，我得和你娘、你祖母商量商量。」

這亦是題中應有之義，反正現在，二房是把自己的籌碼都投進了局中，業已「買定離手」，贏面亦是高達九成九，所差者也無非是贏多贏少。權仲白看了蕙娘一眼，蕙娘衝他點了點頭，兩夫妻便並肩起身，先回立雪院去休息了。

剛才好戲連臺，誰都提了一口氣，也不覺得疲憊，現在安靜下來，蕙娘就感到興奮後那一陣陣的筋疲力竭。才進裡屋，她便垮下肩膀，軟倒在窗邊的羅漢床上，半晌才慢慢吐出一口氣，低聲道：「權季青真是喪心病狂！死到臨頭，都還想拉人下水！」

權仲白並不接話，只在蕙娘身邊坐下，慢慢地摩挲著她僵硬的肩背，助她放鬆下來。兩人一時誰都沒有說話。

雖說自己幾年來，懸在心頭的第一要事，終於有了個結果，但蕙娘此時回想，卻沒有一點放鬆。這件事一環扣著一環，邏輯推理似乎很順，但權季青背後那組織，是否就絲毫都沒有參與呢？要是他們完全並不知情，權季青又是從哪裡來的地黃？若是他們知情，又是為了什麼幫助權季青，用這麼不把穩的辦法，衝她下手？權季青是如何同他們溝通，安排人馬來滋擾沖粹園？這批掌握了火器，按說武裝力量並不弱小的力量，為什麼連熊友他們的防線都衝不破？

從她進門起，權季青做的每一件事，都太膽得令人瞠目結舌，卻又小心得留不下一點痕跡。能指證他的人，全是蕙娘自己的心腹，甚至連權仲白，都未能親自見識到他的劣跡。蕙娘越想越覺得身上發冷，對權季青和權仲白說的那最後一番話，有了很不好的猜測，這猜測，令她連喜悅的心情都欠奉，只覺得脊背發寒，忽然間，對權季青的做法，又有了一種新的解讀。

他就是再會謀算，也比不過權仲白在醫術上的造詣，給他帶來那得天獨厚的優勢，良國公看重這點，顯然是比任何因素都多。所謂特別偏疼二房，究竟是疼權仲白，還是他的醫術，那就真是不得而知了。而權季青和權伯紅不同，又肯定是節制不了他哥哥的，因此國公府的迷局，最終的謎底，也只有權仲白一個。權伯紅可能還不清楚，但權季青應很明白，他始終也就是個敲邊鼓的，上不得大臺盤。

既然如此，他又為什麼要爭？他又在爭什麼、算什麼？在她進門誕下歪哥以後，他已經輸得不能再輸，就是把她給害死、勾引得翻了盤，只要權仲白的醫術還在，他就永遠都沒有贏的希望。造成這樣的局面，他會恨誰？權仲白？

不，權季青並不恨權仲白，他也知道他哥哥對爵位從無野心，他如果恨的是權仲白，便不會是這樣的行事。他要恨，應當也是恨良國公、恨自己……本來大好的局面，是在良國公作主，說了自己進門以後，才有了本質上的變化。也許他本想通過誘惑她的方式，來達到一些不能見人的目的，或者是想要讓她生下他的子嗣，這樣不論是權伯紅還是權仲白上位，最終繼位的都是他權季青的兒子。又也許，他想要通過占有她的目的，來發洩心中的怨恨，他是真的想過要綁架她，只是她防範得比較周密，在那一次疏漏之後，再也沒讓他找到機會。

那麼他該如何報復呢？權季青如果沈下心來思量，會發覺什麼可乘之機呢？

他一直都知道，她和權仲白之間存在的最深矛盾，便是兩人志趣的差別。他也知道，那天晚上聽見他和他人密斟的，是立雪院的丫鬟，而立雪院上上下下，都是她自己的心腹，沒有權仲白什麼事。

也許就是在發覺此點以後，他開始不動聲色地布下了一個報復的局，在這個局裡，他的所有劣跡，都是出自蕙娘的指控：供述出他來的喬十七，和蕙娘先在沖粹園裡相處了好幾個月；來騷擾沖粹園的私兵，軟弱得連熊友的防線都突破不了，又狡猾得沒留下一具屍體……任何事都是蕙娘在說，任何當事人，若不是蕙娘的人，也和她有過密切的接觸……

他一直都很瞭解他哥哥，也很瞭解她，甚至還把他的計劃，明明白白地告訴過自己：到得那一天，妳現有的一切，都將失卻，他給予妳多少，就會收回多少。

若沒有一個契機，權仲白為什麼要把他的信任、尊重給收回？這便是他的提示，可笑她還渾然不知，一心只想要查清凶手……

雖說即使一切重來，蕙娘也並不後悔自己的選擇，但她仍不禁為權季青的安排打了個寒顫，這個寒顫，甚至不是因為他的異想天開、縝密陰毒，而是因為他的瘋狂與自私。如果一切真和她推測的一樣，那麼權季青就是用自己原本可能很平順的一生，來換取對她的報復！

唉，平順不平順，他也許都是要回東北去的，良國公之前那幾番布置，透露出來的訊息也很明顯，他是忌憚起了這個兒子，想要將他除掉了。對他來說，他也再沒什麼可輸的了，又為什麼不行險一搏呢？

心念電轉間，念頭已不知轉了幾個輪迴，蕙娘望了權仲白一眼，一時竟有些膽怯，倒是權仲白一如既往，還問她——

「妳剛才是真以為他帶的火藥是假？」

「一開始，真以為火藥是假的。」蕙娘老實說。「他要是真的想同歸於盡，在挾持了我以後，便會把門讓出來，起碼讓他親娘先走吧。這堵住門誰也不讓出去，看著像是要一起死，其實倒顯得心虛了。我是沒想到，原來他連他親娘都不願意放過。不過，這種事最要緊的也就是一個氣勢，氣勢上壓過去了，他只要有一點破綻，我就能找到機會把局面反轉。這個險事後看，還是值得冒的，不然他情緒上來了，引線一點，大家就都活不成了，到時候，歪哥、乖哥怎麼辦？這都還不算祖父他們了……」

權仲白輕輕為她揉了揉肩膀，沈聲道：「事情過去了就是過去了。這回我看爹的意思，應該是會把他發回老家，以後，他肯定跑不出來的。」

權季青只要活著，說不定就有翻盤的那一天。但蕙娘只是微微一笑，並不回答權仲白，她也怕他盤問，便將臉埋在手心裡，低聲道：「這件事，總算是初步有一個結果了。雖然更大的黑手，說不定還隱藏在他後頭，但從今天起，應該無須擔憂家裡有人要在背後捅刀子了。」

事實上，現在除了權幼金，家裡也沒有別人了。蕙娘這話說出口，也覺得有幾分諷刺，她不禁自嘲地一笑，索性也就直接問了。「剛才他和你都說什麼了？」

權仲白頓了頓，搖頭道：「沒說什麼，只是感慨我們兄弟間，居然也走到了這一步……」他埋下身子，搓了搓臉，低沈地道：「也許是不同母吧，雖然從小一起長大，但到底還是分崩離析。上一代幾個叔伯，都是一母所出，雖然一樣爭位，但卻也沒有這麼多的紛爭。」

他不願說，蕙娘也不好強他，只看權仲白眉眼，並不像是真對她有什麼懷疑的樣子，便也不好再說什麼了。她對權季青用計的猜測，一樣是毫無真憑實據，若只是自己瞎猜，權季青壓根兒就沒這麼開口，她貿然這麼一說，反而有引火焚身的嫌疑。

權仲白自己唏噓感慨了一會兒後，也恢復過來，捏了捏蕙娘的脖子，問她。「要不要歇息一會兒？這都好半天了，妳的肩膀還是僵硬的。」

正這麼說，外頭又來人報信，是香花和天青一起帶了石榴過來。

蕙娘一見石榴，便一骨碌翻身坐起。「園子裡出事了？」

「是有人偷偷地混進了園子裡，不過，人還沒到咱們自己院子，已被兩個王先生發覺。」石榴雖然緊張，但並不慌亂。「雙方鏖戰了一番，大王先生把那人給擊傷了，卻沒擒住，那人一路灑了血，逃出了園子。因您不在，我們誰也不敢作主，這是來請您的示下的。這個人，該不該追呢？」

萬一此人背後還有一個組織撐腰，追過去那也是白填了人家的口，也難怪王先生等人不敢輕舉妄動了。蕙娘斷然道：「這要是調虎離山之計呢？不能追，妳趕緊回去，別的都不顧了，先把兩個哥兒護得嚴實一點要緊。」

說著，便讓護送他們過來的那一批人馬，全都先趕回沖粹園。

石榴道：「大王先生、小王先生一人抱了一個哥兒，熊友師傅和餘下的兄弟都在甲一號附近坐著，您且放心，出不了大事的。」還反過來安慰了蕙娘幾句，這才退了出去。

蕙娘來回走了幾步，心裡頗放不下，又重燃起了對權季青的惱恨，怒道：「他早有了計劃，要不是我們提防得好，孩子一旦被綁，有此人質在手，他自然可以逍遙脫身了！可恨王先生沒能把人留下，不然，提粽子似的，一個接一個，給他提出來！」

現在人也跑了，雖沒憑據，但蕙娘還是打發石榴去向良國公報信，也算是給權季青眼下的處境添點佐料。

她來回走了幾步，都難以消解怒火，過了一會兒，便不禁衝權仲白發脾氣。「人為刀俎，我為魚肉！早知道這樣，你還和他客氣什麼？人家連你的孩子都要下手，你還和他說什麼兄弟情分！」

權仲白多疼兩個兒子，眾人都是看得到的，他的神色亦不十分好看，卻未頂蕙娘的嘴。蕙娘一句話出口，也覺得自己過分了，她咬了咬唇，卻又不願道歉——神色又有些尷尬，兩人倒是僵在那裡。

還是權仲白先道：「算了，別和他計較，以後我們住回國公府裡，有爹在，根本就不會再出這樣的事。」

立雪院裡又不是沒發生過這樣的事情！雖說權季青身分特殊，可以在府裡任意走動，但這起碼也說明，國公府並不是鐵板一塊。蕙娘真想再和權仲白頂頂嘴，但嘆了口氣，還是將話給噓下了——要說無能，她亦一樣無能，在這件事上，沒什麼好互相責怪的。

自從歪哥出生以來，就很少離開過她的眼皮子，此刻和兩個兒子分隔兩地，蕙娘畢竟是做娘的人了，要說不牽念，總是假的，又再出了這事，竟是難得地失去了冷靜的心境，心浮氣躁了好一會兒，才勉強收攝心神，同權仲白商議。

「要把他送回老家可以，但我們這裡也要有人跟著過去監視居住，不然他要跑了，我們豈非又永無寧日？要不是你和他畢竟是手足，按我說，只有千日做賊，沒有千日防賊……」

權仲白搖了搖頭，低聲道：「是該派人監視，但這件事，爹肯定自有處置，不會讓妳失望的。季青的能耐，他比妳更清楚得多。」

蕙娘正待再說服權仲白，那邊良國公已經來人，令他們過去一道議事。兩人對視了一眼，便都知道，這是良國公及太夫人、權夫人已經達成共識，要給權季青「判刑」了！

第一百七十五章

因小書房出了爆炸，那炸藥又是在門扉附近，雖未把結構炸塌，又或是引發火災，但現在小書房也是凌亂不堪，無法繼續使用了。良國公便把公堂設在了擁晴院裡，甚至連權季青，也被弄醒了在地上跪著，一副低頭認罪的樣子。蕙娘兩人從他身邊經過時，他連眼皮都沒撩一下。

到底是平靜了有一會兒了，良國公等人面上，已是一派風平浪靜，就連權夫人都緊繃著臉，甚至連看向權季青的眼神都是冷的——就算她心裡對這件事，沒準兒還有截然不同的看法，但起碼，這想法是絕不會暴露在她面上了。

「坐吧。」良國公面色倒還寬和，也許是因為家裡諸事終於塵埃落定，也許是從權季青口中逼問出了許多他早有些懷疑的事情，他的語調也很緩和。「你們這幾年來，也受委屈了。」他未提到發落權季青的事，倒是先和蕙娘拉家常。「兩個孩子沒有受到什麼驚嚇吧？」

「都不知道發生了什麼事，歪哥看到兩位先生和別人動手，還覺得好玩。」蕙娘如實答道。「現在人都在院子裡，他喜歡熱鬧，恐怕還很高興呢。」

良國公不禁也是一笑。「孩子還小，確實，可能還不大懂事。」又問蕙娘。「實歲有兩歲多了？」

「實歲剛滿了兩歲，因他生辰時我在月子裡，也就沒有大操大辦，不曾驚動家裡人。」蕙娘也捺下性子，和良國公周旋。「預備明年找了先生，便要給他開蒙了。」

良國公滿意地點了點頭。「妳心裡有數就好。」

他沈吟了片刻，又道：「這孩子已經兩歲，明年開蒙，便該有個大名了。我這一向也在思忖著這事，權家這一代，是按燕字走的輩分，但歪哥可以不必走這一輩，依我看，便叫寶印如何？這名字好養活，又合了他抓週時的典故。」

寶印這名字，聽著有些俗氣，還不如伯紅、仲白兄弟典雅，但良國公既然把這兩件事連繫到了一起，二房夫妻也沒什麼好辯駁的，都道：「這名字我們覺得很好。」

從此歪哥的大名便喚作權寶印，按一般家族的慣例，不久以後，他應當也要被登記到族譜上去，算是正兒八經的權家少爺了。

「既然要開蒙，你們還是回到城裡來居住吧，沖粹園那裡，等到夏秋時過去小住一番，」良國公談興也很足，好像完全沒注意到權季青一樣。「畢竟你們兩人事情都多，還是住在城裡，大家也都方便一些。我知道，你們東西多，立雪院是狹小了一點……這樣吧，正好小書房也要重新翻修，打牆也是動土，倒不如索性就把立雪院、臥雲院打通了，做個幾進的院子，這樣也就更方便了。各院裡乘便，也鋪上下水的管道，免得你們母親，一直和我唸著這事，想要趕這個風尚。」

他並沒有和兩人商量的意思，蕙娘等人也沒有反對的餘地。現在權季青一倒臺，家裡就只有他們這一房了，若還在外頭居住，非但惹人閒話，就是自己家裡，也都不像話。

權仲白道：「既然都這麼著了，那索性就把位置給定下來，也免得外頭瞎想，擇日往宗人府報備一聲，該上譜的就上譜吧。」

「這麼著急做什麼？」他現在主動了，良國公反而從容起來。「一旦定了你的位置，很多事，不避諱都要避諱。橫豎現在大家心知肚明，緩幾年也好，有你大哥在前頭擋著，你在深宮內幃走動，也沒那麼多忌諱。」

權仲白顯然就是希望皇上有了忌諱，他便不用再入宮扶脈了。但這一用意，為良國公輕易識破以後，他也就不吭氣了。倒是權季青，雖半垂著臉，但任誰也能看得出來，他面上多了一絲略帶嘲諷的微笑。

良國公對他的表現十分不滿，他悶哼了一聲，終於把矛頭對準了四兒子。「你倒挺自在，也別急，這就要說到你了。我再問你一次，你二哥、二嫂指控你的這些罪名，你認了沒有？」

也許方才，幾個長輩私底下，又提審了權季青一遍，他這會兒倒沒先前那麼強嘴了——就這麼一抬頭，蕙娘才發覺，他手上多了一環鐐銬，似乎是用精鐵所鑄，十分結實。

「認了。」權季青彎著眼睛，老老實實地說，就是到了這個地步，他看起來也依然還透著從容，還有些隱隱的諷刺，似乎總還有一手底牌沒有出盡——就算只是虛張聲勢，但對於他的對手來說，也的確足夠添堵了。

良國公點了點頭。「爵位不傳承給嫡長，是因為龍生九子，子子不同，誰也不會說嫡長子便是最有能耐的那個。為了我們家的傳承、昌盛，選賢能子弟承爵，這是我們家的慣例，也因此，我們家才一代接著一代，在這風雲詭譎的大秦政壇中，傳承了這麼多年。

「你們幾兄弟既然對爵位有意，就應當各顯身手，儘量為家裡做些好事，你們的表現，家裡自會看在眼裡，將來任何一個人選做世子，都不會損害兄弟間的情誼。」這個深沈而威嚴，又令人捉摸不透的長者，不免也露出了少許疲憊。「不要以為這是在唱高調……你們的大伯、二伯雖然回到東北居住，但和我時常互通消息，兄弟之情並未減色。我們一家五兄弟，還是和五個指頭一樣，都連著你們祖母的心。」

若良國公所言為真，相比之下，這一代的四兄弟就減色不少了。

良國公望了權仲白一眼，語調更嚴肅了。「釀成今天這一局面，固然是你愛走極端，遇事只想著歪門邪道，以為陰謀手段可以解決一切，但也是因為你二哥有這個能耐壓過眾兄弟，卻一心逃避這個責任，鬧得兄弟間互相猜疑，也讓我們做家長的大費苦心，無形間，便耽誤了你，讓你的期待落了空處，就這一點來說，家裡是對不起你。

「但即便如此，你的種種作為，可稱得上草菅人命。不把外人的命當命也就罷了，家裡人的命你也不當回事——」

良國公話才說到這兒，權季青忽道——

「何止家裡人？連我自己的命，我都不大當回事。」

那個溫良而誠懇的權季青，不知何時，已經消散在了良國公的敘述裡，此時的權季青，比較貼近蕙娘記憶裡的小瘋子了。他的瘋狂顯得如此張揚、如此尖銳，但也就因為它的張揚而尖銳，又透著這如此的輕浮，往往令人有所輕視。這個權季青，從來都把他的任性擺到面上，此時亦不例外，除了任性以外，還透著深深的玩世不恭。他望著良國公的眼神，不屈中隱隱帶了憤怒，一字一句，似乎都務求淬出鋒銳。

「這不就是您教我的嗎？要算計別人的性命，就不能把自己的性命放在心上。任何人的命都是一條命，從算了第一條命開始，我的命，我也就不當作是命了。我過的就是這樣的日子——也是您養出來的、您縱出來的。連我的命我都無所謂了，家裡人的命對我而言，又有什麼不同？」

良國公不禁一手扶額，半晌都沒有說話。

權夫人低聲道：「權季青！」她話裡蘊含著的一股力量，使權季青又低下了他高揚的頭顱。

太夫人便接過了話頭，威嚴地道：「天倫天倫，你不要命那是你的事，你娘的命，你如何說害就害了？今日之事，你找一萬條道理出來，亦難以辯得清白，更別說你二嫂和你之間，還有一場害命不成的恩怨。」她衝蕙娘微微一頷首，便道：「私下處死你，那就是和你一樣沒有人倫了。你死罪可免，但活罪難逃。我們會和族長溝通，把你打發到漠河去，那裡四周千里都是凍土，日子不大好過。有寧古塔將軍的照料，你死不了，卻也別再想跑了。在寧古塔好生修身養性，二十年後，會有人來察看你，若你是真改了，還能回到族裡生活，若改不了，你還有十年，屆時若再不成，這一輩子，你就在寧古塔好好地過吧。」

漠河幾乎是貼著俄羅斯的邊境線了，那裡再往北走，是大片大片的凍原，不論冬夏都很難活人，往南也要走很長的路程，才能見到人家，並且路就那麼一條，要把權季青控制起來，簡直是輕而易舉，就是任他去跑，他也跑不了多遠，只能在官道上行走。一旦偏離了道路，恐怕就要永遠地迷失在白山黑水之間了。

良國公道：「你對我這個父親無情無義，我這個父親，還是要點你一句，漠河四周能住人的地方不多，你也別想著要跑了，老實住吧。就算你能跑到有人家的地兒，那兒的人家，和寧古塔將軍營也都是有連繫的，要把你起出來，輕而易舉。」

這一番話，更多的還是說給二房聽的。良國公看了蕙娘、權仲白一眼，權仲白微微點了點頭，蕙娘心中覺得有些不穩，但卻也未多說什麼，算是來了個默認。

良國公便續道：「在漠河，你也不用受什麼苦，家裡陸續都會給你捎點東西，服侍的人也不會少你的。你就多看點書，陶冶陶冶情操，多想想自己都錯在了什麼地方吧。」

權季青還想再說什麼，權夫人望著他只是搖頭，他便又閉了嘴。

良國公喝道：「雲管事，把他押到西三院去，門上掛鎖，明日便打發人，送他上路吧！」

雲管事自然尊奉如儀，道了聲：「四少爺，請。」便把權季青扶了起來，在鐵鏈叮噹聲中，走向了屋門。

行到門口時，權季青忽然止了步，他掙扎著扭過頭來，未看向任何人，只瞅著權夫人的方向，神色複雜，輕輕地喊了一聲「娘」，似乎還要再說什麼，被雲管事一拽，這話也就斷在了口中，未能說完。

權夫人就是城府功夫再深，至此也要崩落。她搖了搖頭，一手摀著胸，熱淚滾滾地流了下來。

眾人面面相覷，竟無一人上前安慰，權仲白和蕙娘是沒這個立場，良國公和太夫人卻不知為何，究竟也未開口。

到了最後，還是權仲白上去勸。「心裡難過，哭出來就好了。趕緊的，躺一躺……」親自處置了親生骨肉，任誰心裡都不會有滋有味，就是矯飾太平，也不是現在的當口。權仲白留下來安慰權夫人，蕙娘等人，便各自散去了。

蕙娘亦有些心事要盤算——斬草除根，權季青這樣的隱患不除，她心底終究是不能完全安穩，可要是背著權仲白，把權季青給處理掉了，權仲白會是什麼反應，還真不好說……

這一題該怎麼去解，蕙娘也沒有頭緒，她又惦念著兩個兒子，即使權仲白回來了，兩人也沒多少話說，更無多少喜悅。

洗漱上了床後，她在床上翻來覆去的，想的都是這兩件事，本來沾枕就睡著的人，今日過了一個鼓點，都還沒有合眼。

權仲白也顯然沒有入睡，他雖然安安穩穩地臥在那裡，但氣息不定，不知自己正想些什麼。

過了一會兒，權仲白問蕙娘。「妳還沒睡？」

「我睡不著……」蕙娘嘆了口氣，隨口就是一件心事。「我覺得，這件事現在似乎是清楚了，又似乎還不清楚……迷霧重重，那種迷惑感，半點都沒有減少，不知為何，反而還逐漸增多。」

「我早都習慣了。」權仲白說。「從小到大，我就一直活在這樣的氛圍裡，這個家裡的人，好像面上是一套，背地裡又是一套。神神秘秘的，總是這麼壓抑。這感覺難以描述，好像每個人都有自己的打算，又好像……」他怕也說不清楚，因此只是點了這麼一句，覺得蕙娘會了意，便嘆了口氣。「還以為終有一天，能獨立出去，過些清爽的日子。沒想到，究竟還是逃不脫他的掌握。他要我當世子，我掙扎了這麼久，還不是終究得當？」

任人擺布的感覺，不可能會好。蕙娘也明白那種察覺自己被算計、被利用後的反感，她對良國公，何嘗又有什麼好印象？只是那畢竟是她的公公，權仲白說得，她是說不得的。

有個問題，在清蕙心裡滾來滾去，她想問出口，可又沒來由地有幾分恐懼——正要附和權仲白幾句時，遠遠地又聽到了一些響動，彷彿是有人正在叩門。

蕙娘和權仲白對視了一眼，一個坐起身來挑亮了油燈，一個就下床披衣——這幾天實在是太跌宕起伏了，兩夫妻的神經，到現在都還是繃緊的，生怕一個不留神，權季青又給鬧出了什麼么蛾子。

果然，未過多久，便有人來報信了。

蕙娘一聽，便不禁愣然道：「沒了？怎麼個沒了？大活人還能沒？他分明就是跑了吧？」

「傳話的那位，說絕不是跑了。」上夜的小丫頭低眉順眼地道。「鎖和封條到現在都沒開呢，說四少爺……他真就是沒了！」

第一百七十六章

「確實是沒敢開門。」奉命把守西院的，自然是良國公的心腹，這也是些老成之輩了，雖然出了大事，但卻仍未過分慌張，交代起前因後果來，都還有條有理。「我們也聽說過不少江湖招數，都是自己藏在暗處，待得別人開了門，這才乘勢就闖出來，因此也是不敢給四少爺可乘之機，只是提著燈從小視窗裡挑進去，四處照了照，確實是沒看見人。四少爺帶著鐐銬呢，應該也爬不到多高吧……」

會被用來關人，這間屋子肯定是比較牢靠了，連窗戶上都釘了木板，只留下小小的空隙，權季青除非練過縮骨功，否則也的確不能在不打破木板的情況下，從那個小洞裡鑽出來，在帶著鐐銬的情況下，就更沒有這個可能了。

權仲白繞著屋子走了一圈，便道：「開門看看吧。」

良國公是有年紀的人了，起身比較慢，這會兒才一邊披衣，一邊進了院子，聽見權仲白的說話，他面沈似水，卻並未反對。

幾個管事對視了一眼，便有人上前，拿了刀子割開封條，又掏出鑰匙，把門鎖打開，推門而入。

果然，不大的屋子裡空空如也，只有屋角一根柱子上，隱隱露出了一點水澤，蕙娘踱進去抹了一把，伸手給丈夫和公公看了，卻是一手的暗紅。

「血都還沒有凝……」良國公喃喃地道，也許是因為才醒，聲音裡不免帶了一點心痛。

「他這是要做什麼？觸柱自盡？這氣性也實在是太大了點吧！」

他一邊說，幾個下人一邊就把各處能藏人的地方全都挑了開來。良國公猶自細問經過，看門人免不得又說一遍。

「聽見一聲實實在在的悶響，好像是什麼東西撞上了柱子，我們也恐怕是四少爺自盡，連忙從外頭開了窗戶，自縫隙中窺視，不想這一看，除了柱子上的濕澤外，居然什麼都看不到。因事有蹊蹺，便趕緊給您們報信，又自己察看了一番，這屋子還是和四少爺進去時一樣，嚴密得很，沒一處有不妥。」

「連鐐銬都不見了。」良國公也有幾分不解。「這東西也有十幾斤呢……」

大家的思路都差不多，才說到鐐銬，都抬頭去看天棚——權季青輕身功夫不錯，也許是跳上天棚了也不一定；至於那聲悶響，可能是人肉撞出來的，也可能是他拿鐐銬撞的；血就更不必說了，若能除下鐐銬，肯定是有人送來了鑰匙，再送一點血，也算不得什麼。畢竟這屋子窗戶外開，有人潛到屋後開了窗子，傳遞一把鑰匙，也不是什麼難事。

天棚完好無損，看不出半點不妥；樑柱上也乾乾淨淨的，上去幾個人察看了一番，只有沈積的塵土，連腳印都欠奉；屋頂的瓦片，都沒有一片脫落；至於鑰匙，良國公翻出來給兒子、媳婦看——一直都在他的荷包裡貼身收藏。

這麼大的一個活人，難道還真能不翼而飛？還順便帶走了十多斤重的鐐銬？幾人對視了一眼，均覺不可思議。

權仲白主動說：「是不是該告訴娘和祖母一聲？」

良國公沈聲道：「不急，先把她身邊人喊一個出來再說！」

只這一句話，便暴露出來，良國公對權夫人，非是沒有懷疑。

蕙娘和權仲白交換了一個眼色，權仲白也領會了她的意思，他說：「爹，你總還記得當年毛三郎的那顆頭顱吧？依我看，娘再能耐，這裡也是外院了。倒是季青有些很有本事的朋友，恐怕嫌疑更大些。」

良國公悶哼了一聲。「立雪院那是冬夜，後院行走的人少，他一個內賊才能逞凶。你當我們良國公府是什麼地方，外頭的人，也能說來就來，說走就走？外院要緊地方，都是有武師把守坐鎮的，他要一路從屋頂過來，早都栽了。從地上過來嘛，我們家門禁森嚴，此路不通！此事只能是自己人安排，才能如此天衣無縫。我看，蹊蹺還是出在那一聲響裡，沒準兒就是在那時候偷龍轉鳳，把季青給接了出來……」

他沈吟了片刻，忽地又道：「這件事，你們就先不要過問了，都回去休息吧。橫豎活要見人，死要見屍，他藏得了一時，也藏不了一世。我不信，他還能逃得出我們權家的大門！」

良國公這話還算有點道理，畢竟如果屋頂這條路走不了，這起人要出府也難，很可能就是藏匿在了府中的不知哪裡。因關係到外院，這一場搜索，也只能他來主持，二房兩口子也幫不上什麼忙，還不如回去休息。蕙娘和權仲白也沒有更好的主意，總不好直接說「我們想聽聽娘身邊的丫鬟是怎麼說的」吧？兩人便都回轉到屋裡。

蕙娘見權仲白悶悶的，便安慰他道：「不要緊，各處上夜的婆子，是最知道動靜的。爹不讓我們聽，我們也一樣有辦法打探到歇芳院今晚的動靜。」

她確實也有些懷疑權夫人，將心比心，哪個母親願意看到自己的兒子去漠河打發下半輩子？只是權夫人有沒有這個手段，神不知鬼不覺地安排這麼一場營救，她卻有點懷疑。她要真這樣神通廣大，恐怕權季青對付她焦清蕙的手段，也不會這麼有限了。

「我倒是不懷疑娘。」權仲白的看法，就更出人意表了。「這件事，肯定是先去報了爹，再來告訴我們的。可我們都從內院走到西院了，爹才姍姍來遲……這一進一出，也有小半個時辰的空檔了。」

權季青這一走，倒不令蕙娘吃驚，她甚至有幾分豁然，好似一塊大石頭落了地——這個人要一直不走，她就還要一直矛盾下去。現在既然逃走了，那也沒什麼好說，若先被她知道了他的消息，自然是二話不說，格殺勿論，也就無須去考慮怎麼和權仲白交代了。反正，有那神秘組織在，她身邊的護衛一直也都不會放鬆，多防備一個少防備一個，也沒多大的區別。

只是他這一走，走得一家人彼此猜疑，她疑權夫人，權仲白卻疑良國公，說來也實在是有幾分好笑。蕙娘便道：「爹要放他，什麼時候不能放？送他上路的車子走到一半，鐐銬解了、車門一開，連著那些隨從就裹挾去了外地。我們和東北老家聯繫那樣少，過上一段時間，只說他們在路上出了事故，隨意拿幾具屍首來搪塞，我們難道還能不信？」

她這話也是言之成理，權仲白「唔」了一聲，不說話了。過了一會兒，才道：「睡吧，明兒起來，還不知有什麼煩心事等著呢。」

蕙娘也是被連番事故擾得頭大如斗，她想要什麼都不想，可卻偏偏難以將各種思緒驅逐出腦海，翻來覆去，也不知過了多久，這才慢慢睡著。睡前猶自想道：他到底在仲白耳邊，說了什麼？

第二日起來，他們二人，自然要到擁晴院裡請安，現在因大房夫妻不在，也就沒有派系之分了，蕙娘自然是按了禮數，先給太夫人請安，再到權夫人那裡去。只是權夫人也勤勉，往往他們過去沒有多久，她自己也就走到老太太這裡了。

今日卻大不相同，兩人和老太太說了好一番閒話，權夫人都毫無音訊，太夫人見權仲白不時向窗外顧盼，便嘆了口氣，道：「你繼母不會過來了，她昨晚和你爹大吵一架，只怕最近一陣子，都不會輕易見人。」

為什麼吵架，自不必說了。看來，良國公依然沒放棄對權夫人的懷疑。權仲白有點坐不住了，他起身道：「鬱氣積存，最容易生病了，我過去看看吧。」

老太太卻喝住了他。「你若不能拍著胸脯保證，並不疑她，那就不必過去了。你繼母在能自證清白前，怕也不願意見你，你要這麼不安穩，倒不如和你爹一道兒，去找找你四弟。現在府裡已經是都搜過一遍了，他正要發散人手，在城裡搜尋。」

府裡找不到，城裡難道還能找到？蕙娘不抱希望，但卻也不再著急了。能憑空消失，也是權季青的本事，算不得權家人的無能。她衝權仲白輕輕搖了搖頭。

權仲白欲言又止，最終還是嘆了口氣。「我摻和進去，倒是擺明了不信爹。罷了，這事我也不再管，我去如常問診吧，也算是遮掩遮掩家裡的動靜了。」說著，也不和太夫人道別，起身就走了出去。

蕙娘不免有幾分尷尬。「這麼大的人了，還這麼不講禮數……祖母您別和他計較。」

「我不會計較的。」太夫人長長地嘆了口氣，露出了少許疲憊之色。「季青畢竟也是他四弟……一家人鬧得這麼難看，誰心裡都不舒服。」她瞟了蕙娘一眼，淡淡地道：「剛才仲白要見他繼母，妳沒吭聲，是不是心裡有一點疑她啊？」

和從前比，現在太夫人和蕙娘說話，感覺上就要親密得多了，並不是說太夫人給了她從前沒有的好臉，只是以前那若有若無的考察味道，已經消失不見，現在的太夫人，真的像是在和孫媳婦、和這個家未來的女主人說話了。一字一句，倒都很有開誠布公的意思，不像是從前，總想要讓蕙娘說些心裡話，她自己的意思，卻老是藏著不說。

「是有那麼一點。」蕙娘也沒有避諱。「這也是人之常情吧。」

「確實是人之常情。」太夫人站起身來，踱到了窗邊。「她那樣捧著仲白，其實也是因為叔墨提不起來。兩個兒子，送走哪一個都捨不得，沒想到天意弄人，叔墨還好，季青這個最小的，本以為能留在身邊養老，現在卻要被送到比老家還更遠的地兒……」

老人家的聲音裡，有嘲諷，也有同情、有感傷，她嘿然一笑，瞥著蕙娘問她。「要是將來，乖哥比歪哥更為適任國公爺的位置，妳捨得把歪哥送回東北去嗎？」

這一問，問得蕙娘貨真價實地一怔，她反射性地就想逃避這個問題：歪哥身為長子，自然事事都會得到她的傾斜，什麼事，都能走到弟弟的前面，又怎麼會被弟弟比下去，最終要被送到東北去，變相地軟禁一生？

可這話還沒出口，就又被蕙娘給吞了回去。子喬難道就沒有得天獨厚的資源了？天分所限，有些事終究是沒有辦法。歪哥現在還小，再聰明又能有多聰明？到了以後，有些事，未必是那樣把穩……

太夫人又道：「答不上來了吧？任何一個主母，在把自己的親兒子送走的時候，心裡都不會太好過的。就是沒出這事，一、兩個月裡，她也不會喜歡你們在她身邊打轉。」她頓了頓，道：「不過，這也並不意味著，她就有能耐把季青給偷偷送走。嘿，這件事，的確是令人費解得很……」一邊說，一邊望了蕙娘一眼，又微笑道：「我知道，妳心底的疑團，未必比我的少，只怕十有八九，還是要比我的多些。也罷，如今雖然仲白還沒有世子的名分，但已是這個家當仁不讓的繼承人，有些事，也該讓妳知道知道了。」

說著，便吩咐左右。「去看看國公、仲白都在做什麼。如國公無事，便讓他到我這裡來一趟，就說我孫媳婦坐在這兒，一肚皮都是謎團，實在是搞不懂他這個做公公的，葫蘆裡究竟賣的是什麼藥？至於二少爺，若是他在問診，便別打擾了，若無事閒坐，便回來告訴我知道。」

下人自然領命而去。

蕙娘這裡，也在猜疑太夫人的意思：她不懂的事情，的確太多太多了。甚至連國公爺為什麼就信了她的供詞，都絲毫沒有頭緒。太夫人所說的謎團，又究竟指的是哪一件事呢？

未幾，來人便回話。「國公爺說，他這會兒正忙，一會兒就過來，請二少夫人稍候。二少爺剛剛卻被請進宮裡去了——是福壽公主鬧不舒服了。」

蕙娘這裡謎團重重，福壽公主屋內，卻始終保持了靜謐而溫馨的氣氛。

權仲白在藥方上落了最後一筆，抬頭把方子交給福壽公主身邊的大宮女，口中還道：「公主這是心病，心結能解，不吃藥也無妨的。若心結不解，就算吃了藥，終究也妨害到五臟六腑。北地苦寒，生活本就不易，公主若體弱多病，只怕……」

福壽公主蒼白著一張俏臉，水靈靈的大眼睛瞟了瞟權仲白，便又低垂下去，注視著地面，她纖白的手指握成了拳，湊到嘴邊，遮住了自己輕輕的咳嗽，過了一會兒，才止住了嗽喘，略帶幽怨地道：「神醫不必忌諱，福壽知道您的意思，若我體弱多病，按草原上的風俗，只怕會招來鬼王叔的不喜。他那幾個哈屯（注），就更要欺負我了。」

大秦喜歡病弱美人，草原上可沒這個規矩。不能生養的婦人，要來何用？

權仲白沒有否認福壽公主的話，只道：「公主還要慎言，鬼王叔那是民間給起的綽號，羅春是正兒八經的蒙古萬戶。鬼王叔這個名號，別人可以叫，您是不好叫的。」

福壽公主一咬唇，頓時珠淚欲滴，她並不接權仲白的話，而是低聲吩咐左右。「你們都出去……小櫻留下服侍我，我、我和權神醫有話要說！」

權仲白行醫多年，什麼場面未經歷過？福壽公主才一開聲，他便在心底嘆了口氣，才要開口時，下人們卻已潮水般地退出了屋子。權仲白心底，倒不禁一凜：這個福壽公主，平時總是嬌嬌怯怯、弱不禁風的，身子也不大好，不想對底下人管束居然如此嚴格，她要只帶個貼身宮女，和年輕外男靜室密談，底下人竟是一句話也都不敢多說！

走到這一步，權仲白也不再矯情了，他並不說話，只是沈下臉來，冷冷地望著福壽公主。任是福壽公主眼波流轉，幽怨之意盈盈欲滴，他的眼神也不曾出現一點波動，周身氣勢反而越來越冷，哪又還有半點旖旎？

少女心事，患得患失，最怕是遇到不解風情的魯男子，福壽公主眼波如絲、似怨似訴，凝睇著權仲白，半晌才細聲道：「先生似乎很有些心事，對福壽，也沒有從前那樣和氣了……」

注：哈屯，蒙語，皇后之意。

權季青失蹤一事，權仲白雖有城府遮掩，但福壽公主的眼力亦十分敏銳。他見到的這許多人中，能瞧出他異狀的人，一個指頭都能數得過來，福壽公主能發覺不對，恐怕還是出於少女那敏感的心事。

權仲白又瞥了福壽公主一眼，見她星眸帶盼、桃腮微暈，真是說不出的動人，叫人見了，真是打從心底生出憐意來，恨不能滿足她的所有要求，不忍讓她失望……他只得又嘆了口氣，沈聲道：「公主，這件事妳從前也提過，權某從前也給過妳一個回答。這回答，我是不會更改的。」

福壽公主面上頓時閃過了可以眼見的陰霾，她又垂下頭去，輕聲道：「權先生，這件事，以你的本事，絕對能安排得天衣無縫的……」

「嘿，天衣無縫……」權仲白倒被她這句話勾起了心事，他喃喃地道。「這世上又哪有任何一件事，能做到真正的天衣無縫？」

流露這片刻真情，在福壽公主跟前，已有幾分冒險。這女娃自幼在宮廷中長大，察言觀色的本領，自然也是一絕。又因為大有可能嫁到西北，成為羅春的哈屯，皇上未雨綢繆，給她安排了不少教席，雖然她平日裡不聲不響，一點都不起眼，能力似乎極為平庸，但只從剛才一件事，便可見到她內心深處的丘壑，更別說這一、兩年來，隨著朝野間局勢的變化，她明裡暗裡，已經央求了好幾次，想要讓權仲白為她辦一件事，權仲白雖未答應，但也清楚地認識到福壽公主並非是表現出來的那樣簡單，在她跟前過分忘形，沒準兒就會被她抓到一些線索，借此探知到他的一點把柄。

「再說，這件事牽連甚廣。」也許是因為心緒的確不好，今日他特別沒有耐性，決心把話說開。「我幫助公主不要緊，事後兩國該如何善後？羅春娶不到公主，可不會善罷干休。這樣的事關係到了天下政局，並不是我一個醫生可以隨便插手的。」

他又瞟了福壽公主一眼，不輕不重地道：「再說，公主妳一個弱女子，沒有了皇室名分，一個人如何安身？妳身分敏感，萬一被人尋到，良國公府頓時便是大禍臨頭，難道我助妳脫身後就不再管妳？少不得要為妳尋個妥善的去處監管起來。十幾年內，甚至都不好隨意出門，另行婚配更是想都別想。天長地久，妳的一輩子，還不是被耽擱住了？」

這一回，福壽公主咬住下唇的力道，不禁就更大了幾分。她默然片刻，方才幽怨地道：「蕙姊姊國色天香、十全十美，福壽比她不上……這一輩子，都只有欣羨的分兒。可先生您知道嗎？福壽最羨慕她的，不是她的能耐、她的財勢，甚至也不是她的長相……福壽只羨慕她生得比我早，羨慕她、羨慕她有先生這樣的夫君……」

如權仲白所說，一個弱女子，沒了皇室的名分，只能被他的羽翼護衛，甚至都不好另行婚嫁，只能落得和青春虛度的下場。那麼於情於理、水到渠成，權仲白擔負起她的終身，也就成了自然的結果。一個皇室公主，情願連名分都不要，來做權仲白的外室，心意如何那還用說嗎？福壽公主是一句不該的話都沒有說，只對權仲白做了一個請託，便等於是把世上所有的情話都說得盡了。這世上怕也只有權仲白這樣的人，能如此鐵石心腸，將她幾次表白，都給擋了回去。

「請先生賜我神藥，助我假死，先生不肯答應……」福壽公主見權仲白並不答話，只好自顧自地往下說，說到這裡，她禁不住怨懟地橫了權仲白一眼，才續道：「可我請先生別治我這嗽喘的疾病，令我的身體不適合嫁到塞外，先生卻也總是嚴詞回絕……」

她不禁輕輕地飲泣了起來。「先生別怪我福壽膽小怕事，實在幾千年來，哪有真正的嫡親公主被賣去和親的道理？塞上苦寒不說，羅春已有數位哈屯，個個來歷不凡，又都追隨他年深日久，早已生育了兒女，福壽此去，夾帶大秦國勢，只怕不為大哈屯所容。羅春和皇兄如膠似漆時還好，若是一朝反目成仇，天下之大，我又哪有容身之處呢？」

不論福壽公主該不該抗拒和親，採用的手法又是否正大光明，但這番話她是真說得動了情，一字一句，也都是發自肺腑的擔憂。

權仲白嘆了口氣，和聲道：「要不是也知道公主的難處，先頭您一提這話，我也不會再給公主扶脈了。您身子底子還算可以，要是再努力一把，也不是沒有機會在出嫁之前，把嗽喘的老毛病給壓制下去，這樣一來，便可早日為萬戶生兒育女，有了兒女，您在萬戶身邊，就算是扎下根了。公主如還有些別的想法，一心只要自誤，我權某人也是只能醫病，不能醫命！」

福壽公主也算是權仲白的老病號，是他看著長大的，隨著年歲的增長，她對權仲白起了些異樣的心思，這事瞞不過他的眼睛，但也不至於成為權仲白的一個心結。他處理這種事，那是遊刃有餘了，這一番話，說得軟硬兼施，又表明了自己的態度，又顧及了兩人的情分。

福壽公主的眼淚，撲簌簌地順著臉頰落了下來，她哽咽著道：「我知道您的意思，您和我說過，要不是有滔天的本事，能夠改命，這種事遇到了也就只能認命，求別人是求不來的。是……是福壽沒有本事！」

畢竟年歲還小，就有些心機，也被情緒沖散到了一邊，福壽公主一扭身子，靠在心腹宮人身上，便孩子一樣地抽泣了起來。「可我問您，究竟是誰重提和親之事，把羅春從我無緣的姊夫，變作了我的未婚夫……您、您卻怎麼都不肯答我。我也沒想怎麼著，我就是想知道，不成嗎？」

她抬起頭來，紅著兔子一樣的眼兒，切切地望著權仲白，幾乎是有幾分歇斯底里地道：「我這一輩子，就被那人幾句話定了弦兒，難道我連他的名字，都不配知道嗎？」

權仲白又哪裡能不明白她的心情？他發自肺腑地嘆了口氣，低聲道：「我不會在背後嚼舌根的，公主若信我不會向皇上告密，便也當信我，不會向您透露這個秘密。」

福壽公主沒話說了——這個檀郎，有多迷人，就有多無情。他雖有那水墨一樣潑天的風流護身，可對哪一個如花似玉的後宮女子，都是那樣不假辭色。她就是流上一河的眼淚，恐怕都動搖不了他的決心。

權仲白那話，雖然處處在理，可也點出了一個事實：在他心裡，只怕福壽公主和皇上的地位，並沒有孰輕孰重。也就是說，自己在他心裡，是一點都不特別……

這就有點傷人了。國事當前，她的身分，注定不可能隨心所欲。福壽公主本能地也就接受了這個事實，可無法同戀慕的人有個結果是一回事，在他心裡毫無地位，那就是另一回事了。她又感到了一種別樣的沮喪，順著心尖滴了下來：那個焦清蕙，真就那樣好？生得是挺美，可除了這個，她還有什麼？說到美貌，後宮中也不是沒有能比得過她的女子，憑什麼、憑什麼香山靜宜園裡，流傳的全是沖粹園內夫唱婦隨的故事？憑什麼她得遠嫁漠北，去做羅春的三哈屯，而焦清蕙卻能獨占鰲頭，坐擁天下最豪奢的財富、最迷人的男子，以及最清幽的園林，享著那人間有數的清福？她不過一個偏房庶女，可她福壽公主卻是正兒八經的金枝玉葉！

「先生必定極愛少夫人……」雖有衝動，想要將權仲白趕走，再不想看到他俊逸的容顏，但福壽公主內心也是深知，在京城內，再沒有誰能挽回她遠嫁的命運，真是再看他一眼，就少一眼了。儘管被他毫不留情地多次拒絕，一顆少女芳心幾乎承受不了，但她依然不捨得令他離開，眼看兩人的話題，似乎無以為繼，她慌忙又尋了一個話頭。「福壽還記得，先生成親以後，日漸容光煥發，面上都多了些生氣……」

她又瞟了權仲白一眼，猶抱著萬一的希望，低聲道：「雖說近一年以來，您心事重重，似乎漸漸少了歡容，但想來，那亦和少夫人無關，少夫人這賢內助，必定能撫慰您的情緒，讓您更加開心快活……先生您道，福壽說得對嗎？」

與其說這是一次拙劣的離間，倒不如說這是一次隱晦的表白。權仲白苦笑了一聲——要再回絕福壽一次，可能傷她是有點過了，他雖沒有太多憐香惜玉的情懷，但也不願意把一個稚齡少女的尊嚴，摧殘得太重。

可才要措辭回話時，想到福壽公主的話語，一時間他也不禁有幾分惆悵，半晌才道：「問世間情為何物，若只是叫你開心快樂，又哪有這許多的情怨詩篇？」見福壽公主眼神一亮，權仲白忙又補了一句。「日後公主見了羅春可汗，便能明白我的說話了。可汗生得非常英俊，是天下有數的英雄人物，只怕要比公主想的更為出眾……恕我直言，倒是比我們大秦的駙馬人選，要好得多了。」

寧為英雄妾，不做庸人妻，的確是，種普遍存在的心理。福壽公主的眼神稍微一亮，便又黯淡了下去。「他再好，也是妻妾成群……」

權仲白渾身不自在，卻又有幾分好奇，福壽公主很小的時候就已經被許配給羅春，這些年來，她曾將此事視為命運，努力接受。態度發生轉變，也不過就是近兩年間的事，雖說小姑娘情竇初開，的確是很有可能看上了他，但……就因為這麼簡單的一件事，她便能改了態度？

「也不知公主是從何處聽來，覺得草原生活艱苦非凡。」他便索性直接問。「難道您身邊有人去過塞外不成？我怎麼覺得，您把羅春，想得也太可怕了一點。」

福壽公主到底年紀小，也是這件事沒什麼好遮掩的，她反射性地看了身邊的宮人小櫻一眼，見小櫻微微搖頭，才道：「是福壽想當然了，請先生恕罪。」

權仲白心底，還有什麼不明白的？他意味深長地看了看小櫻，這才舉手告辭。「還請殿下善自保養，希望下回給您診脈，您的身子已有所好轉。」

起身走到門邊時，又聽得急急的腳步聲，福壽公主來到他身後，低聲道——

「小櫻陪我長大，也算是我的心腹之人——」

「殿下請放心。」權仲白聽聲辨位，覺得福壽公主靠得頗近，便不敢停下腳步，而是邊走邊說：「我權某人的嘴，一向也是很嚴實的。」

第一百七十七章

等待的滋味，總是很難熬的。尤其當太夫人顯得氣定神閒、成竹在胸時，蕙娘更是罕見地有幾分心浮氣躁。要不是還要在長輩跟前撐著未來主母的架子，只怕她早就在室內來回踱起方步，以舒緩那焦慮的心情了。好在良國公今日也算是言而有信，不過一盞茶工夫，他便踏入了擁晴院的門扉，用眼神衝母親打了個招呼。

蕙娘站起身來給他行了禮，頗有幾分驚異地望了雲管事一眼——這個雲管事，也實在是夠受寵的了，居然連擁晴院都跟著進來，甚至在太夫人跟前，也顯得那樣從容不迫，半點都沒有男寵常見的心虛。

太夫人也不知是養氣功夫太好，還是已經承認了良國公的荒唐，她神色不變，對雲管事視若無睹，反而起身道——

「既然都來了，那就進裡屋說話吧！」

這所謂的裡屋，卻亦不是太夫人日常起居的花廳——就在她臥室裡，竟同良國公的小書房一樣，也有一間小小的暗室！因無外人在場，還是同當時一般，雲管事開了門，守在門口，眾人依次鑽進了暗室裡。蕙娘也很佩服這些長輩們，就在前幾天，才剛發生過那樣的不快，他們卻還是若無其事地坐定了，彷彿根本就不怕這幾個人裡，再出一個權季青。

出乎她意料的是，這一次雲管事也跟進了暗室，他返身關了門，垂手侍立在門邊，顯得那樣的謙和本分。蕙娘掃了他幾眼，見眾人均若無其事，也便默不作聲——到得此時，她實在也已經明白了，隨著權季青的倒臺，她和權仲白上位世子，已是鐵板釘釘，權家長輩，亦是準備把檯面下的一些東西，和她分享了。

「季青此番逃脫以後，聽說沖粹園內外的警備，業已提高了一個水準。」良國公開門見山，也是天外飛來一筆，竟從此開始。「我收到一點風聲，聽說妳這麼安排，主要還是忌諱著在密雲運送火藥的那個組織對妳不利，可有此事？」

大家都打開天窗說亮話了，蕙娘自無不應之理，她坦然道：「正是如此。這個組織私底下翻雲覆雨，頗有些針對我的行動，就是四弟的那番行為，我以為一個國公位都不大好解釋，否則以他能耐，去哪裡尋那麼一株藥來？防人之心不可無，兩個兒子都在沖粹園，自然是小心為上，因此媳婦便做了那一番安排。若是安排得不好，還請爹多加指教。」

「這也是妳為人把穩的意思。」良國公微微一翹唇角，倒是並無不悅。「我就想知道，妳憑什麼以為這組織針對的就是妳呢？我看，仲白去調查密雲那件事，多半也是因為妳的那碗藥，不然，他未必會那麼多事。但這二者之間怎麼連繫在一起的，我就毫無頭緒了。」

蕙娘心念電轉，一面揣測著良國公到底知道多少，一面毫不停歇地答道：「是我從前的未婚夫焦勳……」

便把焦勳中毒的事，交代了出來。「他一個微不足道的小人物，就值得如此珍貴的毒藥了？想來，那畢竟也是因為我的關係了，往深裡一想就能明白，把我和焦勳都除掉了，那最直接的結果是什麼呢？當然就是可以圖謀焦家產業了。雖說也很難明白他們的用意是不是真就如此，但還是那句話，小心沒過逾……」

良國公便有恍然大悟之色，他喃喃地道：「難怪，原來如此，原來竟如此趕巧……我說，妳這一門心思地盯準了鸞台會，卻是為了什麼？原來是應在了這裡，倒也是歪打正著了。」

蕙娘面上不動聲色，心底卻把「鸞台會」這三個字，翻來覆去地咀嚼了無數遍：她和這個神秘組織打了也有幾年的交道了，甚至明知權家就有他們的內線，卻還是第一次聽說鸞台會這個名字。就是腦海中尋遍了，也未曾聽說鸞台會的任何一點消息。

「不過，這妳亦不必擔心了。」良國公微微一笑，又道：「鸞台會對妳，可沒有什麼壞心思，對於歪哥、乖哥就更沒有不軌之意了。」

他指了指太夫人，示意她出面解釋，自己口中倒是又說了一句。「就是季青此次逃脫，也和他們沒有什麼關係。」

提到權季青，太夫人唇角一抽，彷彿有點牙疼，但這個威嚴的老太太，很快又穩住了情緒，緩緩續道：「這件事，要說起來也是千頭萬緒，若不是妳有了歪哥、乖哥，也不會說給妳知曉。別看林氏入門多年，但她生不出自己的兒子，便永遠不能聽聞其中的秘密，自然也永遠都不能做得我們權家的主母。亦是妳還算爭氣，什麼事都來得，不然，我也不會同意妳公公的想法……嘿，鸞台會從前對妳不利，那是有的，可妳儘管放心好了，從今往後，妳只要有足夠的本事，能把季青捉住，他們從上到下，絕不會有人對妳有一點不敬，妳就是讓他們去死，他們也都不會皺一皺眉頭——」

她這話的重點，倒還像是落在了「有足夠的本事」一句上，但蕙娘哪裡還顧得上注意這個？她腦際轟然大震，一時間竟有些天旋地轉，連人臉都看不清了，只聽得太夫人道——

「不過，餘下的事，我老婆子也說不清楚，還是讓妳小叔叔和妳說吧。來，從前不知道身分，有些失禮，也就是不知者無罪了，這一次，妳可得好好給雲管事——也是妳叔叔行個禮、賠賠罪。他是鸞台會在東北十三省的總管事，能直接和皇上說話的人物。季青這一番糊塗行事，倒是把他都給惹惱了！」

蕙娘都不知是哪來的力氣，竟能扭頭去看雲管事——

雲管事一挺脊背，氣勢一振，瞬間竟似乎是換了個人，他擺了擺手，沈穩地道：「伯母也太客氣了，一家人不說兩家話，姪媳婦以後是要駕馭鸞台會的人，又何必如此客氣呢？」一面說，一面一掀袍尾，竟是大馬金刀地在良國公下首，當仁不讓地坐了下來，又衝蕙娘一笑，竟是十足體貼。「我看姪媳婦都站不起來了——不著急，妳先坐著穩穩的，聽我慢慢地和妳講。」

「任何一個朝代，都免不得有人要為當權者做些骯髒的事，」雲管事閒閒地道。「這些事，不足為外人道，有些荒唐、有些可笑、有些狠毒、有些事一旦傳揚出去，則皇家威嚴勢必蕩然無存。這個權柄極重，從太祖爺打天下期間便已經草創的組織，起名為鸞台會，取的是鳳閣鸞台之意。內閣別名鳳閣，是天下間所有讀書人最嚮往的地方，嘿嘿，但我們鸞台會，卻從不為外人所知，甚至連成員之間，也是隔閡重重，只聽掌權者一人的密令行事。也就是因此，給了季青上下串聯的機會，讓他裡通外國，搞出了這麼一場風波。

「這百年來，鸞台會的首腦一直都是歷任良國公，但這樣的身分，是見不得光的。一旦被人發覺，為了掩護皇室的面子，全族上下都要身死滅族，因此全族上下一體認可，立下了規矩，國公的位置，都從當家人諸子中挑選最為合適、賢良的一位嫡子入選，如此人選，才能帶領鸞台會為皇上辦事，而不被皇上厭棄，反而為家族惹來大禍。一般家族所謂的中庸之道，在我們家卻不適用！

「從第一代國公爺的傳承起，這規矩便定了下來，第二代國公，昔年擎天保駕的功勞，絲毫都不比父親要少，因此越過兄長，指定他來襲爵管事，天子亦是樂見其成，此後便懸為定例。為了保密，也是為了讓鸞台會多些力量，若是嫡長子承爵，這是天經地義的事，弟弟們絲毫不知內情的，倒也就罷了。如是次子、三子乃至四子繼位，餘下幾個兄長，便會被送回族中居住，知道真相後，便被看管起來，免得逃脫以後，做些對家族不利的事。等到一、兩代以後，漸漸融入了會裡，這才放鬆限制。」權世贇道。「久而久之，鸞台會內，我們權家的勢力便占了上風。而這股勢力，正因為是如此秘密，辦的又都是絕對見不得人的差事，暗殺、買賣軍火……甚至是買賣奴隸、販賣私鹽。這些都是為皇室服務，可皇室卻絕不能直接接觸的，所以，鸞台會現在也差不多就是我們權家的私產了，有時候，難免被人所乘。尤其是這一代，情況比較特殊……」

「就你們這一代來說，」太夫人出面道。「伯紅、仲白，都更像母親，性子奔放不羈，少了一點穩重。伯紅耳根子軟，仲白閒雲野鶴，叔墨性格魯直。唯有季青還算是個可造之材。雖說妳公公一直看好仲白，但族中決議，也不是他能獨立扭轉，因此我們也是打了兩個算盤，一面扶植仲白，一面也下工夫栽培季青。將來在國公府裡，仲白是國公，在鸞台會裡，季青便是將來的少主人，多多少少，他身邊自然也就凝聚起了一股力量。

「但誰知，季青的性子竟不能令他父親滿意。世安的想法非常大膽，但卻又很吸引人，隨著時勢發展，我們亦漸漸需要新的力量加入，妳這個女公子，也是名聲在外，當時聽說了妳的很多事，妳公公、婆婆都覺得，以妳的才具，若能收服仲白，令他歸心，由仲白為表，妳實際在內掌舵，這個家倒能走得更穩。畢竟，你們若能一拍即合，季青便立刻又相形見絀了。」太夫人說。「這件事，我們商議的時候也沒有刻意瞞著人，有些人總是認為，在季青身上投的東西多了，還是更喜歡讓季青上位。餘下的事，我也不必多說，妳自己就能想得出來了。」

權季青當了這麼多年的準世子，在會裡，不可能沒有一定的人緣，沒準兒，就有人給他透了風。一旦收到風聲，為了維護自己的地位，肯定要有所動作。鸞台會內部既然溝通困難，當然給了他很多發揮的空間——在蕙娘來看，以鸞台會一貫的職司而言，會中怕也沒有多少好人，若她被害死，良國公等人肯定會欣然安排權季青上位，可她挺過來了，經受住了這一番磨礪，也變得更加成熟，更加適合做這個掌權人了，被棄若敝屣的也就變成權季青了。成王敗寇，權家人的邏輯，一向都是如此直接。

「過門三、四年，幾番試探考驗，就妳知道的那些事來說，妳的表現，已算是亮眼。季青在妳的比較下，就顯得有些偏激狠毒了。」良國公淡淡地道。「林氏這塊磨刀石，也算是磨出了妳的鋒銳。往後，宜春票號的那幾件事，妳都處理得相當不錯，也是顯示出了妳的才具，再加上寶印兄弟相繼出生，以及局勢的變化，本想再拖上幾年，多看看妳的成色，可如今也等不得了。北面堂口的骨幹，親自見識了妳的行事以後，對妳也都是讚不絕口，心服口服。老家來的那幾個人，亦都認可妳是我們家小一輩裡最好的選擇。仲白的性子，妳一清二楚，別說這麼一個鸞台會了，就是普通的國公府，他都當不起來。世子位是他的，可這個家、這個會，乃至這一族真正的掌權者，卻只會是妳這個主母。焦氏，這『主母』兩個字的分量，可和一般涵義，不太一樣。」

他大有深意地停了一停，似乎是要給蕙娘留出足夠的時間，來品讀這兩個字的重量。隨後又續道：「當然，鸞台會甚至是族裡，也不會因為妳被我們承認了，做了下一任的主母，便事事都聽從妳的吩咐。妳一樣要運用自己的能耐，去取得他們的認可，甚至是仲白那裡，沒有我們的許可，妳也絕不能輕率地把真相就告訴給他知道。我們也絕不會迫妳承擔起這個攤子，這種事，牛不喝水可不能強按頭，妳也有選擇的餘地。這個擔子有多沈重，關係有多深遠，妳自己心裡有數，接不接，在妳自己選。妳可以考慮考慮，再給我們一個回答。」

他閉口不言，室內頓時便安靜了下來，這三個長輩，竟真的全都沈默不語，等著蕙娘的答覆。

秋天，到得晚間，風裡的冷意已十分濃重，權仲白今日午間出去，穿得少了，今晚回來才一下車，正遇了一陣風，便覺涼意入骨，不禁輕輕打了一個冷顫。

桂皮頓時從馬鞍囊裡掏出了一件薄披風，輕輕一抖，為權仲白圍到了肩上，笑道：「少爺這身子，可比什麼都要更金貴，您要是著涼了不能扶脈，京裡不知有多少人家，比自己得了病還要更著急呢！」

這話說得促狹，換作往常，權仲白必定要哈哈一笑，和桂皮略略鬥幾句嘴，可今時不同往日，他哪還有和桂皮鬥嘴的心情？不過是多年積蓄下的城府功夫，使得他還能微微一笑，算是應過了桂皮的促狹，這才舉步前行。桂皮亦善於察言觀色，見少爺心情不好，便不再開腔，送他進了內院，便腳下抹油，悄無聲息地溜之大吉了。

華燈初上時分，按說清蕙應該已經用過晚飯了，她日常起居的東裡間內，亦應當是燈火通明，以便她在燈下讀書。可權仲白今日抬眼一望，卻見東裡間內，唯有窗邊一燈如豆，透過重重窗簾，隱約露出一點光輝。清蕙的影子，只是窗戶後頭模糊的一團霧，隨著月影雲團的變化，而輕輕地搖曳著。

就算心事重重，他亦不禁有幾分詫異，也不叫人通報，自己掀簾而入時，便見清蕙獨坐燈下，在羅漢床邊打坐沈吟。她雙眸緊閉，長長的睫毛，在白皙的臉頰上恍似兩把扇子，顯得那樣濃密。

聽到權仲白的腳步，她長睫搧動了幾下，才緩緩睜開眼來，衝他勉強一笑，細聲道：「你回來啦。福壽公主的病，還好嗎？」

權仲白這才想到，自己今日是被福壽公主的人請去宮裡的，清蕙並不知道他後來還去了二皇子和皇上那裡。他道：「我先梳洗一番，再和妳說。」

借此機會，也是偷了一點時間，一邊盥洗，一邊想要澄清思緒，只仍是心潮起伏，情緒難以平穩。耽擱了老長一段時間，這才從淨房裡出來，清蕙居然也一反常態，根本就沒有催問，反而是趁著這個空當，又再閉目凝思了起來，再聽到他出來時，才睜開眼來，無言地凝睇著他。

權仲白勉強一笑，道：「福壽公主是老毛病了，沒什麼大礙。那之後我還被叫去了二皇子那兒，他沒有事情，是孫家他們的伏筆，如今起了作用。」

三言兩語，便把事情交代了清楚，清蕙聽得很仔細，好像也很吃力——她心頭似乎正盤算著別的事，對於權仲白的解釋，也是似聽非聽。權仲白想問，但他自己的心事也沈重得很，竟缺乏盤問清蕙的力氣，說了幾句話，便不再開口，而是住了口，也陷入了自己的沈思之中。整個東裡間，便又慢慢地陷入了一片沈默之中。

好半晌，清蕙才重重地嘆了一口氣，她勉強一笑，便問權仲白。「後來，你又去見皇上了？」

就是心裡的事再沈重，也還是這樣心明眼亮，見他回來以後先徹底盥洗，便知道是去面見皇上了。權仲白猶豫了片刻，便道：「皇上對二皇子的病情很關心，把我叫去問了詳情，我們又說了些別的事。」

要是以往，這個話頭丟出去，必定惹來清蕙的詢問，可今日，權仲白這個話頭丟出去了，清蕙竟沒有撿起來，他這會兒真有點詫異了。「怎麼回事呢？」

忽然，外頭有人來報——

「老爺令我來請少夫人、少爺，似乎是……似乎是發覺四少爺的蹤跡了。」

權季青竟有信兒了！

兩個人對視一眼，又都忘了各自的心事，清蕙霍地一聲便站起身來，連聲催權仲白。「我們快過去吧，這件事可不是鬧著玩的！」

以她的性子，不惜一切也要置權季青於死地，也是題中應有之義，權仲白並不為此詫異。他也很想知道，權季青究竟是如何逃脫出西院的，背後又有沒有人在幫他的忙？

因小書房正在整修，兩人便一道進了擁晴院，出人意料的是，權夫人也在人前現了身，她雙目通紅，見到繼子和媳婦，不過是勉強一笑，便又坐回去默默流淚。權仲白正自詫異，良國公已沈聲道——

「我和那些護院說了，若肯定是他，又不願和我們回來……」他猶豫了一下，還是咬著牙道：「我便權當沒有生過他這個兒子了！」

即使權季青的所作所為，堪稱過分至極，可權仲白聽到這句話，依然是心頭大震，他反射性想要說話，可一看父親神色，便知道他心意已決，也是欲語無言。再看權夫人時，便不大敢直視她的眼睛，只覺得在這個一貫疼愛他的慈母跟前，他有些無地自容了。

倒是清蕙，平時和權夫人的關係不鹹不淡的，這時候卻走到權夫人身邊，在小几子上坐了，握住了權夫人的手，衝她綻開了一個比哭還難看的微笑……權仲白只覺得十分不妥當，可他還沒有說話，權夫人猶豫了一下，便也回握住了清蕙，和她交換了一個眼神，忽地便把清蕙摟在了懷裡，低低地放了聲——

「誰能想得到……誰能想得到！我的心……實在是……我真是為了這個家操碎了心……」

下這個決定，良國公顯然也是用了一點力氣的，他今夜是如此的蒼老和疲倦。

權仲白望著這沈默而悲愴的一家人，幾乎要被那重重的心事給壓垮了，他忽地興起了一種遠走高飛的衝動，可卻又極為清醒地知道——隨著皇上擔憂起了自己的壽命，要開始為將來做出種種布局，朝廷之中，肯定又將有一番翻天覆地的變化，也不知有幾個世家，會在這一輪洗牌中倒了莊，又將有哪些投機客從中漁利。就是大哥、大嫂還在，家族的重擔，除了他以外，也真的是沒有人能挑得起來了。

「下人辦事，畢竟不大盡心。」良國公忽然打發他。「你也跟著去看看，免得他們偷奸耍滑吧。」

權仲白反射性就要拒絕，可看了妻子一眼，又改了主意：沒必要在這樣的時候，再讓清蕙生出疑慮了。季青忽然不見，她對家裡，可能是有一定懷疑的，自己去看看，就是只做個人證，也能讓她放心。

「我這就去。」他壓下了心頭的疲憊，站起身大步出了擁晴院。

被夜風一吹，權仲白倒覺得精神一爽。讓一個下人引路，未有多久，便騎到了京師一處高等窯子之前，那些無行文人、浪蕩翰林，多半都在此尋歡作樂。

幾個護院便稟告他。「家裡有眼線，在這兒看見了一個很像四少爺的人。」

接下來便自然是連番的布置了，可經過周密準備，尋了個藉口衝入拿人時，最終眾人都是大失所望——這人和權季青的確生得挺像，但也只是側面，不說身高首先就對不上，最掃興的是，他還是個閹人……眾人進去時，此人正在行淫，那殘損的陽根，大家都看得分明。

權仲白再檢查了他未經易容，又得知他是藩王派上京的宦官，便隨意賠了幾句好話，把他給放走了。

被這麼一番折騰，權仲白回到家時，已經過了三更，家裡人業已先行得了消息，清蕙也已經上床就寢，自然並未睡著，見他回來，便道——

「倒是辛苦你了，這一天折騰得厲害。」

經過一段時間的緩衝，她看起來正常得多了，權仲白也略微寬心，他便繼續了剛才的話題，借著權季青的事，便道：「這一番失蹤，不管是不是那神秘組織鬧的鬼，他們活躍的時間，也不會太長了。皇上已經盯上了他們，他想在自己身體垮掉以前，把這個隱患消弭於無形之間……」

便添添減減，把皇上的那番話告訴了清蕙知道。清蕙也聽得很專注，很動感情，她就像是一頭受了傷、落入了獵人陷阱的動物——不是鹿就是羊，一邊聽著他的敘述，一邊驚惶地眨著眼睛，好像權仲白說完了口中的話，便會揮刀了斷她一般。

權仲白要再不能發覺清蕙的不對，他也就不是那個權仲白了。他握住清蕙的肩膀，低聲道：「怎麼了？今日是家裡和妳說了什麼？」

清蕙肩膀微微一顫，竟輕輕地把他給推開了。

自從兩人說開以來，感情雖不說一日千里，但在權仲白看來，也是穩中有升，清蕙很少拒絕他的擁抱，此時這麼一推，權仲白立刻便覺得有異，他關切而不解地細審著清蕙的神色，卻是越看越迷惑，越看，心裡疑雲便越是濃密。

清蕙一直是很能藏得住事的人，她的城府丘壑，有時竟令權仲白深為佩服，可今日她的表現，實在是太反常了。甚至無須權仲白這樣的親近之人，只是隨意一個陌生人，都能看得出來，她心裡有事……而且，她也把她的態度表現得很明白了，這件事，她並不想告訴他。

可不論如何，權仲白依然是要試一試的。他柔聲道：「阿蕙，妳有任何事都可以說出來。我雖能力也有限，但人品如何，妳難道還不清楚？妳還有什麼不放心的？」

夫妻之間，到了要這麼說話的地步，其實已經是一種疏遠，起碼，這就證明了兩人的感情，並不若表現出來一樣的堅牢。權仲白話說出口以後，清蕙要還是不說，他有多不快、多沮喪，也是可以想見的了。這些事，本也無須明說的，清蕙亦能明白，只是她的表現，卻到底還是讓他失望了。

「我……是在想歪哥的事。」她低低地說。「今天見到繼母，覺得她一夜間就老了很多，這樣的人倫慘劇，本來不該發生在任何一個母親身上的……可將來有一天，也許……」

話不假，換了別的大家閨秀，可能這點事，也就足夠讓她不堪重負了。可眼前這個女人，那是能夠主宰一間全國商號的女強人焦清蕙，她會為了這八字都沒一撇的事傷心難受？

這擺明了，就是清蕙在敷衍他了。

權仲白的心，不禁往下一沈，不知為什麼，他忽然想到了權季青在他耳邊說的那幾句話——

「現在再辯駁什麼，也沒有用了。二哥，你我從小一起長大，你對我無話可說，我心裡從來都沒有不認你這個哥哥的意思。」季青的語調甚至還有些從容。「就是因為我很崇敬你，才不希望你和她那樣的人終老一生。你若想要繼續在你選定的道路上走下去，便不能和她沾染任何連繫……唉，我知道你不會信我，多餘的話，我也不說了，我只請二哥你，對她問一句話，一個字也別改，你便那樣當了面問她，你看看，她會如何答你？到那時候，你便知道，她是否真有擔當啦……」

其實從那句話來看，他根本就沒想著和眾人同歸於盡，權仲白甚至疑心，他這一番做作，完全只是為了找到和他說這麼一番話的機會。只是，他當時確實並不相信權季青，這個弟弟既然已經走上了歪路，感情還在，可在正事上，他是絕不會再相信他了。

但，事後回想起來，權季青的最後一番話，完全也沒有否認他所作所為的意思，他似乎完全是出於真心。而此時此刻，權仲白望著清蕙，忽然間就很想把那句話問出口來……

算了。他說服自己，這幾天事情多，清蕙的情緒承受不住，也是情理中事，她不願說，那就不說也好。

「以後的事，妳也無須擔心得這樣早。」他輕描淡寫地道。「時間不早了，睡吧。」

雖然彼此都很疲憊，但這一夜，兩夫妻都沒怎麼睡好，權仲白輾轉反側，翻來覆去，總是擺脫不掉弟弟在他耳邊的低語——

我只請二哥你，對她問一句話，一個字也別改……問一句話……

第一百七十八章

雖說權季青的蹤跡一直沒有露出，但京中眾人，卻不會因此便停止生活。

又過了十數日，牛淑妃忽然起了興致，要去潭柘寺禮佛。

離城禮佛，那是虔誠的事，也是風雅的事，牛淑妃平時難得出去，這一次皇上也無不許之理，還格外給了幾天，讓她在潭柘寺住上兩夜再回來。這麼一來，跟著牛淑妃一道過去的後宮妃嬪，也都沾光。這些女子平時被禁閉在後宮之中，很少有機會能出門遊玩，得了這樣的機會，都笑得合不攏嘴，興致也高。各貴婦也難免湊趣，彼此相邀，也都去上香。蕙娘身為這個圈子的一員，自然也不能免俗，她和楊閣老家的媳婦權瑞雲相邀一道過去，才一到潭柘寺，當下就立刻被請進去說話，見到的都是一張張笑臉，從牛賢嬪到白貴人、權美人，沒有誰不高興。

只有那福壽公主，還是一臉的輕鬱，打從蕙娘一進門，她便把注意力集中到了她身上，盯著她看個沒完，甚至連見過禮了，淑妃賞了蕙娘的座，讓她坐下來說話時，她那雙憂愁的大眼睛，都沒有離開過蕙娘的面龐。

問世間情為何物，直教人生死相許——情之一事，若只是教人生死相許，那又還是好的了。事實上我喜歡你，你喜歡她的紛爭，從古到今幾乎從未斷絕。男人和男人，女人和女人，甚至更極端一點，男人和女人之間，都難免有互為情敵的時候。從前蕙娘不知情，在福壽公主跟前，也沒有格外謹慎，福壽公主又是個有心人，幾年間有緣相會，總是極力觀察，也算是很熟悉她的神態，今日得了她的幾眼，見蕙娘神色變化，心裡便若有若無有了明悟：雖然以權子殷的為人，肯定不會把這種事到處亂說，可在宮中，沒有一件事會成為真正的秘密，自己這個注定遠嫁的公主身邊，更難有真正的知心人。紙包不住火，自己對權子殷的心意，終於是傳到了他娘子耳朵裡，她已經是知了情。

這人也怪，從前蕙娘並不知情時，福壽公主看她，除了羨慕妒忌以外，倒也沒覺得有多討厭。她畢竟久居宮廷，和皇帝這個兄長也挺親近的，頗為聽說過一些蕙娘的故事，對這個美貌驚人、能力驚人，年紀輕輕便已能和皇帝哥哥合作大事的女中豪傑，心裡也是有幾分服氣的——她如有蕙娘的本事，也就不會那樣畏懼前程了。

再者還有一點，福壽公主自己都不願意去深想：在她跟前，權神醫是絕不會說妻子一句不是的，這是他人品所在。可焦家小姐氣質高貴冷淡，似乎和任何人之間，都有一條深深的鴻溝，權神醫嘛，也不是什麼和藹可親的性子，雖然並不沈默寡言，但他眼高於頂、行事古怪，很少有知心朋友，這是有目共睹的事實。這兩個人都是冷傲性子，面上相敬如賓也就罷了，私底下要如膠似漆、你儂我儂，恐怕也是有點難吧？要不然，權神醫娶妻以後，氣質怎麼還和從前一樣，似乎還要更加疲憊、更加厭倦一些，好像總想著掙脫了這富貴囚籠，要往更廣闊的天地裡飛去？

少女的心思是敏感的，長期的宮廷生活，更使她養就了善於觀察的長處。也就是因為肯定權神醫和妻子之間，只怕是貌合神離，她才曾迫著自己一次又一次地，為改變自己遠嫁的命運而努力。她自小在宮中長大，自是從沒想過什麼一夫一妻，三妻四妾乃是極為自然的一件事。她肯放下一切，假死出走，為權仲白做那毫無名分的外室，一輩子都不可能威脅到蕙娘的身分地位，在她心裡，蕙娘又有什麼不能接受她的道理？就是權神醫，都沒必要再顧忌自己的妻子了。

就是權神醫一而再、再而三地拒絕自己，福壽公主都沒有遷怒於焦氏。她知道自己的要求，實在極為大膽，日後一旦暴露，權家可就是把自己的脖子送到了皇帝哥哥手上，隨他是要捏還是要放……權神醫有無數的理由來拒絕自己，可答應的理由，卻只可能有一個——那便是他對她的喜愛和憐惜。她實在只是沒有別的辦法，去擺脫這可怖的命運，只得用盡了手裡能有的機會，試圖順便圓一圓自己心底的想望而已。儘管這想望，是何等的非分，儘管這推拒，是何等的無力，可……這嚴酷的命運，這前朝所有公主都未必要挑起的擔子，為何就獨獨降臨到她的頭上，她也感到很是冤屈啊！就是這份冤屈之情，促使她放下了自己的尊嚴，多次向權仲白求助示愛，儘管等來的只是一次又一次的失落，但她心裡，還是能用很多理由開解、寬慰自己：權神醫心裡，未必不是不關心自己，否則，他為何還總來給她扶脈，而不是設法推託？只是天意如此，他也不能挽回而已。而焦氏，焦氏根本什麼都不知道……一個什麼都不知道的人，妳還能怪罪她什麼？

可現在，她的心態不一樣了。權仲白破天荒上許家給許夫人拜壽，還進內堂親自參拜的事，也傳進了福壽公主的耳朵裡。那些不知情的、不關心的外人，也就是看看熱鬧，胡亂讚嘆一番「郎才女貌、佳偶天成，就只是一個對視，便顯得那樣恩愛、那樣亮眼……」，可在她眼中，整件事的來龍去脈，根本就無所遁形。吳家和焦家，吳興嘉和焦清蕙不睦，昔年吳興嘉訂親之前，曾被流言蜚語困擾，說她和權神醫要成其好事，可隨後權家就和焦家訂了親，吳興嘉丟盡了面子，一年多沒敢出來走動，連京裡的親事都說不成了，要嫁到西北去，可不是被焦氏踩在了腳底下肆意羞辱？這一次她回家省親，聲勢不同以往，又要比權家紅火多了，說不準就會瞅了機會，給焦氏一點顏色瞧瞧。他們牛家應了許家的喜帖，說不定就是為了這事。

這些事，她在她的淑妃嫂子跟前，聽了不少風聲，自己再稍一打聽，哪還有不清楚的？牛家應許家喜帖的事，牛淑妃是早就知道了，可權家人卻未必知道，再結合當天權神醫的形跡，好嘛，一切全出來了：這就是聽說吳嘉娘也去了許家，深恐焦氏受了她的屈辱，特地過去探看妻子的吧！到得晚了，沒換衣服，說明過去得急……可不是一聽見消息就匆匆過去了，連衣服都來不及換了！那一眼又算得了什麼？權神醫有多疼媳婦的，從他的衣服上就看得出來了！

……這倒是有點誤會權仲白了，他沒換衣服，純粹是決定下得晚，可沒福壽公主想的那樣，一聽說許家還有吳興嘉，連病人都不看了，立刻就從醫堂裡往外衝那麼戲劇。但餘下的經過，總是大差不差，就是這個理。

小姑娘越想越覺得對路，腦海裡，連權神醫在外衝的臉色都給想出來了。在她意中，那張俊美而高貴的容顏，當時應是有三分怒意、三分擔心，餘下四分，便全是對妻子的情意了……什麼相敬如賓，他們的感情分明就好得很！只是人家權神醫含蓄典雅，從不張揚罷了。不願幫她小福壽，不過是因為……因為權神醫壓根兒就看不上她，壓根兒就沒想過在兩個人中間，添上第三個人！

這麼一想，她看焦氏，便看出了千般的可惡來。尤其是她和權美人用眼神打過了招呼之後，一揚眉冷冷望來的那一眼，目若夜星、隱藏寒意，看得人心頭總有些顫顫的，好似一切心思都被看破……她也不想想，自己直勾勾地盯了人家那樣久，人家回看一眼也在情理之中。反正一心一意，就以為蕙娘是知道了她的心事，要故意找她的麻煩，所以連一眼看出來，都顯得這樣的冷淡而鋒銳。

福壽公主畢竟是金枝玉葉，哪能沒有些脾氣？蕙娘要是溫和大方、故作不知，她心裡也知道自己的盤算不體面，漸漸就知道羞恥了。可偏偏蕙娘生就了那般氣質，平常這麼坐著，面上就帶了笑，也彷彿是拒人於千里之外，她看福壽公主時，終究也知道自己在看個「小狐狸精」，眼神有微妙變化，只這一眼，便激起了福壽公主的性子來，在心底忿然道：終究是牆倒眾人推，知道我是要嫁去北戎的，連這麼個偏房出生、家裡人丁寥落的暴發戶丫頭，都來欺辱我了！

她這裡心思千迴百轉的，面上卻未動聲色，蕙娘又不會讀心術，哪裡知道自己只是隨便一眼，就把福壽公主給得罪了？見福壽公主回過神來，也望向她，便點頭一笑，算是招呼過了。自己這裡安坐著和牛淑妃說話客套，一邊也在心裡組織著稍後和福壽公主要說的幾句話。

她從小那個身分，怎會料到將來的夫妻生活中，會有誰敢和她爭寵？直到說定了權家為婿以後，老太爺信任權仲白的為人，也不會教她這個，餘下那些燕喜嬤嬤，教的多半是管教丫頭、妾室，不令她們之間爭風吃醋，亂了後院的寧靜。她明媒正娶，大婦身分無可質疑，也不需要和誰針鋒相對，因此對福壽公主這個出身尊貴、身分敏感的小情敵，蕙娘倒是有幾分頭疼。這要是一般的大戶閨女，敢自甘下賤、圖謀不軌，又為他人所知，她兩記不屑眼神過去，臉嫩一點的，當晚就要咬著被角哭啦，就是臉皮厚實一些的，也得提防她和長輩們咬耳朵，回頭自己就許被沈塘吊死，免得壞了自家的名聲。但這福壽公主身分擺在這裡，天家女兒，也是她能胡亂鄙視的？人家以後出嫁北戎，就是羅春的哈屯了，要學著草原上的規矩，嫁過去了，就幫著丈夫對付自家人，朝廷不也是無話可說？連皇帝都特別偏疼她幾分，她要激起什麼風波來，吃虧的準還是她和權仲白。

這真是硬也不能，軟更不能，蕙娘倒是有心裝個糊塗，再不提起這件事來的。反正權仲白也不會背著她搞七捻三，她是放心得很。可福壽公主表現得如此反常，連牛淑妃都留心到了，她這裡還在猶豫著怎麼處置呢，那邊人家牛淑妃直接便道——

「咦？今兒敢情是妳臉上有花，只有我們福壽妹妹看得出來嗎？怎麼福壽妳看個沒完沒了的，連眼珠子都捨不得錯一錯？」

被她這麼一說，眾人的注意力自然都集中了過來。

福壽公主面上微微一紅，頗有幾分幽怨地道：「我瞧著少夫人今兒特別好看，便多看了幾眼。」

一邊的婷美人也笑道：「不是我誇獎自家嫂子，今兒嫂子的裙子，是特別好看，一樣都是天水碧，怎麼這顏色穿在嫂子身上，就這樣雅致呢？」

蕙娘垂下頭來，看了看自己的裙子，便抿唇笑道：「這是南邊來的，今年新出的色，比天水碧還更淺點兒。美人要是看了喜歡，改日我回府了，給妳送幾疋來。」

這裙子的用料，也看不出多名貴，就是顏色新奇，眾人嘖嘖鑑賞了幾分，因除了福壽公主以外，沒有未婚女眷，白貴人便笑道：「我知道公主殿下，為什麼看得那樣入神了。今日就連我看著少夫人，都不禁是格外用心……從前不提起來，也沒想到，只覺得權神醫也好，少夫人也罷，都是風姿過人之輩，但竟未見你們並肩行走過。這幾天聽了許家壽筵的故事，才曉得這都是有心避諱，不然，你們兩個一站在一處，一屋子的人，那是什麼事都別做了，光顧著看你們罷了！」

眾人都握著嘴笑了起來，福壽公主心若刀割，見焦氏燦然一笑，雖未望向自己，但笑中得意之情，分明就是衝著自己，心下對焦氏的厭惡，又自多了一分。

那邊牛淑妃也道：「說起來，權神醫真可謂是我們大秦第一，最最難得的夫君了。別的都不多說，只說這多年來絕不納妾，便是極該誇獎的。這又和別的那些沽名釣譽，分明是怕老婆，卻非得說是家規的那些鼠輩不同，是真心持身正直、一心疼妳，焦妹妹真是好福氣！」

她這句話，是影射了如今在廣州的桂含沁將軍，當時他和妻子楊善桐在京時，便因為桂家家規不納妾，鬧出了天大的風波，令桂家和牛家到如今都是交惡。牛淑妃會這麼一說，很符合她的性格，甚至也許她誇獎權神醫，為的都只是數落桂含沁，以便發洩他最近也得了皇上褒獎的怒火。

只是這話落在福壽公主耳中，越發是雪上加霜，她心頭又是羞恥、又是憤懣，幾乎想要放聲大哭。好不容易忍住了時，耳中還聽得焦氏的聲音，輕輕地道——

「娘娘真是過獎了，其實他這個人就是醉心醫道，別的事壓根兒就不上心，要不是家裡催逼著，恐怕都不想成親呢，自然更談不上疼我啦！」

蕙娘這話，本來出於好意，還是為了照顧福壽公主的心情，可福壽公主聽起來，又是新的刺激了。她一顆心現在恨上了蕙娘，蕙娘便是怎麼說、怎麼做，那都是錯的，根本不必蕙娘如何操縱她的心情。此時此刻，這禪房裡就像是長滿了荊棘，她簡直不能再跪坐下去了！勉強又支撐了一會兒，她便站起身和牛淑妃說：「跪坐久了，肢體疲乏，難得出來，我也想散散心……」

此時眾人業已散開說話，蕙娘和權美人正陪著牛淑妃說衣裳經呢。牛淑妃說得興起，對這個小妹子的去處也不那麼上心，隨手指了兩個小宮人服侍，便又自去說笑。

福壽公主走出房去，只覺得心胸煩悶，在寺內漫步了一會兒，便對從人道：「我想出去外頭看看熱鬧，今兒外面也都是有身分的人，不必擔心衝撞了我，妳們就別約束我了吧。」

福壽公主所指的外頭，是她們居住的那幾間大跨院之外的地方，除了貴妃娘娘外出上香時，寺內會預先派人清場以外，這種並非為皇家單獨舉辦的法會法壇，還是要接待外客的，而她說的也不錯，潭柘寺是京郊的大廟，他們家開辦法壇那是十里八鄉的盛事，京裡來湊趣的貴婦人信眾很多，牛淑妃昨兒到現在也召見幾撥人了。就在她們居住的跨院外面，便是連著兩、三個大殿，全是女客在內禮佛，外頭的男人們連羽林軍都進不來，就是下處門扉，都是中人把守。公主偶然要出去看看，也不算是什麼特別越禮的大事。

這兩個從人不敢自專，進去問了牛淑妃，不片晌出來笑道：「殿下今兒運氣好，娘娘本說多一事不如少一事的，還是權二少夫人說『難得公主出來散心，改日出嫁以後，便見不到這麼繁盛的香火了』，娘娘這才……」

蕙娘要把她支走，為的是自己能和婷娘從容說話。這話其實也是為她求情，說不上什麼錯處，可聽在福壽公主耳朵裡，那自然刺耳得很。她使盡城府功夫，耐著性子，聽那人嘮叨完了，方才笑道：「既然娘娘准了，那便走吧。」

便帶著兩個宮人，在大殿內外閒遊，果然見到了許多平時體面不夠，不能時常入宮的太太、奶奶們，在各處殿裡燒香禮佛，場面熱鬧好看，確實是比一般皇家辦法事時的莊重森嚴要有趣得多了。

漫無目的，走到一座小殿前時，福壽也有點累了，正要折回，忽然便隔著窗子，聽到有人道——

「嘿，要不是姑娘您那姊姊命薄，今兒帶著楊家少奶奶進去見貴妃的便是她了，恐怕她身邊帶的人，也能多姑娘您一個。」

這聲音有幾分蒼老，是一把中年女聲，福壽公主聽著，心頭便是一動。她站住了腳，不再走動了，只聽得另一個嬌甜的少女聲音回道——

「這話如今說，也有些無趣……」說著，這年輕女聲就輕輕地嘆了口氣，顯見是發自肺腑。「這個焦清蕙，著實是太厲害了……」

會直呼焦氏名諱，可見兩頭關係不好，再結合頭前那中年婦人的話，福壽公主哪裡還不知道，這屋內的人，肯定是昔年權仲白元配達家的女兒了！

她掃了身後幾個從人一眼，見她們也免不得為景致分了神，沒能跟得那樣緊，便微微一咬牙，轉了腳步，再略作猶豫，終於下定決心，推門而入。

也不知在殿內，她究竟和那位姑娘說了什麼，可自從那天開始，福壽公主唇邊，便重新又現出了笑意來……

第一百七十九章

男女之間，即使沒有曖昧關係，但只要其中一人對另一人有意，彼此間便免不得一番尷尬。權仲白要做君子，對上稍微遮掩福壽公主的這番心事，不令她受到過多的苛責和控制，那麼便也很難躲開兩人會面的機會了。但他也不是什麼傻瓜，只曉得生受福壽公主給的「考驗」。那一日兩人談開，福壽公主把話說得明白了以後，權仲白每回扶脈，便都要拉扯一個外人在場，迴避嫌疑。幾番施為以後，連公公似乎有所察覺，特地指派了自己新收的一個小弟子伴著權仲白進出，因此福壽公主和他雖然依舊時常見面，但卻是再也不能說什麼心事話了。權仲白謹言慎行，連眼色都不多亂拋，只是添減開藥而已，雖然明知福壽公主心病不解，身病絕好不起來，但卻也是一句話都再不肯多說了。

不過這幾次扶脈，福壽公主的脈象倒是逐漸見了好，眉宇間的陰霾好像都被吹開了一點。權仲白還以為她終於認清事實，預備接受出嫁的命運，心裡也自是欣慰：這世上可憐的人多了，他也不是救苦救難的觀世音菩薩，比起連求診的能力都沒有、絕望地等待死亡的諸多性命，福壽公主的不幸，他雖也同情，但看得難免輕了一些。這和親就好像是一種難以治癒的慢性疾病，既然無法治癒，那麼唯一的出路，就只有找個辦法，與之共存了。福壽公主能夠想通振作，那是再好也沒有的事了。

也因此，過了十數日後，忽然聽到公主又犯病了，他是有些吃驚的：現在時逢深秋，正是嗽喘發作的時候，要是公主的病情忽然惡化，那就很棘手了，且不說萬一病逝，北疆大勢又要受阻，就是病根加重，日後塞外苦寒天氣再一催逼，只怕公主活過四十歲的機會，也不太大。

可才一見到公主的表情，他就知道自己又是瞎擔心了：公主生母出身低微，在先帝生前也不見有寵，於她的教育，也是有心無力。比起她那精得過分的皇兄，她雖是有些心機，但終究限於年紀，禁不得琢磨，分明是病了，可唇邊含笑，神完氣足，這個病，裝得好沒有誠意。

若是平時也就罷了，可最近夫妻兩人都很忙碌，他也有點煩悶，此時不禁起了年少輕狂時的衝動，掃了公主身側的教養嬤嬤一眼，還未坐下來扶脈呢，才在殿門口就站住了腳，涼聲道：「殿下好興致，權某卻不若殿下清閒，不論您玩什麼把戲，在下可都沒空奉陪。」

一般權貴人家，如有誰敢借裝病請權神醫的大駕，恐怕日後都別想讓他扶脈了。也就是天家血脈高貴，過分恃才傲物，難免有高力士給李白脫靴的恩怨，權仲白自己不在乎，但不能不為家人考慮，就是在牛淑妃跟前，都不得不儘量維持禮數。但一般的妃嬪，也都畏懼他的超然身分，不敢做這捉弄之事，福壽公主也是頭回裝病而已，沒想到權仲白居然這麼不給面子，連門都不進，便戳穿了她的謊言。

她面上不禁一紅，忙起身道：「是我不對，得了好東西，便藏不住勁兒，一心想報答先生，這便尋了個由頭，還請先生別和福壽計較。」

這一次進宮比較突然，連公公可能不在宮裡，也未料到，因此並未有人前來陪伴。至於公主身邊的這些教養嬤嬤，將來只怕都是要隨著她陪嫁過去的，除非公主膽敢逃婚離宮，否則一般限度內的胡鬧，她們自然也是睜一隻眼閉一隻眼，這都是為將來計，權仲白亦是明白。他無奈地吐了一口氣，心想：若我就這麼走出去，恐怕她還真敢親自追出來，到時候，少不得是一樁大新聞，城裡不知又要津津樂道多久了。

只得站住腳，冷冷地道：「治病是妳皇兄下的旨意，權某奉命行事而已，公主若有些感激，謝過妳哥哥也就是了。」

福壽公主嫣然一笑，竟並不動情緒，只道：「我這東西，便是皇兄賞賜，哪有反過頭獻給皇兄的道理？」

見權仲白始終有所戒備，她便再嘆了一口氣，低聲道：「把這物件送給先生，其實也不只為了感謝先生治我身上的病，還要謝謝先生，慧劍鋒銳，劈斷了福壽不該有的念頭……」

她對權仲白的傾慕，身邊人哪裡會沒有體會？這話一出，幾個老嬤嬤便悚然動容，就連權仲白都有幾分驚訝，福壽公主卻坦然得很。

她抬眼望著權仲白，從容地道：「從前還小時，讓我嫁，我也就只能嫁了。懵懵懂懂，竟還不懂和別人去比較，也不明白為什麼姊姊聽聞要和親的消息後，日夜啼哭，終於少年夭折……待我到了姊姊的年紀，才發覺天下間像我們這樣身分的人……又或是許多身分還不如我們的人，倒過得比我們暢快多了。皇家女兒，命苦得很，苦得遠超了前朝。此時待不想嫁，卻也已經無法，若非先生再三教我，斬我心魔，我也不會明白『人生不如意事十常八九』的道理。就連先生都不能隨心所欲，福壽一個無能力的弱女子，也何嘗不是無根的浮萍呢？」

這話隱隱含了怨懟，但以她的身分，誰也不會和她認真計較。權仲白見她神色真誠，終於釋疑，他也是鬆了口氣，當下欣然道：「昔日為點醒殿下，不得已言談上多有冒犯，這也是治療的一環，還請公主不要見怪。」

「先生是我的大恩人，哪裡還會見怪！」福壽公主吐了吐舌頭，幽怨之色，居然真已大減，她又多少有幾分不好意思地笑了。「可您對我，也是真不客氣……少不得也要難您一難，不然，心頭這一口氣，也不好消去！」

不待權仲白說話，她便從身邊取出一個小盒子，親自起身，碎步送到權仲白跟前桌上，道：「正好，前幾日皇兄賞了我幾件玩物，這個紫檀木小盒子，機關套了機關，巧妙重重，我給權先生的禮物，便藏在最隱密的一重夾層裡，這禮物可是價值連城，只看權先生有沒有這個本事，破開我設的這個局了。」

她一邊說，一邊彎著眼睛，壞絲絲地笑，倒很有幾分皇帝在用心機、使損招時的樣子，權仲白心底不禁警鐘大作。他見多識廣，閱歷豐富，先見這盒子不大，便起了幾分警覺，再聽福壽公主這麼一說，便更覺不妥：從古到今，女兒家設下的珍瓏局都最是破不得的，比如

〈璇璣圖〉、〈盤中詩〉，那都是妻子送給丈夫的東西，一般人哪能隨手去破？再說，這種小盒子，清蕙也有許多個，自己有時看她拆開來給歪哥玩，一個盒子能拆老半天，自己倉促間哪裡拆得完全？少不得要帶出宮去拆，而萬一福壽公主在裡面藏的是一件定情信物之類的東西，這可就是甩不脫的麻煩了。

他也無心去想這福壽公主究竟是還在設局，還是真個只想為難為難他，卻又用錯了手法，只是電光石火之間，便知道這盒子絕不能受，因便憑著本能回絕道：「權某魯直，全不靈巧，公主厚禮給了我也是白費，我根本就拆不開，還請公主收起這份禮物，日後再行賞賜他人吧。」

福壽公主頗受冒犯，沈下臉道：「權先生好沒意思，這盒子我送你，是有用意的。貴夫人收藏這種奇盒，也是有名的，你看不起我，不收也就罷了，怎麼還偽稱自己拆不開這樣的盒子呢？」

說著，便又接過盒子，負氣只是一敲底部，又是一托，便把整個盒子底部解了開來，托起了一塊晶瑩剔透、冰核一般的大藍寶石，一邊道：「可惜了，本想給嫂子添個首飾，不想倒沒這個臉面，人家竟看不上呢！」

權仲白在一殿人的眼神下，也是很沒面子，他又不能和公主直說，告訴她這麼做實在不妥，要送禮應該直接賞給清蕙，因此只能硬著頭皮道：「確實是不會拆，清蕙收藏這類物事雖多，可我平時忙得很，真沒怎麼把玩過，辜負公主心意了。」

福壽公主將那塊藍寶石掂了掂，抬起眼尾，似笑非笑地瞟了權仲白一眼，年紀雖小，卻也有股氣勢在，口中說的，自然是不甜不鹹的淡話。「女兒心，海底針。我也是見過嫂子的人，雖也是個女兒家，但胸有丘壑，絕不是我福壽這樣的淺薄之輩。權先生連我一個盒子都不願拆到底，也難怪拆不開嫂子的珍藏了。」

權仲白說自己沒空拆，她說權仲白是拆不開，便大有刁難刁蠻之意，頗有以為權仲白配不上焦清蕙的意思。權仲白捺下心頭不快，知道此時不好回嘴，也要讓公主消消長時間來受的悶氣，因此只是委曲求全地道：「殿下說得是，權某能力，確實有限。」

福壽公主翻了個白眼，將藍寶石送到身邊一個嬤嬤手上，她這時倒大方得體起來，淡然道：「既然權先生看不上我，不願接這份禮物，我也就不自討沒趣了。想來嫂子是爽快人，我有禮，她願收的。你把這禮賞到國公府去，沒準兒還能入嫂子的法眼呢。」

如此安排，自然妥當，權仲白見公主頗有對他擺起皇族架子的意思，也知道以她小女兒心思，現在對他死了心以後，一見到他，便轉而想起從前不堪懇求的樣子來，只怕是越見越冒火，因此也不多說，便再道謝數聲，起身就要告辭。

公主亦不多加挽留，冷冷淡淡地看他要往回走了，才恍似自言自語地嘆了口氣。「是拆不開，還是沒心拆呢，可就差得多了。女兒家設了局，便是等人來破的，只可惜，世上能解風情的人，總並不多。」

這話傳進權仲白耳朵裡，令他腳步不禁為之一頓。可也就說完了這麼一句話，福壽公主便站起身來，施施然轉入了裡間，竟不給他留下任何反應的餘地。

他心裡總是老大不是滋味，可當著天家威嚴，還能如何？只好再嘆一口氣，加快腳步，逃也似地出了殿堂。

權仲白在宮裡受氣，蕙娘在府中的日子也不大好過。

這一陣子，鸞台會的事占據了她的大部分思緒——這件事偏又不能告訴權仲白知道。趁著權仲白出門了，她便把人打發下去了，自己倒在床上，看著床頂出神。

門口忽然傳來了一陣人聲，將蕙娘自沈思中驚醒，她不願被人打擾，便索性合眼裝睡，以打發來人。可沒想到，門被輕輕推開以後，那也許正伸頭探看自己的來人，雖然已經發覺她正午睡，卻也沒有離去，而是輕手輕腳地進了裡屋。

這人雖然體重不沈、身手也挺敏捷，但情緒興奮，呼吸聲很是響亮，蕙娘能一路數出他往床邊過來的腳步。她沒有睜眼，依然閉目假寐，只聽得床邊一陣響動，床頭微微搖晃了一會兒，那人便爬上床來，沒了聲音。

又過了一會兒，蕙娘方才睜眼一看，微笑道：「你又跑來。」

歪哥也知道母親正在睡覺，因此他沒有靠到蕙娘身上，只是蜷縮在錦被外頭，在母親腿邊找了個位置，像隻小動物一般盤著。見自己還是把母親給驚醒了，他有些赧然，並不答話，只是格格笑著，便索性鑽到被內，抱著蕙娘的手道：「娘的被褥就是特別舒服！」

他的吃穿用度，只有比蕙娘的更好、更講究，單單是一床被子，都不知是凝聚了天南海北的多少精華物事，卻又哪裡比不上父母的床榻了？總是小孩子依戀母親，找個藉口而已。

蕙娘哼了一聲，道：「你午後不做功課了？現在還不睡覺，半下午又犯睏。」

歪哥始終有幾分畏懼母親，見蕙娘神色不大明朗，便把臉藏在母親身側，不給蕙娘再嘮叨他的機會。「我這就睡了。」

他也許還想等母親神色緩和下來，再鬧一會兒的，可沒有多久，呼吸便漸漸地勻淨下來，抱著蕙娘的手也鬆開了，臉也側到一邊去，看來，是真的睡著了。

蕙娘偏過頭來望著兒子，卻是再也無心去想那些煩人的心事了。她輕輕地撫著歪哥的臉頰，恨不能把他緊緊地抱在懷裡，好半晌，才在心中自嘲地想：嘿，從前覺得婦人溺愛子女，看著肉麻得很，沒想到有一天我有了兒子，居然也是這個樣子。

正這麼想時，屋外又傳來了輕而從容的腳步聲。

權仲白掀簾而入，見蕙娘回首望他，比了個噤聲的手勢，便放低了聲音道：「睡著了？」

蕙娘看歪哥睡得平穩了，便掀被下床，把床帳拉好了，才道：「睡著了。你吃過午飯沒有？」

問知權仲白在宮裡用了些點心，便道：「還是再吃一碗麵吧，宮裡那些東西，有什麼好吃的。」

他是被福壽公主叫進宮裡去的，若是往常，蕙娘難免也會玩笑般地刺探一番，可今日她沒這個心情，趁著權仲白到西裡間去用膳時，她又盤算起了鸞台會的事。這些事千頭萬緒的，她想要寫下來，卻又不大敢，一時又想到當時重生以後，為了盤查眾丫頭的根底，她令綠松寫過一些資料，此時要再拿出來翻看，倒是正好合用——無論如何，她必須先把立雪院的人篩過一遍，把這個一直存在著的內奸給挖出來，至於挖出來怎麼處置，那又是另外的事了。

才把盒子取出，前頭又來了人，說是良國公有請。蕙娘和權仲白自然都被驚動了，那傳訊的婆子卻道——

「說是少爺不必去了，是宮裡有賞，老爺有些事要問問少夫人。」

蕙娘聽到宮裡有賞，便去看權仲白，她夫君咳嗽了一聲，道——

「那我就更要去解釋一下來龍去脈了。」說著，已經向蕙娘道：「就是福壽——」

蕙娘心底雪亮，良國公怎麼會為這麼無聊的事特地喊她過去？她打斷了權仲白，似笑非笑地道：「你就不必過去了，我聽了公公的話，回來再和你說。」

這有點揶揄權仲白想要和良國公串供的意思，權仲白不禁有些發急，蕙娘看著他的樣子，也有幾分好笑，她故意不多解釋。

隨著來人走到小書房時，見到良國公和雲管事一坐一立，都頗有興味地盯著她瞧。等領路人退下了，雲管事就笑道：「姪媳婦，妳有點小麻煩了！」

說著，便把手中一個錦盒打開，遞到她跟前——這盒子裡，正裝了一枚大而無瑕的藍寶石！

公主對神醫有意，傳揚出去多少是件不大不小的醜事。這樣的把柄，用來攻訐政敵是最好用的了，也是一用一個準兒，天家是不會明辨是非黑白的，公主乃千金身分，只有別人錯，她絕不會錯。再說，她如今的政治地位，也使得這件事變得越發敏感。從前她沒表示也就罷了，如今連這麼珍貴的禮物都賞出來了，雖說是給她的，但將來有心人要說起來，那真是說不清楚。

「這麼大的寶石，可不是市面上常見的貨。」雲管事也道。「船隊在海外，為皇上蒐集了一批奇珍異寶，這塊藍寶石應該就是其中有名的一塊，是從天竺——也就是他們如今所說的印度得的。皇上賞給公主，除了哄她開心以外，只怕也不無將來向羅春炫耀財富的意思。公主年幼，貿然將寶石賞賜出來，可能要招到皇上的不快，但把這寶石還給皇上，又怕掃了皇上的面子，好像天家還缺這麼一塊石頭似的。」

兩個男人似乎都感到這件事頗為有趣，好像在故意給蕙娘找事似的：這對夫妻間，誰都能看得出來，肯定是權仲白讓著蕙娘居多，現在男人招回來事了，事兒還這麼棘手，眾人難免都會想欣賞欣賞蕙娘的表情，就連良國公和雲管事好像都有點這個意思。

蕙娘又如何能體會不出來他們這種居高臨下的態度？她有些反感，但這種事究竟也不太大，不值當動情緒，因便道：「不過是一塊石頭，若是原樣奉還不大好，我明日尋一塊一樣好的紅寶石獻上，皇上也就明白我們的意思了。公主來年就要出嫁，皇上著緊著呢，絕不會讓外頭有什麼不該有的風聲。」

三下五除二，便把這事給分派完了。雲管事有些掃興，和良國公對視了一眼，也就收斂了玩笑神色。

「這寶石並不是什麼大事，但就如焦氏妳說的那樣，公主來年就要出嫁，在皇上心中的地位，自然也是與日俱增。畢竟是從小看大的親妹妹，讓她嫁到北邊去，皇上心裡是有些不捨的，在出嫁前夕，恐怕不會太拂她的意。」他雖然明面上的身分，只是個管事，但說起宮裡的事，倒顯得這麼輕鬆自在，好像在說隔壁老王的家事一樣，連皇上的心態都琢磨得這麼準——這當然不是信口開河，只能說明鸞台會在宮中也有根基。「就因為看準了這點，如今公主在宮中也挺吃香，哪個主位都額外給她三分面子……如今婷娘堪堪回宮，若是公主對我們權家觀感大惡，她立刻要出門子的人了，就為難婷娘幾次，也沒人能和她計較。最怕的，還不是她自個兒為難婷娘，怕的是她和淑妃娘娘嚼舌根……」

雲管事畢竟還沒這麼無聊，把蕙娘叫來，就是為了看她的笑話，他的這個擔憂，倒並非沒有根據。

蕙娘眉頭一擰，道：「可這也是無可奈何的事，總不能讓仲白再去撫慰公主吧，那成什麼事了？帶來的麻煩，只會更大。」

「這倒自然是不能的了。」良國公瞅了她一眼，緩緩地道：「只是公主本人，對仲白似乎無甚反感，反而是更妒忌妳一些。前陣子，就在潭柘寺裡和妳相見以後，她同達家那個什麼寶姑娘，倒是因緣巧合地交上了朋友，現在往來甚密。雖說我們的人，也時常為妳說說好話，但達家那小丫頭，言辭很便給，雖然同公主見面的機會不多，但卻幾乎是完全把公主給蠱惑住了。」

只是這麼輕飄飄的幾句話，頓時就透露了許多豐富的訊息：公主身邊有出身鸞台會的近侍、公主現在厭棄蕙娘、公主和達家人搭上了線……還有一點，達家恐怕是一直醞釀著對付她的手段，還沒放下離間她和權仲白的計劃。

人的精力都是有限的，從前權仲白只有達家一個妻族的時候，就是按禮數來說，也肯定不會落下了走動的腳步。但如今他有了焦家這第二個妻族，還有了兩個兒子、一大堆瑣事……雖說還是一碗水端平，但這一碗水分的人多了，達家身上的雨露，可不就少了下來？達家這一陣子，越發是風雨飄搖，少了宜春票號這個進項，門面都要漸漸維持不住了。他們想要對付她，蕙娘不吃驚，但她也是給權仲白打過埋伏了，要是達家直接衝著她來，倒是中了她的計，到時候權仲白自然知道取捨。

她卻是未曾想到，達家在這麼落魄的時候，還能把握住公主對權仲白的心思，還能「巧而又巧」地撞見公主……這事確實是頗為惹人疑竇，但就這麼空想著，倒也抓不到什麼把柄。

她不知道的，雲管事卻未必不知道，蕙娘望了雲管事一眼。

雲管事「呵」地一聲苦笑，道：「我知道侄媳婦的擔心，不過，這事也許應該全出於巧合吧……公主那一日走出禁苑，倒真是全出於她自己，我們的人就隨在身側，可沒見到有誰慫恿。」

「也許是達家知道了消息，特地趕到潭柘寺等待萬一的機會，也是難說。」良國公看著倒是頗為輕鬆。「也許，真就是他們達家的運氣。不論如何，這件事是要妳來做個了結的……」他笑著望了雲管事一眼，又道：「找妳來，還為了什麼事，焦氏妳自己心裡也應該有數吧？」

鸞台會這麼沉的擔子，她焦清蕙能挑得起來嗎？蕙娘自己都在問自己這個問題。鸞台會的力量，不但是權家安身立命的根本，也可能是他們的送葬曲。一旦皇上認為權家沒有能力為他辦事，可能將鸞台會暴露出去——又或者是皇上認為權家對鸞台會的掌控太過密實，已有尾大不掉的嫌疑，那麼權家便一樣難逃覆滅下場。這個擔子，權家嫡子必須要有人能挑得起來。在幾個兒子裡，權季青的確是最好的選擇，但她能放任權季青掌權嗎？這個人，太瘋狂了，鸞台會交到他手上，是要出事的！

更別說，現在兩人已經結下了不死不休的仇怨，蕙娘就是為了自己著想，也不可能把鸞台會這種本身就足夠危險的組織，再交到權季青手上去。那麼除了為權家挑起這個擔子以外，她還有什麼別的選擇嗎？

富貴，本來就不是簡單的事。政壇如河，逆水行舟，不進則退。開國時那樣多權貴，能風光到今時今日的還有幾人？留下來的這些，都是大浪淘金淘出來，真正有本事、有根基的，代代都能出人才的。權家沒有鸞台會，能有這一百多年的位高權重？權仲白的醫術，不過是錦上添花而已，這個家族真正的根基，還在鸞台會裡。要做權家的主母，這個鸞台會，她不管能行嗎？

可一旦接手過來，頓時就是又走到了一條鋼絲之上，蕙娘自己管事的時候還成，她能保證日後歪哥、乖哥可以接手鸞台會，不至於捅出什麼驚天的樓子？這種事可開不得玩笑，一旦疏忽，身家性命只怕全得栽進去……

蕙娘一時也有幾分惘然，有了幾分難得的猶豫，但她沒有迴避良國公的問話，而是輕輕地點了點頭，咬了咬牙，終究還是道：「這件事，我不能代仲白作主，這次過來，也是請爹和小叔准許，我還是想把真相告訴仲白。畢竟這也是他一生的大事，先斬後奏，終究是糊弄不過去的。」

良國公和權世贇對視了一眼，都有幾分猶豫。

良國公道：「仲白這孩子，什麼都好，只是心性太高潔了。鸞台會做過許多事……恐怕是不易為他所接受的。」

權季青稍微利用鸞台會的資源，就能自己拉起一條走私火器的線來，還能將皇上斥資千萬才研究出來的火器研究破壞得淋漓盡致，這些事鸞台會當然永遠都不會向皇上揭露，但權仲白卻未必不會想要追究出一個結果。讓他知道，無疑也就是讓全家都跟著承擔了風險，如不是有這一番顧慮，良國公還用蕙娘提醒嗎？他早就把什麼事，都告訴兒子了。

「早告訴晚告訴都是告訴。」蕙娘卻反常地堅持。「雖不說夫為妻綱，但夫妻一體，這件事要是仲白不答應，我也不能迫他……」她輕輕地咬了咬牙，到底還是下了決心。「若爹還是不願告訴仲白，我當然也不會多事，但鸞台會這擔子，便恕媳婦無能，挑不起來了。」

這等於是把自己和權仲白捆綁在了一起，迫良國公和權世贇讓步來承擔這樣的風險，畢竟，現在權季青已經被證實根本不適合擔任鸞台會的領導者，他本人也根本都不知道跑到哪裡去了，說不定還在醞釀著對付權家的陰謀。這個家除了蕙娘以外，還有誰能承擔起這個擔子來？她看似一無所知，其實手中的籌碼，並沒有那樣的少。

兩個長輩的神色都露出了幾分凝重，彼此對視了一眼。

權世贇先道：「姪媳婦，妳怕還不曉得我們的職責有多重大……」

似乎連天意都要和蕙娘作對一般，這一天她實在已經過得夠累的了，這會兒回到屋內，實在只想好好歇歇，可才一進屋，蕙娘的眼神便凝住了！

她用來盛放那本手記的盒子，已經被拆得不能再碎了，部件凌亂地堆在炕桌上，幾乎成了一座小山。五姨娘的海棠簪、權季青的白玉帽墜兒，同盒中別的雜物一道被拾掇了起來，整整齊齊地放在了一邊，免得阻礙了歪哥的大業——這孩子正努力想把盒子給拼起來呢！從他的活潑勁兒來看，這盒子，很可能就是他拆開的。

至於那本手記嘛，卻落在權仲白手中，被他一頁頁地翻看著，眼看，就已經要翻到末尾了……

第一百八十章

也不能怪她不小心，畢竟要不是歪哥多事，權仲白肯定不會亂動她的東西。他不阻止歪哥把這盒子拆個底朝天，都有點離奇了，更遑論主動翻看。怕要不是歪哥先把這本手記給遞上去——這東西又和五姨娘、權季青的東西擺在一起，權仲白怕也不會隨意翻看她的手記吧。

而要是平時，歪哥也沒有機會和這小盒子單獨相處，還是她走得太急，屋裡的丫頭們，又都是新填補進來的小姑娘，和她終究是少了默契，知道歪哥在屋子裡休息，怕也不敢隨意進來拾掇，免得擾了歪哥，自己這裡反而得了不是……歸根究柢，蕙娘是沒想到她的時運會背成這個樣子，這本最最私人、最最貼身的手記，居然也能落到權仲白手上，而他居然也真的一反常態，沒有徵詢過她的同意，便逕自翻看了起來。

這裡面，前頭的部分還好說，無非是對焦家一些丫頭的分析和考語，雖然有些刻薄誅心，總把人往極壞處去想，但好歹亦沒有什麼見不得權仲白的地方。但從嫁進權家開始，這本手記她就沒有假手過綠松，而是時常自己書寫——也有些放鬆心情、整理思緒的意思，畢竟權家上下那麼多口人，從主子到奴僕，值得注意的人多得是，有時候她留意到一點細節，由此推衍出了種種可能的猜測，這些猜測要不記下來，年久事多，就算是她也有忘記的地方。好記性不如爛筆頭，就算是焦清蕙，也做不到不留一點痕跡。

而這些話裡，自然也少不得對權家各主子們的評點、猜疑和分析——蕙娘甚至都不擔心權仲白看了這些會發火……對他的家人，她倒沒有主觀上的好惡，流洩在筆尖的辭彙都比較中性，權仲白看了，不快是有，但未必會動真火。

她真正提心弔膽的，倒是一些她對權家的疑惑，如今在知道真相後回頭看來，都顯得那樣尖銳——有些疑惑，壓根兒就是碰觸到了權家流露出來的真正破綻，尤其是在密雲那件事以後，她可是把權家的好些疑點給仔細分析、闡述過了，這些話，她可是藏著沒和權仲白說的，如今給他提供了新的思路，難保權仲白不會自行推演出來，發覺家裡和鸞台會的關係，並沒有那樣疏遠。

但這還不是最大的問題，最大的問題，是權仲白身為她的丈夫，一個醫術卓絕，很容易就能殺人於無形之中的神醫，在一開始也是蕙娘懷疑的物件。更別提他性子桀驁，和她大合不來，是她好些計劃的最大障礙。有時候蕙娘委屈勁兒上來了，在手記裡罵他幾句也是有的，最大的幾次爆發，就是在兩人劇烈的爭吵後，她本來是要整理思路，可文房四寶預備好了，由不得就要先大罵權仲白好幾頁紙，這才步入正題，醞釀下一步和他相處的方針……

權仲白見她回來了，便抬頭拍了拍高高興興的歪哥，道：「你一個下午就拼這個了，也沒做功課，還是快回去吧，不然明天要挨打嘍！」

他語調平和，權寶印並未聽出不對——他這會兒也有點怕和蕙娘打照面，畢竟母親訓起人來，也讓人怪難受的，再說，他拆開了母親的小盒子又拼不回去，還要煩勞母親自己動手，這小子也是有點心虛。雖然年紀還小，不知道父親是在護著他，但也很快活地就順著父親的話，脆聲道：「娘那我走了！」

說著，便一搖一擺地衝出了屋子，和那脫了鈎的魚兒一樣，搖頭擺尾的，不一會兒就不知去了何處。

綠松有孕正在休假，孔雀又去外地了，石英現在是把總兒，裡裡外外忙得不可開交，也不可能經常近身服侍，餘下的那些新晉小丫頭們，連這盒子到底代表了什麼都不知情，對歪哥拆開它的反應，自然也很平淡，只是如常在旁侍立。只是見到小主人退出去了，出於習慣，也都漸漸地退出了裡屋。最後一個小丫頭，看蕙娘神色是風雨欲來，還貼心地把門給帶上了——這些動靜，似乎並未驚擾到權仲白，他還在專心地研讀著蕙娘的那本手記，直到翻到了盡頭，再往下全是空白書頁了，他方才合上了冊子，閉著眼不知在想些什麼……居然卻是喜怒難測，連蕙娘都看不出他的心情來。

「看得懂嗎？」還是蕙娘主動給他找了個話題，發起了進攻——她這會兒哪裡還記得疲倦？早已經又再興奮了起來，一邊在腦中焦急地推算著自己離開的時間，與權仲白閱讀的速度，一邊觀察著權仲白的神色。她寫給自己看的手記，條理哪會分明？有時肯定是凌亂的囈語，因此還有萬一的希望，也許他沒有看全，也許他沒有看懂，也許他沒有意識到她的計劃、她的……

她在權仲白對面坐下，也頗有幾分不滿。「要知道，這東西寫出來，不是給別人看的。沒有我的解釋，怕你未必能理解透澈。」

權仲白睜開眼來，眼神澄澈冷靜，亮得讓蕙娘心頭便是一跳：她已經很久都沒有看過權仲白這般神態了，他和她關係再差的時候，好歹也都是夫妻，是自己人，對自己人，權仲白是不會擺出這樣一副態度的。他會有情緒、有怒火，但卻不會這般疏遠，這般的漠然。

「這點悟性，我倒還是有的。」權仲白把手記合上，兩隻手指摁在封皮上，將它推到了蕙娘跟前。

蕙娘低頭望去，見他的手指竟有幾分泛白。

「其實妳也許早該給我看看，一個人不會對自己撒謊，要不是看了這本手記，我還不知道，從前對妳的一些瞭解，還是太浮於表面了。」

蕙娘的心早已經跳成了一片，她極力維持著面上的冷靜，但耳邊卻已經傳來了細細的嗡鳴，一股極為不祥的預感慢慢自心底浮了起來，那早已被她埋藏在腦海深處的擔憂，此刻竟變成了現實。凡做過，必定留下痕跡。天下間的計劃，沒有不被看破的時候。

只是她真沒想過，她的計劃，居然也有被人挖掘出蛛絲馬跡的一天。

而權仲白這個極難纏的對手，又怎會錯過？恐怕他心裡，也不是沒有過懷疑，恐怕、恐怕他早就有些想法了，一看著她自己的言語，頓時就疑心大熾……

這明悟才一升起，便被證實，權仲白手指一揚，把手記翻開，一頁頁地翻到了她在兩人矛盾最為激烈、關係最為疏遠的那段時間裡寫的那幾段話上，敲了敲她略顯凌亂的蠅頭小字，低吟道——

「比如這幾段，我便覺得很有意思。」

這裡有一長段對權仲白的非議和謾罵，其實回頭看來頗為好笑，以權仲白的胸襟，也不會太放在心上，真正的重點，卻在之後那一段，也就是蕙娘回憶整本手記裡，唯一擔憂的破綻。

「雖然恨極了此人，但不靠他也不行，誰讓他是男人，我是女人，這世上永遠都是女人要依靠男人，即使他是一隻豬，也算是我的依靠。總是要找到辦法相處下去，不能再讓他和我唱反調了。少了丈夫的支持，要做什麼事，都是困難重重。」

當時她那樣寫。

「但他性格激烈，又無求於我，我越是放軟了態度去求和，他越是疑心極重，反而會意識到自己的優勢地位，倒是免不得又要拿捏我。還是要再想個辦法，最好能投合他的脾性，又不顯得我過分弱小，能令他欣喜若狂，放棄思量我們之間的地位差異，那就最好了。」

「權仲白最喜歡什麼？權仲白最需要什麼？我能帶給他什麼好處？」

在當時，這的確是她的疑問，而這疑問，隨著思緒的清晰，也就立刻得到了解答。

「夫唱婦隨、神仙眷侶，我能給他提供妻子的柔情，但，這還並不足夠……」

接下來，她沒有再多寫什麼了，畢竟這想法還只是剛剛醞釀出來，她反而開始考慮的，是國公位的歸屬問題。

「老大夫妻已去，老三對國公位似乎無意，雖然也不能不提防一二，但暫時沒有必要多招惹一個對手，還是要把眼光多投注在老四身上，他對國公位野心昭彰，此人必須不惜一切代價也要拔除。」

這幾個字下頭點了圓點，像是在提醒日後的她，這一條絕不能忘，也絕不能作出妥協。這本是好的，但卻也把她對國公位的勢在必得，給暴露了出來。

「季青被捕之前，在我耳邊說了幾句話。」權仲白低沈地道。「當時我沒有理會他，總覺得他是在離間我們夫妻之間的感情，但現在嘛，我卻覺得他也許是比我看得更明白一點。」

他抬起頭來，一瞬也不瞬地望著蕙娘，神氣中突然流露出一點悲哀，從前的風流寫意，此時還哪裡得見一分一毫？權仲白字字句句，都咬得很清晰。「他讓我一個字都別改，就照樣問妳：從前妳說，妳可以放棄國公位，妳可以和我追尋我的夢想……這些話，妳是不是在騙我？」

權季青！他怎麼也牽扯進這件事裡來了？難怪，難怪仲白在問之前，彷彿就已經料到了答案，難怪他當時也是神色有異，難怪……

蕙娘已經沒有任何情緒了，她根本感受不到，傷感、緊張、忐忑……這些感情只是在她心湖頂部一閃即逝，她現在沒有心思沈浸在這些感情裡，她所剩下的唯獨還有她的驕傲。她可以騙他一次，但絕不能在這個時候，再睜眼說瞎話，騙權仲白第二次。

「我是在騙你。」她說。她實在也根本騙不了權仲白了，這本手記她沒寫時間日期，這是唯一的生機，但這生機已被權仲白的腦力打散，他從她的字裡行間，已經推測出了這一段話寫就的日期，就在兩人大吵以後，沖粹園奏琴和好之前。在這個時候，她還想著國公位，接下來能發生什麼事，讓她的思想發生那麼大的轉變？這麼大的轉變，能不在這本手記裡留下一點痕跡？

權仲白星眸一黯，他的嗓音啞了一點。「我記得妳說過，妳焦清蕙言出必行，從不會答應做不到的事。」

這是當時兩人在談論文娘婚事時，蕙娘親口對他說過的一句話，沒想到今日被權仲白用在了她自己身上。蕙娘第一個反應，還是要和他對抗，她道：「言出必行，自然還是言出必行，你要能真的自己開府，我也……」

她的聲音，在權仲白的注視中漸漸地低沈了下來，蕙娘此時忽然感到了一種慌張，一種絕望。她明知一步接一步，接下來會發生什麼，但卻根本無力回天……她享受過了謊言帶來的好處，可現在，付出代價的時候到了，天下間已經再沒有力量，能阻止權仲白的問話。而她能做的，似乎只是挺起胸來面對他。

「嘿，言出必行……」權仲白喃喃自語，他面上掠過了一絲嘲諷。「那麼妳還記不記得，妳曾對我說過，夫妻一體，有些事，我可以信任妳？」

這句話由來更早，蕙娘幾乎已要忘懷，她一時竟尋不到回答，只能怔怔地望著權仲白——她明知自己或許已不該開口，但事到如今，看著權仲白一點點地「冷」下來，不知哪來的一股衝動，又攫住了蕙娘的心臟，使得她不禁便開口道：「騙了你，是我的不對，可我、我也是沒得選……」

「我一直在告訴妳！」權仲白猛地抬高了聲調，旋即又緊緊地閉上眼，緊咬著牙關調整了一下，他的語氣又緩和了下來，回復到了冰一樣透澈的冷淡中。「我一直想要告訴妳，妳還有很多別的選擇，妳可以選，只是妳自己不願。嘿，妳從來都有得選，只是和我比起來，妳從來都更看重別的。」

蕙娘無法可答，她只能沈默地坐著，聽著權仲白判決般的斷語。她沒有任何話可以回答。

「小事騙我，無傷大雅，我可以忍。」權仲白的語調還是那樣不緊不慢，他輕聲道。「妳也不是沒有對我隱瞞過妳的意圖，沒有打過這樣的馬虎眼，但妳自己心裡也知道，在這件事上騙了我，妳就是故意在坑我。」

沒有她的這一欺騙，權仲白不會以為她思想發生轉變，不會對她放下心防，兩人不會和好，在很多事上也就不會有商有量地攜手合作，給她吹枕頭風的機會。這一騙，是騙活了權家這整個局，不然，此時權仲白怕早已經下江南去了，兩人雖是夫妻，卻可能已經貌合神離。權季青磨刀霍霍，向著國公位的衝擊，沒準兒還真能成功。其實，從這個角度來看，那晚她所有的表現，也可以說都是在騙他。權仲白又焉能不明白此點？

「也是我傻。」權仲白說。「被妳幾句話，我自己便把國公位的繩索往頭上套，心甘情願地進了這個局，一點不曾怨妳，還以為我們都是別無選擇。嘿，清蕙，如今妳心想事成，國公位已是囊中之物，妳開心嗎？」

任何一個有自尊的人，在被欺騙時都不會太高興，權仲白自然也不例外。蕙娘忽然發覺，她從未見過權仲白真正動怒，從前幾提和離時，他都是做過慎重考慮，情緒並不激動，其實就是剛才，他話裡也都沒有火氣，直到此時此刻，才終於忍耐不住，露出了一絲恨意。

「我再問妳一句話，這句話是我自己想問的。」權仲白望著她的眼睛，輕聲道：「當時在蓮花池邊上，妳說的話裡，究竟有多少是真，有多少是假？被人害過翻生的事，妳是不是也只是為了給妳的執著找一個解釋？妳……是不是也在騙我？」

蕙娘深吸了一口氣，她想說什麼，可到了最後，吐出來的只有一聲長嘆。焦清蕙一生人中，從未有如此苦澀無力的一刻，她聽見自己說：「我說不是，你會信嗎？」

從權仲白的表情中，她能讀出他的回答：兩人之間的信任已經完全崩潰，她再說什麼，他都不會信了。也許在他心裡，她從過門一刻的所有作為，都是為了給他的所有兄弟、所有繼承人羅織罪名。甚至連毒殺事件都沒有發生，只是他們焦家自導自演編出來的好戲，她的目的，從頭到尾都是為了國公位，對他的所有一切，都是假的。而他權仲白就是個絕世的大傻瓜，非但沒看出她的真面目，還和她生了兩個兒子，甚至，也還對她投入了一些感情……

而她能怎麼反駁？她難道不是自食其果？

權仲白再閉上了眼，他把所有情緒都埋藏在了眼簾底下——現在他對待她，已經像是個陌生人一樣了。可她畢竟是熟悉他的，她能看出來他的失落、傷痛和懊悔……可這些感情，也很快就被他壓到了一片無邊的冷漠底下。

「妳是個極聰慧的人，天分很高。」最終，權仲白睜開眼來，冷漠地道。「在妳心裡，也許這世上便沒有妳得不到的東西、辦不到的事。一時得不到，無非是換一種辦法巧取豪奪。妳踩在我身上，汲取我的能力，利用我的身分，摧殘我的理想……到底還是得到了妳要的東西。在妳心裡，我又算得了什麼？妳不會去想，妳騙我的事有多要緊，我會怎麼為妳的那幾句謊話慶幸、喜悅，我會如何去想像我們一家幾口的逍遙日子……妳不在乎的，我無非是妳的一個傀儡、一個工具。我就是想請妳放開手，請妳大人大量、放我一馬，恐怕妳也只會在心底笑話我毫無氣魄雄心，不過是個懦夫。」

這正是蕙娘在手記裡數落過他的幾句話，此時由權仲白說出來，直如一柄鐵錐穿心而過，蕙娘一時胸痛到無法呼吸。她盡了全力坐著，盡全力偽裝起了自己面上無動於衷的表情，聽權仲白往下說。

「但這世上，仍有妳得不到的東西，焦清蕙。妳得到了國公位又如何？嘿，難道妳以為，妳能一世都把我這般擺布下去？」

蕙娘完全明白他的意思。

就算是得到了所有，她仍然再也不能得到權仲白了。她得到了國公位，可卻失去了她的丈夫。這一次失去，再也不會有機會挽回。

權仲白似乎也從她面上看出了她的明白，他站起身來，轉身拂袖而去，舉止中再無絲毫保留。

而蕙娘呢，她有那樣多的話想要說、那樣多的事想要做。她想要告訴權仲白，她已經說服了長輩們，將這些謎題的答案告知；想要告訴權仲白，她已經下定決心，從此以後夫妻間再沒有欺騙。可這些全被堵在了喉嚨裡，她的驕傲像是一滴透明的琥珀，令她只能望著權仲白漸行漸遠，很快地，就要走出了他們的新房，走出了他和她的這一片天地……

第一百八十一章

權仲白當天就離開了國公府，第二天一早就出了城，沒人跟上他的行蹤，據他自己的說法，他是去了廣州。

不論國公府對外是怎麼解釋權仲白遠去廣州的，對內，下人們自然有一套傳遞消息的渠道，雖說立雪院組織嚴密，一般的消息難以外傳，但這難以外傳，也得分人。國公府裡的嫡系，是很難從二少夫人的陪嫁裡挖出消息，但二少夫人自己的嫡系就不一樣了。雖然明面上是肯定不會有人承認自己探聽二少夫人的消息，但事發後幾天，眾人也都是心照不宣：立雪院裡這對被外人傳得恩愛非凡，幾乎是才子佳人般令人羨慕的夫妻，估計是又出問題了，而且這一次，這問題還不小……

從前蕙娘身邊三個大丫鬟，孔雀現在是「沒」了，被主子打發去了外地，等於就是發落到冷宮裡去了，根本也不知道什麼時候才能回來；石英呢，平時也忙，這一陣子主子不大管事，她要撐起來一家的家務，更是分不開身子；綠松這個往日裡最得主子信重的大丫頭，雖然自從有孕以後，就一直在家中休養，沒有出來做事，但少不得明裡暗裡，也有好些從前的夥伴姊妹們給她遞話，讓她隨時預備著進去勸勸主子，怎麼著也得忍了這口氣，和二少爺和好了再說。

眾人都是看得清形勢的，也深知主子和姑爺鬧了彆扭，長遠來看吃虧的只有女方。這些人雖然內部難免爭鬥，但都很清楚自己的位置，因此在這樣的問題上沒有人會妄使心機。可綠松卻一直按兵不動，只作不知，直到廖養娘送來消息，點明了「主子問妳的好呢」，她這才挑揀了一個清晨，把自己打扮妥當了，進立雪院給蕙娘請安。

到底是有孕在身的人，比較怕冷，才剛入冬，綠松就穿上厚厚的棉褲，看起來體態更添了幾分臃腫——她孕期發胖得厲害，現在有幾個月身孕了，臉圓、肚子也圓，看著倒比從前要親切多了。

蕙娘見到她，就算是心事重重，也不禁微微一笑。「當年覺得妳和當歸都是冷清性子，兩人未必能把日子過到一處，如今看來，倒是我多慮了。妳如今看著，可還有一點冷清？簡直可愛得緊！」

綠松不動聲色，見蕙娘讓她坐，便在下首坐了，開門見山。「您讓廖養娘傳話讓我進來……難道竟只是為了調侃我幾句？」

蕙娘要想見她，怎麼就不能直接讓她進來了？這卻是綠松這樣的心腹瞭解蕙娘的地方了。她性子傲，尤其在這樣的事上，更不願隨意向人開口哭訴，身邊沒個知心人說話，確實心裡是不好受。廖養娘呢，畢竟是她的養娘，也算是半個長輩，有些話，蕙娘不一定願和她說，倒是綠松，兩人年紀相近，感情也最親密，對她，蕙娘是沒什麼不能說的。

她自己一句話說破，蕙娘倒也不便再使性子矯情了，她白了綠松一眼。「妳如今都知道些什麼了？」

「當歸那邊的夥計們，還什麼都不知道呢。都當二少爺是接了皇上的旨意，又要出門去了。」綠松也深知蕙娘的用意，她詳細地彙報。「自己人這裡，知道得多些，都模糊知道是又鬧彆扭了，但到底為什麼鬧，也沒人能說清。至於擁晴院、歇芳院的人嘛，倒還都來問我，我套了幾句話，她們知道的，和當歸那頭知道的差不多，只是因歪哥當時跟著去了沖粹園，總有些鬧疑心。」見蕙娘沈吟不語，便又道：「還有養娘同我說，這一次，可能……可能是您把事兒給辦差了。」

廖養娘熟知蕙娘的個性，自然知道她在占理、不占理時態度的差別。蕙娘微微苦笑。「這話，也對也不對吧……我是沒不占理，但肯定也有人在背後坑我呢。」

「挑唆您和姑爺的關係？」綠松眉一揚，若有所思。「達家那邊，已經很久都沒有消息了……」

「妳這幾個月在外頭，消息到底是不靈通了。」蕙娘便把福壽公主對權仲白有意的事，告訴給綠松知道。「我在沖粹園，親自問的姑爺。姑爺把當時的情況都和我說了……嘿，她這是故意要陰我呢！」

她只含糊說了幾句，沒把具體過程說出，綠松卻也並不細問，她更感興趣的還是蕙娘追去沖粹園的事。「剛才我進來，倒是只見到歪哥在外頭玩耍，沒看見姑爺……」

「他已經動身往南邊去了。」蕙娘說，見綠松投來詢問的眼神，便道：「我出盡百寶，才讓他把歪哥留下，就為了這個，我還和他做了個買賣：他把歪哥留下，我就讓家裡人放他一年清靜，不出馬催他回家，而他得要入宮自己和皇上解釋，不要給家裡帶來麻煩……哼，妳瞧夫妻當到這個分上，多麼有趣！」

本以為主子在她跟前，會有些情緒上的宣洩，但如今雖然態度有隱隱傷痛，也把話給交代了幾句，可從這勢頭來看，這麼大的事，她倒是自己給消化得差不多了，現在可能就是希望和知心人說說話、分分心而已。綠松有點吃驚，欲要再行探問時，蕙娘已道——

「對了，還沒問妳呢，當歸最近的差事辦得如何？我知道妳的差事，一直都辦得很卓絕的，定能讓人滿意，可當歸就未必了。他這幾年和姑爺走得也不近，這一次姑爺下江南，他居然也不跟去服侍，這可有點怠惰了吧？」

這話初聽只是在關心當歸，可綠松細一琢磨，心頭一跳，忽然間冷汗涔涔，只覺得自己實在太糊塗了些！從進來開始，主子每句話裡都似乎含有深意，自己卻一句話都沒聽出來，現在，居然還要主子把話給挑明了。自己表現得如此愚鈍，恐怕主子已是十分失望，原本打的主意，就未必還會堅持了！

她再不敢矜持了——也沒有從前那超然的態度，雙膝一軟就跪了下來，沈聲道：「性命所在，奴婢亦是逼不得已，請……請主子恕罪！」

蕙娘掃了綠松一眼，知道綠松現在的確已經失去鬥志，再不會和她對抗。起碼，她是不會再否認自己內奸的身分了！

她心不在焉地點了點頭，由得綠松捧著肚了，儘量作出卑微的姿態跪在地上，自己卻並不表態、搭理，只是思忖起了權季青的下落。

是的，權季青的下落。

早在權仲白翻閱手記的時候，蕙娘就知道她肯定是被人坑了。沒有人挑唆、推動，就算歪哥把她的盒子給拆了，裡頭的東西露了出來，權仲白會去閱讀一本明顯是私人手記的東西嗎？以他的作風，怕不會那樣輕率！權季青的帽墜和五姨娘的海棠簪，對他來說都不是什麼很敏感的東西，他沒有這個動機。

但在當時，一個歪哥拆盒子，這的確是巧合，還有一個，這手記裡寫的東西，前頭有許多是綠松代筆，後來她開始梳理情緒以後，就是她自己來寫，知道有這個手記存在的，都不會超過三人。她一時還是串不起這條線索來，又要全心應付權仲白，一邊運轉腦力，思忖著下一步該怎麼走，因此這個問題，也就被輕輕放過了。事後她先問雲管事，再問權仲白，其實都是為了從福壽公主的線索裡，儘量拼湊出事件的真相。這倒不是什麼難事，權仲白雖然和她鬧翻，但她略施小計，便輕鬆問出了當時的情景——這顆藍寶石，其實就是個幌子，福壽公主真正的目的，恐怕是為了讓權仲白看清楚，怎麼拆卸這枚盒子的機關。

再結合福壽公主同達貞寶之間的新交情，整條線索已經初具雛形。達貞寶在她屋裡曾經看到過這個盒子，這種前朝皇帝手製的古董，傳世幾件那都是有數的，坊間也不是沒有仿貨，福壽公主要照葫蘆畫瓢地尋個仿物來，不難。至於達貞寶是怎麼煽動她和自己為難的，那手段自然多了去了，也不必多猜。

這解釋了一個問題，那就是福壽公主的目的。但依然還存在另一個問題：達貞寶是如何知道夾層中藏有手記，而手記中又記敘著可能對她不利的內容的？

起碼，她必須很清楚，那就是這本手記裡有些內容，是超出了權仲白的忍受限度的，比如說她對權家人物的尖刻分析等等，這些的確都可能會觸怒權仲白，引發兩人間的口角。

這就把嫌疑清晰地局限在綠松一人身上了。作為蕙娘最信任的大丫頭，也只有她被允許接觸這本手記。綠松如何把消息送出去，這消息如何送到達家手上，這裡頭當然有一些很有趣的東西，但這還比不過綠松身分的要緊。綠松這些年來在她身邊，能夠傳遞出去多少消息？難怪權季青又或者是鸞台會對她瞭若指掌，有綠松這雙眼睛在，他們能看到的東西，當然不少。

蕙娘有沒有不快？當然有。任何人都不喜歡被欺騙的感覺，但能挖出綠松，她也比較放鬆了：一個答案不論多醜陋，總比問題要強得多。

她一直不懂的倒是餘下的一點：既然綠松是內奸，那麼當時她在湖邊和權仲白名為「交心」，實為履行策略的時候，綠松作為把守在側的丫鬟，肯定也能猜度出一些來龍去脈，她本人可能懵然無知自己的消息最終到了哪裡去，但這一條消息最後被權季青掌握在手裡，那是毋庸置疑的。不然權季青也不會一直拿這一點來說事，眼看要輸了，還要權仲白「對她問一句話，一個字也別改」。

但話又說回來了，達家和鸞台會毫無瓜葛，他們不可能把這條訊息握在手中，一等就是一年多也不運用，非得等到權季青失蹤以後，才曲曲折折地透過福壽公主來這麼一招，反而恰到好處地給她提供了一條安排權仲白遠走的理由。這時機實在是有點太巧了，因此結合從前的一些猜度來看，她有七、八分肯定，權季青此刻恐怕就藏身於達家。而他給達家出的這個主意，只怕是沒安什麼好心。

在權仲白南下以後，抽離一切感性因素，來看整齣劇的結果——權仲白離開權力核心，幾年內除非家族有召喚，不然肯定是不會回來了。他現在剛被自己傷害，心情正是低落的時候，彷彿正需要一個紅顏知己來安撫，正是達貞寶乘虛而入的大好時機。但權仲白會是被同一招騙兩次的人嗎？達貞寶的本性肯定迷不倒他，要學蕙娘那樣做作出一副性子來，權仲白難道會看不穿？事實上她只要一出現，只怕就坐實了自己身上的罪名。畢竟福壽公主行事不老道，還是留了點痕跡，權仲白就算在盛怒之中，只要知道了達貞寶和福壽公主交好的時間點，自然也能看出來其中的不妥。

就算達貞寶和權仲白在一塊兒了，做了權仲白的外室……那又怎麼樣？他遠在廣州，送信到京城都要半個多月，能照看到京城達家什麼？越發把話給說白了，她有兩個兒子傍身，地位穩固，權家不可能站在達家那邊，要是他們倆真在一處，這事被她知道了，要為難達家，還不是一句話的事？這整件事，對達家有什麼好處？根本是損人不利己！細數結果，除了讓權仲白有充分的理由下江南去以外，也就是曝露出了綠松這個內奸而已。

還有一點，卻是權季青應當很樂見其成的——他的確很瞭解他的哥哥，知道此事一出，兩人感情必定分崩離析。蕙娘不自戀，她並不覺得權季青對她是有什麼真正的愛意，但像他這樣的人，總是很願意追逐自己想要的東西。這整件事下來，三個結果，對他而言都比較正面：又向她示好、又把權仲白支走、令兩人感情破裂，製造出了乘虛而入的這個「虛」字。

若權季青的用心真和她猜的一樣，那蕙娘亦不得不承認，自己從前，可能是真的小看了他。他明面上的身分，畢竟是太平庸了點，也多少限制了她對他的評價，他輸給權仲白，多少是有點非戰之罪的意思，論謀略心機，權季青的確是挺有兩把刷子的。

只是道高一尺，魔高一丈——或者說，魔高一尺，道高一丈，權季青計算得已夠精巧，但在她跟前，怕還是有些不夠看了。

蕙娘收回了漫無邊際的思緒，又瞥了綠松一眼，見她額際依然見汗，便不輕不重地道：「也是雙身子的人了，跪著做什麼？多年相伴，我也不是不念情的人……妳起來說話吧。」她要是厲聲作色，說不定綠松還更放鬆一點，現在態度大見緩和，綠松反而有些驚疑不定，一時不敢就起。「姑娘……」

蕙娘白了她一眼。「讓妳起，妳就起來吧，把妳給跪壞了，還有誰來為我傳話？」沒等綠松說話，她便又道：「妳是怎麼和上線聯繫的？說來給我聽聽。」

「當年妳賣身葬親，是一場專做給我看的好戲嗎？」

綠松之所以能得到她的絕對信任，也是因為她入府乃是機緣巧合，若非那一場大雨，以及蕙娘心血來潮的一望，以她的出身，是很難進焦家服侍的。焦家的下人，都講究來歷清白，綠松入府之前，也自然有人調查過她的身世，要不然，那麼多丫鬟裡，蕙娘為什麼就特別信任她？

兩人都很聰明，也沒必要互相打馬虎眼，剛才把面子給揭開了，綠松直認了內奸的身分，那麼現在蕙娘也就不必再多說什麼威脅的話語了。她現在哪怕奈何不了別人，奈何綠松和當歸夫婦卻沒有什麼問題，綠松如今是處於完全的劣勢，她只能把實情全盤奉上，再來等待蕙娘的裁決——這一點，兩人都是心知肚明。

「那倒不是……」綠松略略猶豫了片刻。「這也都是事有湊巧。當時……他們安排我冒了這對外地夫婦的女兒，在廟邊啼哭，無非是給奴婢尋個出身而已。那兩人都是正經旅客，不幸染了時疫，在京城去世。原本的計劃，是令我啼哭幾口，引來四周諸位鄉鄰的注意，日後方便證實我的出身，便尋上附近的人牙子賣身投靠。之後的事兒，奴婢也就不知道了，只彷彿聽說，那位人牙子，常往通奉大夫鄭家等地走動。」

當時綠松還小，只知道這些倒也正常，畢竟她身為這對不幸夫婦的「女兒」，總要對父母的情況有所瞭解，但別的事情，人家也不會和她說起。至於偶然遇到清蕙，讓焦家把她買下之類的事，鸞台會說不定就更樂見其成了。畢竟綠松這樣的棋子又不會特別難以製造，比如那對病死夫婦，原本也必定是還有一個女兒的，她去了哪裡呢？說不準就是被鸞台會給掠走了。至於綠松自己能爬到清蕙身邊，那也是她的本事，她剛入府的時候，還是個丫頭片子，要說那時就已經心機深沈，那她也不會被這樣隨意地部署擺弄了。

「妳真正的父母呢？」蕙娘閒話家常般地問，從頭到尾，她沒有露出一點火氣，倒像是剛和綠松下了一局棋，兩人正在複盤一樣，勝敗得失，好像都只是棋盤上的事。「可還在世嗎？」

綠松猶豫了一下，她抬起頭誠懇地望著蕙娘。「奴婢不知道……奴婢從記事起便沒有爹娘。」

這來歷並不出乎蕙娘的意料，她一挑眉。「說下去。」

綠松就瑣瑣碎碎地說起了自己記事起的那點遭遇：被幾個大娘養大，身邊聚集著十數個年紀相差不大的同齡女兒，有襁褓中的，也有三、四歲的，但過了六歲以後，這群人都會被送去別的地方。她很少有出門的機會，回憶起偶然出門時身邊人的談吐，如今想來，似乎都有些東北口音。別人管她們住的地方叫「善堂」，那地方吃住都不大好，但還能活。那些孩子年紀們都不大，但為了爭奪更好的資源來生存下去，往往小小年紀，已經善看長輩們的眉眼。

後來她上了車，渾渾噩噩地在一片昏暗中走了許多日，便到了京城。大娘把她交到這對夫婦手上，讓她喊他們爹娘。爹娘顯得憂心忡忡，不知在擔心什麼，但待她倒是好，在京城一間廟裡住了一些時日後，爹娘死了，知客僧因她沒有錢財，便把他們拋在了廟前。大娘暗中囑咐她，令她在廟前守著屍身啼哭等等。

自從她進了焦家以後，原以為這段過往已成雲煙，沒想到安靜了若干時日之後，又有人用她被教導過的暗語和切口（注）和她搭話。當時綠松年紀還小，根本沒有擺脫其人控制的意思，也不知道自己能擺脫這個組織的控制——更是不知道自己究竟是進來做什麼的？她只知道自己有這麼一個秘密，按大娘和後來那位接頭大娘的意思，「要是主子們知道了妳這事兒，妳就活不成啦」。

雖然年紀還小，但她本能地明白這話確然不假，因此守口如瓶，從不敢透露半分。大娘教了她許多為人處事的道理，幫著她在府裡往上攀爬，在她看來，待她自然是要比府裡那些嚴厲的管事嬤嬤好得多。她也因為大娘的幫助，順利地得到了三姨娘的青眼，被放到了蕙娘身邊服侍。

從她到蕙娘身邊以後，一面是漸漸懂得人事，一面也是那組織開始索取她的回報。綠松開始發覺不對了：大娘時常和她查問蕙娘的起居瑣事，有時甚至問些票號方面的事。這些事，作為下人的綠松當然是不能隨意對外透露的。

但那大娘能調教出綠松來，又豈是什麼愚笨的人物？綠松要和她玩弄心機，那還嫩了點兒。她甚至不敢說謊，只是略一隱瞞，都要被她盤問出破綻來。而這時候，綠松也明白了自己和這位大娘，以及她背後的人物，是一根線上的螞蚱。她若向蕙娘告密，則大娘可以輕易

注：切口，舊時幫會或某些行業中的暗語。

地將她也拉下水，一個會洩漏主子機密的大丫鬟，不說能不能保住性命，就是保住了，她的下半輩子又該何去何從？而她如果不告密，那就永遠也擺脫不了大娘的控制，大娘問什麼她就得答什麼，起碼在她更成熟之前，在她能夠和上線鬥智鬥勇之前，她也只能如此。

此後的事，就不必多說了，綠松始終不知道自己在給誰賣命。對方也根本沒有許以一點好處，她只是為了自己的生存，陸續出賣著蕙娘的訊息。其實這些事，也沒有多麼了不起，無非是圍繞著蕙娘的一些瑣事，以及府裡的一些鬥爭而已。畢竟當時的蕙娘，雖然是閣老府的承嗣女，但老太爺和焦四爺都還在呢，她所接觸到的權力，也很有限。

對方所求的，也就只是這些，她們從未要求綠松對蕙娘不利，綠松也就樂得安於現狀。畢竟，她一步步在蕙娘身邊所獲得的財富和權力，也使她頗為留戀這樣的生活：蕙娘不是一個壞主子，而隨著她自身的成熟，以及身後那若有若無的幫助和指點，她漸漸上位成了蕙娘身邊的首席大丫鬟。綠松自然知道，對她來說，這已是她可以期望的最好的結果了——配個小廝，日後做個管家娘子，順著蕙娘的心思做事，富裕安穩地過完這麼一生。頂多只是按時向外傳遞一些蕙娘的情報而已，這些事，畢竟都無傷大雅，她從來也看不出別人要這些訊息幹麼，只能順著蕙娘的隻言片語猜測，也許這就和焦老爺子也有部署的人馬一樣，都是她身後的那個勢力，有備無患的一手閒棋罷了。

但這僥倖心態，在蕙娘和她吐露心聲，告訴她有人將要害蕙娘時，全都發生了改變。在那一刻，綠松感到發自內心的恐懼，她意識到這件事背後，很有可能就有自己身後那組織在搞風搞雨，而她看似高枕無憂，其實處境不知多麼危險。若是那組織對她下令，要她毒害蕙娘，不答應，她肯定沒好果子吃，若是應承下來，事成之日也就是她的死期。而就算此事和她背後的勢力無關，蕙娘此時開始盤底，若把她盤出來，等著她的也不會是什麼好下場。

綠松開始尋找後路了，她也開始學著衝她背後的上線大擺迷魂陣，她想要刺探出他們的目的，起碼，是刺探出他們對蕙娘的態度。而令她多少有幾分欣慰的是，在蕙娘出嫁之前，她背後的勢力都極為安靜，並無半點異動，甚至有時還不是盤問蕙娘本身的事體，而是向她打聽三姨娘、四姨娘、文娘、老爺子以及焦勳。

而等到蕙娘成親，她跟隨蕙娘嫁入權家以後，綠松終於見到了她的第二個上線。還和往常一樣，她們盤問的多半都是些細緻事兒，並沒有令綠松對蕙娘不利的意思。但隨著蕙娘查案的進展，綠松便更加惶惶不安了，她用絕大的毅力，將一切慌張都壓在了心底，用她的一雙眼來追蹤著事態進展：她畢竟是多年來傳遞一手消息的人選，對她送出的訊息，心裡豈能沒數？蕙娘一步步地接管了宜春號的勢力、把大房送回東北……這些事在她看來，都有別樣的意義。似乎在很多年前，她背後的勢力，就已經對這些問題極為關注：她有沒有能力、有沒有興趣接管宜春號？她為人處事如何、性子怎樣？甚至是蕙娘自己，都沒有意識到她往國公府主母走去的這一路，背後還有人操縱。但綠松卻憑藉著自己特殊的身分，影影綽綽，已是有了些猜測。

「我和您是一塊兒長大的，我的什麼，都是您給的。」綠松輕聲說。「我怎麼都不想害了您，因此到最後，我便藉著成親，從您身邊退了出去。不過，當時我已經有點兒感覺——四少爺和我背後的那根線，有很深的關係。」

蕙娘重點問了幾句，果然得知，綠松在他們過去沖粹園以後，便和上線幾乎是斷了聯繫，只有回到國公府裡，才能和上線說上幾句話。她開始為蕙娘遮掩一些最核心的謀算，但也不得不出賣一些蕙娘身邊的瑣事。她洩漏過的一些細節，最後都似乎為權季青所知，他對二房小夫妻感情上的進展瞭若指掌，似乎料事如神，其實也不是因為他真的就那麼聰明，泰半的可能，還是因為當時綠松的這個上線，也是個忠心不貳的「四爺黨」。

之後的事便不用再說了，權仲白和蕙娘的感情進展，自然引起了上線的關注，綠松照樣為蕙娘遮掩了「作偽」這個謀算，但也複述了兩人間的一些對話，甚至是刻意露出了蕙娘承諾可以另外開府之事，想要稍微引開權季青的敵意。

也所以，權季青並不知道蕙娘「死過翻生」，但他卻是猜得出來，蕙娘在另外開府的事上，肯定是沒說心底話。

至於後來，綠松和當歸成親以後，又藉著懷孕的時機，徹底避開了國公府最動盪的那段日子。而隨著蕙娘在會內掌權，她也漸漸意識到自己暴露的危險比從前更大，卻又懷疑自己是否會受到特別保護，繼續潛伏在蕙娘身側，以便令她背後的人，繼續掌握蕙娘的真實情況。在這忐忑不安的心情裡，府裡又出了變化：姑爺南下，似乎是和姑娘起了爭吵……

餘下的事，便不必說了。

綠松說完，撲通一聲又跪到了地上，懇切地道：「我這一切，都是您給我的。在您跟前，我犯不著還說謊話，索性實話實說了吧。姑娘，我不想死，就因為我不想死，所以，我就永遠都不會害您。」她雖然態度謹慎，但始終還有三分從前的大膽，在這個時候，還沒有由著蕙娘拿捏，而是反客為主地自己把話給說明了，甚至還抬起頭來，大膽地凝視著蕙娘，彷彿想用自己的表情來增添幾分說服力。「從前我對您的害處，我沒法辯解，可……對您的好處，卻是在將來為您所用，所以，還請姑娘您饒我一命！」

畢竟是綠松，自己便把話說到了十分，幾乎沒給蕙娘留下立威弄權的餘地，她反倒輕輕地笑了：拋開這份前情不說，綠松，也的確是她熟識的那個綠松。她明白，她表現得越強勢、越能幹，被留為蕙娘所用的可能也就越大。她說的沒有一句不是實話，但這實話，卻說得很有策略。

這麼能幹的人，當然是活著比死了好。若她所言不假，那麼她對這個組織的感情，自然也不比對她這個主子的深厚……在如今的情況下，綠松還是值得用一用，值得爭取一下的！

「既然如此，就把該說的話說完吧。」她淡淡地道，卻到底還是沒跟著綠松的節奏起舞。

但這口氣，已經足夠讓綠松捕捉到蕙娘的態度了！她面上喜色一閃，立刻說出了七、八個名字。「這都是曾和我接觸過的上線。」她頓了頓，又有幾分猶豫地道：「如今和我接觸的，是雲嬤嬤。」

雲嬤嬤正是雲管事的妻子，也是權世贇在京城的煙幕彈。以權世贇的身分，要什麼樣的女子沒有，又怎會同她這樣的人真做夫妻？從前蕙娘還不明白，為什麼雲嬤嬤和雲管事多年都沒有孩子，如今真相大白，她也明白了雲嬤嬤看來為什麼總是不大開心。

任憑誰守了這麼多年活寡，都不會太開心的！

一個不快樂的女人，當然是很容易突破的目標，而權季青和大少夫人之間說不清鬧不明的那點事，更讓蕙娘知道：必要的時候，他是很懂得利用自己的美色的。而雲嬤嬤說來也就是出身低了一點，其實年紀也不是太大，長得也並不是很差……

蕙娘好像又抓住了一條什麼線索——好像那天孔雀聽到的對話一樣，雲管事會在正事外稍微給權季青透露一點消息，但這消息，卻不足以令他在鸞台會內擁有這麼大的權勢。因此，權季青在這組織裡，肯定是有幫手的。

她若有所思地閉了閉眼，輕輕地笑了笑，低聲道：「嘿，我真恨不得姑爺就在身邊，能和我一起，聽妳說這一番話。」

綠松神色頓時一動——未免刺激到姑娘，這一陣子，很少有人敢在姑娘跟前提起少爺，就怕會挑起了她的傷心事。可現在，姑娘提起姑爺的口氣，雖不算多麼溫柔，但也絕沒有含著怨恨……

明知身分不該，綠松還是問了一句。「姑娘，少爺他……真的去了廣州？」

蕙娘微微一笑，她沒有回答綠松的話，反而也是若有所思地自問：「是啊，他現在在哪裡呢？難道真的去了廣州？」

權仲白現在倒的確就在一艘船上。

從京城南下廣州，往年都是先從京杭大運河走到江南，再搭海船南下，但如今因為海防肅清，廣州開埠，天下的好東西都要向廣州匯聚過去，從北方往南方的海船，就要比三年前增多了數十倍。權仲白也無須刻意為難自己，非得要走陸路，他在天津衛碼頭覓了一艘極巨大的海船，包了最上等的套房，屋內陳設，雖然比不上立雪院，但也是盡善盡美，舒適得很。每日裡新鮮海物、船員們自己培育的鮮蔬爭相薦盤，船大又不懼風浪，這一趟旅程，想來倒應該是比從前他的任何一次出行都要愜意得多了。

不過雖然上了船，但船要開航，也不是說走就走，總要等到約定了發船的那一天才走。權仲白是從家中出來，無處可去，又怕麻煩，索性便住到了船上，至於別人嘛，到開船前才趕來的人，那也還有的是呢。

他這套艙房，自己就有一個露臺可以眺望海景，若是心境逍遙時，到晚間令人送上酒菜，賞月臨海，是何等雅事？只是權仲白心事重重，大失興致。

桂皮看了，心裡也是難受。他新婚沒有幾年，正是戀家的時候，陪著主子出來，這當然是責無旁貸，可要真的跟到廣州去，幾年都不著家，桂皮心裡卻也是不情願的。雖然侍立在權仲白身邊，卻依然沒精打采地，也和他主子一樣，漫無目的地流覽著港中風物，瞧著那些客人們上船。

看著看著，他忽然「咦」了一聲，目注其中一艘小艇，看了半日，方才神色古怪地打量了權仲白幾眼。

權仲白被他看得出奇，順著他的眼神看去時，也是結結實實地吃了一驚。

桂皮看他吃驚，才道：「看來小的是真沒看錯——那位真的是達家姑娘！」

雖然男女有別，但桂皮比較受寵，可以時常進內帷回話，偶然也能見到一些來訪的女眷，起碼，他也是見過達貞珠的，不然，也不能在人群中，一眼就把正走在長板上的達貞寶給認了出來。

權仲白久久地凝望著那張熟悉的俏臉，好半晌，才輕輕地嘆了口氣，他的眼神，無比幽深，無比失望。

第一百八十二章

權仲白是何許人也，從前他的行蹤能為家裡掌握，那是因為他畢竟要顧及家裡人的情緒，這一次含怒出走，真是杳無音信，一轉眼十多日過去了，權家人依然未收到一點消息。良國公不免有些掛心，倒是蕙娘淡然如昔，還同從前一樣起居。

以她如今的身分，自然不能再回沖粹園居住，而是要在國公府內坐鎮，府內眾人漸漸知道了風聲，也都是誠心看蕙娘的笑話，蕙娘面上越是若無其事，府裡私底下的流言傳得就越凶狠，都說這一次少爺和少奶奶是徹底吵翻了，少奶奶仗著公婆的喜歡，反而把少爺擠得存身不住，這一次出去，也不知何時會回來云云。

當家作主，總是要一個頂事的男人在的，家裡沒有男人，那就是寡婦。不管蕙娘有多特別，哪個世家大族也都沒有讓寡婦來做一族主母的道理，蕙娘本來漸漸樹立起來的權威，倒是被這謠言影響得有幾分搖搖欲墜。

權夫人、良國公為此都很有幾分煩惱，權夫人不免就和蕙娘嘆息。「若是叔墨還在，家裡也不會這樣人心惶惶。連個男丁都沒有了，又出了這樣的變故，的確是……」

她沒提權季青，但蕙娘也知道她的意思。權季青若自己能學好上進，安於權仲白助手的位置，家裡人難道還能虧待了他？現在輔佐蕙娘在家中管事，家裡的人心就要安定得多了，哪會同現在這樣，明面上風平浪靜，私底下消息亂飛，卻是真的管都管不住了。

對著權夫人，蕙娘說話一向是很謹慎的，今日不由得卻也說了一句——

「這兄弟倆的性子，要是能勻一勻便好了，仲白這個人什麼都好，就是心裡淺了一點，容易感情用事，受故人的挑撥。」

達家人聯手福壽公主給蕙娘使絆子，這也不是什麼秘密了，長輩們不知道具體情況，但也猜得出來，多半是說了蕙娘的壞話，又因為家裡這些事，蕙娘明顯是已經知道了真相，而權仲白卻是一無所知，蕙娘又不肯說，他心裡怕也並不舒服，幾宗氣一起發作出來，兩人這才翻了臉。其實平時，他何嘗是真有那樣淺薄呢？

就算對兒子也有不滿，但畢竟不是親娘，這話就說不出口，權夫人只是微微一笑。

蕙娘托著腮，輕輕地說了一聲。「再好那也是續弦，比不過前頭的去……」說到這裡，她似乎覺出了自己的忘形，左右一望，見下人們都目光炯炯地望著自己，便微微一笑，收住了話頭。

夏天一轉眼便已經過去，眼看就到了立秋，往年這個時候，大房兩夫婦都要主持府中的秋祭——四時八節的小祭祀，規模不大，但卻也只有長子有領祭的資格，今年權家便無人來辦，不得已只好喊了四房、五房的男丁們來幫忙。

蕙娘亦忙著四處送節禮——今年達家這裡，她特別給面子，竟親自帶了人過去把節禮送上門。

「往年都是仲白親自過來，」因達家主母不在京裡，達老爺只好隔著簾子和蕙娘說話，蕙娘也是客客氣氣的，重話一句都不肯說。「今年他往南面去了，怕底下人怠慢，也就索性親自過來了，還請世伯別怪唐突。」

這話說著沒什麼，可在有心人耳朵裡，卻是句句都刻骨，既點明了達家人挑撥夫妻感情的事，又順口把他們如今已經落魄的事實給隨口帶出。這打人不打臉，達老爺的臉不禁就是脹得通紅，卻又一句話都不能回。

兩人枯坐了一會兒，蕙娘便道，聽說達家花園好，她想逛逛花園子。

這也是常事，有些私人園林，到了春日還會開放給民眾遊覽，達老爺不能不應承蕙娘的這個要求，但又不能不多想蕙娘的用意。花園裡肯定沒什麼男眷居住，而現在達家女眷，幾乎都不在京裡，可以說就只是一個單純的園子而已。

可她焦清蕙什麼園子沒見識過？她自己居住的焦家閣老府有多精緻，達老爺能不知道嗎？他不能不懷疑，蕙娘這樣做，是有用意的。也許他還沒有參透，但這個性格強硬的豪門主母，被達家這麼明目張膽地坑了一記以後，絕不會善罷干休，明面上她報復不了，但私底下，她能做的事情也許相當不少。

達老爺也不是什麼笨人，越是聰明人，想法就越多，他立刻就想到了本來不應該存在達家的某個人——達家現在的下人已經不多了，為了招待蕙娘，此刻多半都已經跟著去往花園，現在的前院，幾乎完全空置……

對權家的特殊身分，達家也是影影綽綽察覺到一些的，但並無證據，現在蕙娘擺明了是要以自己為餌，把人口引開，方便底下人高來高去入屋搜查，達老爺也不能如何——這就同達家叫她受的氣一樣，是個啞巴虧。而蕙娘吃了那個虧，還是權家的主母，除了同老公有紛爭以外，一無損害；可達老爺要是叫她搜出了點什麼，權家那還能不把達家一腳踹開嗎？恐怕就是權仲白，日後都不會再理會他了！

他自然是有些後悔叫蕙娘受氣，得罪了她的，但現在再想這個也是無用，只好忙命一個心腹小廝前去傳話，自己在前院書房內來回踱步，只盼著自己運氣好些，「那一位」也夠警戒，自己知道躲避起來，將這一劫躲過。

可沒有想到，派去的小廝卻撲了個空，回來給達老爺報信：剛聽說有貴客來，「那一位」就避出去了，現在也不知在何處呢！

達老爺心下才安，那頭卻又有人慌張地過來報信：他辛苦藏匿的那人，非但沒有主動避讓，反而進了花園，把他嫂子給拽得不知去何處了！

這一驚自然非同小可，達老爺連連追問，這才知道原來蕙娘進了園子，也要主動賞玩一番景色，她是過來送禮的，只帶了一個貼身丫頭扈從，身後跟的倒都是達家的人，因此「那人」出面時，卻是明目張膽，立刻便扭了焦氏的手，把她帶到了園中一棟小樓內，又回身關了門。現在裡頭安安靜靜的，也沒有什麼大動靜，底下人卻是不敢妄自行事，他們中有許多人，甚至也不知道「那人」是何方神聖，只好回來報給達老爺知道。

達老爺本來著急得已經來回踱起了方步，可聽他這麼一說，反而漸漸地冷靜了下來，將這些日子以來，從權府傳來的消息翻來覆去想了許久，眼睛便是一亮，他陰陰一笑，忽道：「那就讓他們在裡頭待著吧，你們也不必過去相擾，想來，那人也是有分寸的。」

那下人不過是奉命行事，自然依言去做。

達老爺方要將來龍去脈仔細思忖時，前頭已經來人報道——

「老爺，又有客到了！」

達老爺見事分明，蕙娘也不是臨陣慌亂的人，儘管她陷在樓內，但卻未見惶恐，反而只是抱著手臂，饒有興致地望著桌邊的權季青。兩人一時誰都沒有說話，權季青唇邊掛著微笑，似乎也都半點並不著急。

「妳來達家，」過了一會兒，他悠閒自在地拿起茶壺，給自己倒了一杯香茶——這裡本來就是預備給蕙娘休息的地兒，倒是準備了上好的茶水、點心。「不就是為了見我的嗎？現在見到了，怎麼不說話？」

「我來達家是為了見你？」蕙娘重複著他的話，倒也是看不出喜怒。「我怎麼竟不知道這回事呢？」

「裝糊塗就沒什麼意思了。」權季青的唇角又翹了起來。「妳這麼聰明的人，難道就看不穿我的安排？我留在達家，自然是為了等妳，妳今日會過來，不就已經說明了妳的態度？」

「這倒不錯，你在達家，應該是等我來的。」蕙娘也就不再和他繞圈圈了，她上前幾步，在權季青對面緩緩坐下。「你這麼聰明的人，又怎麼會不給自己留一條後路呢？達家這條線，你是幾年前就開始安排了吧？」

「我總是要給自己留一步暗棋的。」權季青笑吟吟地說。「家裡對我的意見太大，不願讓我當家作主，那就把明面的家主之位讓給二哥好了。我同妳聯手，在暗處為妳做那些妳不願意做的事，妳在明面，應酬那些我不願意應酬的人，豈非也很是和美嗎？」

蕙娘眼神一沈，亦不由得說了一句。「好謀劃、好算計！」

權季青搭上達家，離間她和權仲白的感情，是算死了權仲白不染纖塵的性子，眼裡肯定揉不下沙子，只要她對權仲白有過欺騙，兩人分崩離析只是時間的問題。他要達家來做，實際上並不是說非達家不可，只是為了更令蕙娘心冷，斷了她和權仲白的情誼。

算人容易，算心難，要把別人的感情玩弄於股掌之間，那也是需要天分的。權季青在這件事上，就很有天分。不論是權仲白對蕙娘，還是蕙娘對權仲白，他都給了一個徹底決裂、徹底心冷的理由。

而這對夫妻一旦分手，權仲白山高海遠，去追逐他的夢想了，倒是無須他再來操心，而蕙娘呢？蕙娘就需要一個幫手，一個男人了。很多事，她一個女人始終是不方便去做，而這個男人，除了權季青以外，又還會是誰呢？

就算是他被長輩們宣告出局，已經輸得不能再輸了，但權季青臨走前也還是為自己留了一個翻盤的機會。他現在回不了國公府，以後呢？蕙娘和他合作久了，兩人未必產生不了情愫，到時候一來二去，將來的國公流的是誰的血，恐怕還難說得很呢！此人雖然年輕，但心思細密深刻，的確令人感慨。就算是看出了他的計謀，走到這一步，蕙娘卻也沒有別的選擇了。

「但你怎麼知道我就會來達家找你？」蕙娘像是有些不甘心，她忽地問了一句。

「我有我的消息。」權季青不慌不忙地說，他胸有成竹地露出一抹笑，伸手要去拿蕙娘的柔荑。

蕙娘猶豫了一下，並沒有躲閃，還是被權季青給拿住了這隻手。她望著權季青，忽然也微微一笑。

這一笑，便顯得從容而得意，讓權季青心裡突地一跳。

「是綠松告訴你的吧？」她說。「看來，你人雖然逃出去了，但和家裡的聯繫，還是挺緊密的嘛！」

蕙娘和權仲白感情發生危機的事，現在也不是什麼秘密了，府內有流言這且不說，蕙娘在權夫人跟前流露出的一些端倪這且不說，綠松身為她最知心的下人，流傳出來的消息總很有說服力了吧？蕙娘是明知道這一次她被達家坑了，因此對權仲白心淡……也就是因為很清楚這點，權季青才留在達家，留在這個明顯帶了嫌疑的地方，等著蕙娘前來聯繫。

就是現在，他雖然吃驚，但卻也並不恐懼——畢竟以蕙娘的性子，想要占據主動，也不是什麼稀奇的事。「我要沒點本事，也打不了妳的主意。」

蕙娘微微一笑，將手抽出，長身而起，輕聲道：「你說得對，你要是沒點本事，我也不用親身做餌過來釣你。」

權季青方才一怔，正要說話時，蕙娘已經幾步搶出，將門推開——門外一片肅靜，只有一些衣衫樸素的下人們垂手站著，彷彿正等候著主人的吩咐。除了他們手中的火銃以外，這群人看來平凡普通，竟沒有什麼值得注意的地方。

權季青就算城府再深，此時已知事敗，他驚道：「妳！」上前就要去拿蕙娘。

蕙娘身後，那位貼身丫鬟一掀裙子，已經飛掠上前——她卻是出身王家的那位姑奶奶，如今權充了蕙娘的丫鬟，為的是近身護衛。就是蕙娘自己，也提起手掌，預備要給權季青一點顏色瞧瞧，但，這一切都快不過權仲白的一聲輕喝。

「四弟！」他說，語中心痛任誰都能聽得出來。「你還要再鬧嗎？」

權季青的腳步都不由得為之一停，他茫然立在當地，左右張望，見權仲白踱到蕙娘身邊，兩人並肩而立，眼神方才漸漸清明了起來，低聲道：「我懂了，你們從一開始，就在訛我？」

「比不得四弟你處心積慮，打算得長遠。」蕙娘輕聲道。「但我焦清蕙亦不是簡單人物，輸給你一次，我不會輸給你第二次。」

她說的輸過一次，指的便是前世死在權季青手中的事，權季青自然聽不懂，但也顧不得多問。

他捧著腦袋苦思了片刻，忽然道：「府裡送出來的，是假消息？」

「這個自然。」蕙娘點了點頭，還好心地道：「不但消息是假的，連出走都是假的。」

權季青如遭雷擊，他望向權仲白，再看向兩人相扣的手指，哪裡還不知道自己終究是落入了蕙娘算中？當下悲憤交加，欲要再說什麼，卻是一口血漫了上來，嗆得一口滿是殷紅。他也是英雄人物，知道事不可為，一聲厲嘯，便轉身穿屋過窗，施展輕身功夫，奔逃而去！

蕙娘和權仲白雖然也有功夫在身，但此時就不必親身冒險了。

兩人對視了一眼，權仲白神色奧妙難測，並不說話，蕙娘卻問：「見到她了？」

權仲白微微點了點頭，眼中又掠過了一絲失望之色，他低聲道：「我卻也並不很吃驚。」

是否真吃驚，蕙娘也不再去分辨了。她望著權仲白，見四周人群奔走，此處已是冷冷清清，方才低聲道：「你要知道，把權季青一人逼出來，其實也才只是個開始，日後的路，還長得很呢。」

權仲白既然會出現在此地，自然已經說明蕙娘將會中真相告訴給他知道了。這件事辦得不大妥當，冒了風險，將來長輩們知道了，對她未必會有什麼好印象，說實在話，也的確是違背了蕙娘素來的行事作風。當時為什麼會如此行事，她已經不記得了，但就在權仲白即將步出屋門的那一瞬間，她心底的確有一種明悟，在那一瞬間，主宰了她的行動。

也就是在那一瞬間，她下定了決心要對權仲白坦白此事，求得他的合作。以她的理智來說，她信不過權仲白，這個決定無非是自尋死路。她甚至在等著權仲白破門而出，將這一切拋到身後，把這個爛攤子交給別人來處理。

但，就像是她有時候也不是那麼無情、那麼冷酷一樣，權仲白有時也不是那麼自我。他當然很吃驚，甚至於一時間還無法相信，但最終，他還是答應配合她的計劃。

離開京城，不過是順從蕙娘的安排，也讓達家的計劃更為明顯一些——福壽公主的事，若不是達家一手安排，就算權仲白離京南下，達貞寶如何又能跟上勾搭？達家要和權季青沒有勾結，又如何能夠得知蕙娘手裡的那本手記？有些事，禁不得細想，一旦曝露了一個線頭，慢慢抽絲剝繭，很多事，就再也無所遁形。以後發生的事，自然便是順理成章：權季青受了種種訊息的蠱惑，欣然來見，權仲白後腳上門把達老爺控制住了。這一次行動，安排得天衣無縫，竟是無驚無險，平平安安地把權季青給逼到了窮途末路。

他身手雖好，但權仲白請了燕雲衛，此刻達家已經被重重包圍，權季青不論逃到哪裡，無非是多耗時間而已，他的動向，現在已經引不起蕙娘的關注了，她更介意的，還是從前對權仲白的欺騙——雖然用計是真，但她的欺騙卻也不假。兩人在生活上，必須並肩再往下走，可感情上，也許一旦疏離，便再也不會靠近了。權仲白的眼裡，的確是從來都揉不得沙子的。

這份擔心，她不願明講，卻又不想讓它這樣被掩蓋下去，一時間眼神顧盼、欲言又止，權仲白看在眼裡，也不禁微微一笑。

「妳還記得妳同我說，妳是再世之身時，我對妳說了什麼？」他忽然問。

夕陽西下，權仲白的俊臉沐浴在一片金暉之中，蕙娘一眼看過去，眼神幾乎沒能收回來，她怔然道：「說了什麼？」

「我告訴妳，人重活一次，總不能永遠都困在過去。」權仲白淡淡地道。「當時我就覺得，妳的心態問題不小，可我沒想到，妳具有能走出來的一天。」

他們間的一切問題，實際上都圍繞著「信任」兩字，蕙娘也明白他話中意思所指——她終於信任了他，跟他一起面對問題。她張了張口，卻又說不出什麼來，一時患得患失，不禁癡在當地，罕見地失落了那從容的風範，顯得有幾分嬌憨迷茫。

「你……」她終究還是問，這話沒有問完，但上揚的尾音，已經把她的意思給表達出來了。

權仲白負手走出幾步，竟不加理會。

蕙娘心中一涼，接著是一陣劇痛。劇痛才起時，權仲白卻轉過身來對著蕙娘，橘紅的夕陽照在臉上，竟罕見地顯出了濃濃的暖意，他輕聲說道——

「我不在的這些日子，也想了很多，想妳不大年紀就遭逢生死，又沒有父母可以依靠，茫茫世界，竟不知有誰可信，嫁我為妻，本以為有個依靠，卻不知更是進了虎狼之窩……我又一心求我的大道，妳不信我，也是情有可原。」他說著輕輕地握起了蕙娘的手，輕快地說：「天晚了，還是先回去吧。到了家，我們要做的事還多著呢！」

一輪金烏下，焦清蕙神色數變，她慢慢地、緊緊地攥住權仲白的手，終究也慢慢露出了一個小小的笑來。

是啊，要做的事還多著呢！此後數十年間，為保證權家榮寵不衰、為將權家從這個已成重負的鸞台會中解脫出來、為將他們的兒女養大成人，她還有許多事要做呢！

權季青，只是這段生活的開始而已，往後數十年間，誰知道她還會遇上什麼問題？

但可堪慶幸的一點，便是她終於不需要獨自面對。

「好吧，我們回去。」焦清蕙任由權仲白拉著她向前緩緩行走，他們的身影在花叢中投下了長長的影子，焦清蕙偶然回首望了遠處一眼，眉眼間終於可以見到清晰的笑意……

——全書完

人間四月芳菲盡，四月的京城，已經步入初夏，沖粹園內的花也次第謝了，下回盛放，當是初秋時分。不過，在綠意濃濃的香山，就算是酷暑也都要比京城內好過得多，四月初夏天氣，亦算是十分清涼。到得晚間在園中散步時，還要多帶一件袍子，免得被涼風所趁，感了風寒，大夏天的還要吃權神醫開出的苦藥，那就有點不美了。

蕙娘輕輕地伸了個懶腰，讓瑪瑙給自己披上了一層輕軟的披風——初夏天氣，再用漳絨就有點熱了，湖絲取輕軟純色為表，裡為清爽透氣的苧麻，通體鵝黃，只是在腰處繡了一葉葡萄藤，綿延婉轉到了裙角，順便就做了淡紫色的鑲邊。前幾日蕙娘出門赴宴時，不過隨意披了一披來擋夜風，這一陣子，京城就流行起了鵝黃搭深紫的配色，還有湖絲做的裙子、襖子。也因此，這件才上身沒幾次的衣服，便只能在居家時隨便穿穿了，再不可能穿出門赴宴。勤快的瑪瑙，也早開始琢磨起了更為時新的搭配。

「少夫人，甜碗子已經退了冰啦，這會兒涼沁沁的正好吃。」石墨笑著端來了三個精緻的小瓷盅。「兩個小少爺也該玩累了吧？我這兒還有葡萄乾、鮮胡桃、泡的大櫻桃蜜餞……」

甜碗子雖然用料不出奇，不過是自家產的瓜果藕片，甜瓜挖了籽，天然就是個小小的碗兒，果藕蜜餞切碎了在甜瓜碗裡盛著，冰過以後天然就帶了甜瓜的香味兒，再放入瓷盅呈上來時，已經是五味調和。藕的脆、瓜的香、蜜餞的甜味，還有那紅白黃青紫色的鮮明對比，一望即知便是色香味俱全，再加上這「自家出產」四個字，已經表明了這些瓜果藕片最正宗、最新鮮的出身。

一聽說要吃甜碗子，兩個孩子都歡呼了起來。

歪哥迫不及待地奔進亭內，笑道：「娘，我一個人能吃兩碗，連甜瓜碗都給吃掉！」

乖哥提防地望了兄長一眼，口齒還有些不清，卻已懂得央求蕙娘。「娘——多給哥哥一碗吧，不然，哥哥要搶我的。」

蕙娘不免笑道：「你反正也吃不完一碗的，剩下一些給哥哥吃，不好嗎？」

乖哥的小眉頭蹙得緊緊的。「不要，我給姨姨們吃，不給哥哥吃！」

「誰稀罕吃你吃過的東西！」歪哥也衝弟弟扮了個鬼臉。「才不要！我要自己再吃一碗！」

這兩個孩子，小時候還相親相愛的，長大了，倒成了兩個小冤家，隨時都能鬥嘴。蕙娘也有幾分無奈，只好笑道：「一人一碗，不多不少。歪哥能吃也不許多吃，夏天貪涼，是最容易拉肚子的，你爹的話，你都不聽了？」

歪哥又扮了個鬼臉，才不聲不響地舀起甜碗子悶聲吃了起來。

蕙娘用了兩口也就放下了，見兩個兒子都吃得腮幫子鼓囊囊的，不免微微一笑，往後輕輕靠到了軟中帶硬的湘妃竹椅上，揮了揮生絲團扇，對身邊的石墨道：「妳們吃過了沒有？」

「剛才午睡起來，都吃過了。」石墨等丫頭自有分額，只是吃用原料不如蕙娘精緻，其餘的用度，和蕙娘等人也差不到哪裡去。她笑嘻嘻地道：「海藍貪吃，多吃了半碗，這會兒果然正跑茅房呢！」

「你瞧瞧。」蕙娘便拿著手裡的團扇，點了點歪哥的額頭，半開玩笑地道：「若你多吃了幾口，真鬧了肚子，你爹又要怨我不會帶孩子了。」

「爹哪捨得怨妳！」歪哥和母親頂嘴，連「您」字都不用了，蕙娘瞪了他一眼，他也夷然不懼。

就連乖哥都笑道：「娘您真是多慮了，爹哪有膽子怨您？」

蕙娘倒是被兩個兒子給噎得說不出話來，她哼了一聲，索性不說話了，等孩子們吃完點心，便把他們又趕出去玩耍，這才搖著團扇，和走來閒坐休息的廖養娘抱怨道：「都說男孩兒難帶，這話真正不假，您瞧這兩個小子的淘氣勁兒，再過幾年，準能把我給氣死！」

廖養娘也笑了。「確實是調皮了點，您什麼時候再生個閨女來疼，那就齊全了，女兒畢竟貼心嘛！」她搧了搧涼風，又問蕙娘。「姑爺呢？您在這兒用甜碗子，姑爺那兒可送去了沒有？」

「他一大早又跑出去了！」蕙娘酸溜溜地道：「心裡就只有他的病人，哪有什麼心思吃甜碗子？」

廖養娘嗔怪地望了她一眼。「這出診醫病，那不是積陰德的大好事嗎？您——」看著蕙娘的神色，她有點明白了。「別是福壽公主又病了吧？」

到了夏天，天家人也住到了香山靜宜園避暑，福壽公主是皇帝的親妹妹，當然有分跟來。她身子弱，傳喚太醫的次數，是要比一般女眷多了一些。

「靜宜園裡什麼沒有？」蕙娘撇了撇嘴。「嬤嬤您很不必體貼他，在靜宜園裡，甜碗子也算不得什麼好東西，福壽拿來招待他的，只有比這個更金貴！」

就算廖養娘也不大喜歡福壽公主的心思，亦不免被蕙娘逗笑了。「姑奶奶，您也略略放鬆一點兒吧，犯不著在這兒說怪話。」因兩人坐在亭中，身邊的又都是信得過的心腹，廖養娘說話也大膽了些。「說到身分，您是比不得金枝玉葉的公主殿下，可這吃穿用度、飲食起居，公主殿下和您比也是小巫見大巫了。就說這甜碗子，公主那裡拿出來的，恐怕也就是咱們這些下人日常用的吧。」

的確，雖說貢品都是揀好的送，可官家辦事，素來是磨嘰（注一）得很，再新鮮的瓜菜，從產地送來也不新鮮了，不過就是吃個意頭。公主吃的甜碗子，頂多也就是京畿附近皇莊出產的果品；而蕙娘呢，宜春號每天給送的瓜果，那都是貨真價實產地直送，最多才放過兩到三天，整個北方的精華，都薈萃到了她的餐桌上。說到吃穿用度，她是足以藐視天家任何一個人都有餘了，這一點，沖粹園裡的上層人物，一直都是心知肚明的。

蕙娘翹了翹嘴巴，一時沒有答話，只是緩緩地搖著團扇。

廖養娘看在眼裡，不免嘆了口氣。「您啊，平時理家處事是多麼大氣？怎麼在姑爺身上就是這麼牛心左性（注二）的？姑爺對您還有什麼可挑的？唯獨就是您，成天沒事也要挑出些毛病來，沒醋都要釀了醋來吃。」

「這一個達貞寶、一個福壽，給我下的絆子難道還不夠啊？」蕙娘道。「達貞寶也還罷了，現在知趣，自己回老家去了。福壽仗著自己的身分，雖不敢再給我下眼藥，但也絲毫都不知羞恥……偏偏她每次喊權仲白，權仲白還都巴巴地過去！嬤嬤您評評理，難道我心裡還不能不好受了？」

「能、能。」廖養娘嘆了口氣。「怎麼不能？我算是看透了，您和姑爺間的事啊，我是管不得了。您的心在姑爺這裡，就只有針尖　樣小。」

蕙娘嘟起嘴，隨手解開披風，慵懶地遞給瑪瑙。「有些熱了，收著吧。」又半真半假地和廖養娘抱怨。「我知道，她身分尊貴，出嫁在即，姑爺犯不著還要和她一般計較，特意生事。可我被人家欺負了，難道還不興委屈委屈嗎？姑爺倒好，就是對我，都不肯說她一句不是——我知道，姑爺人品高潔，不願背後道人短長嘛……倒是又把我給襯托得小肚雞腸了！

注一：磨嘰，東北地方的一句土語，意思是辦事拖拖拉拉、不利索。

注二：牛心左性，指脾氣固執，性情古怪。

嘁，他要有本事一輩子這麼君子，那我也服他了！」

廖養娘被蕙娘說得直搖頭，半天才道：「我常聽人說，女人都是寵出來的，這話從前不知是什麼意思，現在才覺得不假。您這脾氣，也的確就是被姑爺一點點給寵出來的。這嬌得啊，叫人怎麼說您好？柿子揀軟的捏，您啊，就死命地欺負姑爺吧！我老婆子可是管不了嘍！」

蕙娘哼了一聲，見廖養娘真的要起身離去，才留她道：「行啦行啦！好嬤嬤，我知道啦！這不就是在您跟前才抱怨幾句嗎？您也是的，就這麼和我當真了頂牛……在他跟前，我也不會老這麼撒嬌放賴（注）的！」

廖養娘這才換了笑臉，和她說些京城人家的新鮮事。

歪哥、乖哥在水池邊上來回奔跑，又要上小船去採剛開的早荷花。沖粹園的夏，逼人的富貴不過是一重背景，這悠然自得的氣氛，才是百年大戶人家所追求的一種氛圍。

不過，這份清靜，在綠松不疾不徐的腳步從林中拐了出來以後，也漸漸地褪去了。

蕙娘雖然沒有起身，但卻看了廖養娘一眼，廖養娘頓時識趣地站起身來，還上前帶走了玩耍得正在興頭上的兩個孩子，真的把他們帶到池子裡去採荷花了。

綠松在權季青事件中，也算是成功地改換了門庭，因為她的出身背景，在大家彼此攤牌以後，雖然不再是蕙娘的第一心腹，但卻也順理成章地成為了她和鸞台會聯繫的信使。最近這一陣子，她每次求見，幾乎都帶著一些秘密的消息。

「據說在東北老家附近，他們找到了四少的蹤跡。」綠松也是開門見山。「雖然還沒有捉住，但已經有了一些比較清楚的線索，也許在不久以後，四少便可束手就擒，您這心裡，也就更加安穩了。」

權季青畢竟也是個人物，有他游離在外虎視眈眈，蕙娘的確不能完全安下心來。這幾年間，鸞台會對他的追捕是從來都沒有停過的，只是權季青狡猾得很，即使布下天羅地網，也時常被他逃脫。這一次蕙娘都沒抱太大的希望，不過是勉強扯扯唇，道：「是嗎？那我等著好消息吧。」

綠松也衝她會意地一笑，又說：「還有，會裡最近出了幾件為難的事……」

兩人正在說話時，水池裡忽然響起了孩子們的驚叫聲和歡呼聲，蕙娘吃驚地回望了一眼，綠松也站起身來張望了一下，不過，因為孩子們身邊必然都有人保護，兩人也沒太在意。

蕙娘續道：「什麼叫做西北那邊又有火器走私的苗頭了？這件事的首尾，不是已經收拾妥當了嗎……」

才說了幾句話，池中水聲響起，載著歪哥和乖哥的小船，從荷花深處緩緩地蕩了出來，上頭赫然還多了一個人，正是白衣飄飄的權神醫。蕙娘一眼看見，忙給綠松使了個眼色，兩人都不再說話了。雖然權仲白這些年來態度有所軟化，但他對鸞台會的看法一直不是很好，

注：放賴，即耍無賴。

對於這些朝廷私底下的齷齪事更是抱著迴避的態度，當著孩子的面時，蕙娘也很少和他爭辯這方面的事。

「你又從角門回來了？」她站起身踱到亭子邊上，望著權仲白把船慢慢划到亭子外頭。沖粹園本來就是靜宜園分出來的，兩邊園子的確有角門相隔，有時出診完了，權仲白就會從角門裡直接回來。「今日倒是回來得早。」

「妳不是說過，要帶著孩子們到蓮子滿玩耍嗎？」權仲白今日心緒不錯，他輕輕地一點船杆，距離亭子又近了一點。「我玩心很重，聽說有得玩，就先回來了。」

語氣是半開玩笑，其實認真一想，權仲白應該是知道她忌諱福壽公主，因此才早早告辭，又記得她下午會帶孩子到蓮子滿玩耍，才特意從角門回園子，這樣便可直接在蓮子滿另一頭划船過來，給孩子們一個驚喜。也難怪連自己的親養娘都要為他說話，這個人做事，的確是沒得挑了。

話雖如此，可權仲白素來是只會做，不會說的性子。做得到位不假，但口中卻從來都不肯認輸服軟，提到哪個仰慕者都不肯有一句褒貶。也難怪他雖然已經是兩個孩子的爹，但在大戶女眷中受歡迎的程度，卻一直是有增無減。就蕙娘隱約知道的，起碼有二、三十個雲英未嫁的閨女，盼著她英年早逝呢！這都是一個個把權仲白當成了良婿，巴不得嫁過來做後娘的！

她心底雖然泛酸，卻也不願潑權仲白的冷水，只是笑道：「好哇，你這個做爹的，不說管束著孩子們，竟還這麼領頭帶他們胡鬧，以後兩個孩子長成紈袴了我也不管，就讓他們來鬧你好了。」

權仲白哈哈笑道：「妳這個人，嘴上就光挑不好聽的在說。」說著，便伸出手來，道：「下來吧！」

歪哥、乖哥簇擁在父親身邊，也異口同聲地道：「下來吧，紈袴的娘！」

蕙娘氣得瞪了他們好幾眼，卻到底還是縱身躍上欄杆，握住權仲白的手，輕身一跳，便躍進舟中。

權仲白攬著她的腰肢，因笑道：「漁婆快撒網捕魚嘍——」

一家四口笑笑鬧鬧的，在蓮子滿中幾進幾出，蕙娘和權仲白都有武藝在身，划船絲毫也不費勁，足足逗孩子們玩了小半個時辰，才又從這臨水的亭子裡上岸。

乖哥累得一上岸就睡著了，歪哥也差不多。

倒是權仲白若無其事，見綠松還等在岸邊，便奇道：「妳怎麼還沒走？今兒不是請安來的，是有事？」

蕙娘也滿擬綠松會趁剛才的空檔迴避出去，此時亦是訝異地看了她幾眼。

綠松卻是老神在在、胸有成竹地給了蕙娘一個眼色——面上卻是略作猶豫，方道：「有人送了禮到國公府，說是給您的，卻沒留名姓，我剛從國公府裡過來，便給您把禮帶來了。這事沒交代，我也走不了嘛。」

蕙娘奇道：「什麼禮？沒留名沒留姓的，送的是什麼東西？別是暗藏了什麼玄機吧？」

綠松忙道：「這個倒沒有。知道您愛種花，這人是給您送花來了的。」

蕙娘更加出奇了。她雖然也愛花，但這不過是女人在這個年紀最正常的愛好，莳花弄草從來都不是她的興趣所在。就是有誰要巴結她，也不會只送花，更不會不留名姓。

「都送了什麼花呀？」她和權仲白帶著綠松往甲一號走，一邊走一邊和綠松閒話。

綠松道：「這個可不少，有芍藥、牡丹、虞美人，說是這個季節，正常開花的盆栽不多，給您裝點園子用的。還有君子蘭……」

蓮子滿距離甲一號並不算太遠，綠松一邊說，一邊形容，還沒說完呢，就已經進了甲一號。

果然，甲一號院子裡滿滿當當地擺了上百盆花，都正怒放，在初夏看來，更有一種別樣的富貴美感。

連權仲白都呆了一呆，道：「誰會這麼給妳送禮？雖說此人也的確有幾分大手筆，但只怕是俏媚眼拋給瞎子看，這份禮，沒送對地方。」

蕙娘也覺得古怪，她漫無目的地瀏覽著一院子的鮮花，忽然又覺得有些熟悉，正在思索時，眼神掠過了許多紅土花盆中最為特別的一個：這個花盆，用的是楚窯的黑瓷，就不說花了，光是這個瓷盆，已經相當名貴。

再看一眼瓷盆裡的植株，她的眉毛，便悄悄地擰了起來。

這一盆峨眉春蕙，鬱鬱蔥蔥、娉娉婷婷，雖然花期已過，但卻依然開得極為精神，執著而熱烈地為這寬闊的院子，點綴上了零星的春意。

沖粹園裡雖然名花不少，但的確少了一株峨眉春蕙，雖然暗合了她的名字，但權仲白沒提過要種，她更不會主動去提。儘管在沖粹園裡，達貞珠擁有一整座歸憩林，但蕙娘卻始終無意為沖粹園更多添一分自己的氣息。峨眉春蕙雖然是她名字的出處，可蕙娘估摸著權仲白未必能認出來這就是峨眉春蕙不說，就是認出來了，他也許也不會聯想到別的地兒去……

不過，這也是有點自欺欺人的意思了。權仲白再怎麼樣也是個大夫，峨眉春蕙都認不出來，他怎麼開方採藥？這種花別名佩蘭，再加上李紉秋的化名，只要有點腦子，對她還上點心，很容易就能猜到送禮人的身分。

看來，焦勳是真的回到大秦了，起碼也取得了一定的成就，不然，以他的性子，是不會再主動聯繫上她的……不過，即使是如此，他的舉動，也實在是太大膽了一點吧？

蕙娘在心底也不免苦笑了一下：才嫌棄權仲白有達貞寶和福壽公主兩個麻煩，這裡就來了個焦勳！還好，比起權仲白的那兩個仰慕者，他好歹還算是懂得給自己打打掩護。權仲白這呆子，說他聰明，他也的確敏銳得很。可說他少根筋嘛，很多時候他也就是一板一眼，壓根兒就不會瞎想。她在這兒瞎擔心了半天，也許人家根本就沒看出什麼不對來，都是極有可能的……

她瞅了權仲白一眼，見他淡然地梭巡著一院子的花，好似沒有特別留意那盆峨眉春蕙，便輕輕地鬆了口氣，給綠松使了個疑問的眼色，綠松卻只是笑而不語。蕙娘無法，只好道：「這麼多花放在院子裡，太招蟲啦。還是園子裡到處都擺上幾盆吧，不然，走路也不方便，讓那兩個小祖宗看見，更是不要一天就能全糟踐完了。」

權仲白亦沒多言語，他似乎對這些花已經失去了興趣，走進屋內自行進了淨房。蕙娘便低聲問綠松。「妳怎麼搞的，也不先給我打個招呼……他有留下什麼話沒有？」

「倒是沒有，就說這都是京郊周家花房的手藝。」綠松沒回答蕙娘的第一個問題，倒是直接說起了焦勳的下落。「國公府裡的人，還以為是周家花房想在京裡打打名聲呢！」焦勳辦事，一直都是這樣，又巧妙又輕盈，確實是讓人佩服。蕙娘猶豫了片刻，卻沒說見不見，只是喃喃地道：「這才走了幾年，給他的銀票都沒兌走，這麼快就打下家業來了？」

綠松只是笑而不語。

這時權仲白洗漱換衣出來，又奇道：「在說什麼呢？這麼神神秘秘的。」比起鸞台會的事，現在蕙娘倒更不願意權仲白去過問這些花了，她於是道：「是會裡有事……你要是不耐煩聽，便先去前頭吧。」

權仲白瞥了她一眼，也沒多說什麼，只道：「今兒前邊事不多，不去了。妳們有什麼事就說吧，當著我的面也要避諱？」

綠松因笑道：「這可不敢。」

她便果然拿了幾件鸞台會的事和蕙娘回報，蕙娘一一和她分說清楚，又說了幾句權季青的事。見天色已晚，便讓綠松下去吃飯，自己和權仲白在院子裡開了一桌：到了夏天，和往年一樣，他們都在院子裡用餐。

因權仲白不喝酒，便上了冰鎮過的果汁，還有一如既往、色香味俱全的精緻菜色。若是從前，蕙娘心裡高興時，還會一道一道地給權仲白說些菜色上的講究，可今夜她哪還有心情？吃了幾口菜，便自出神。

權仲白倒覺得她有幾分奇怪，因道：「妳怎麼了？和綠松說了幾句話，心裡倒有事了似的。」

蕙娘也知道自己的反應有點失常，她嘆了口氣。「我是在想季青，不知這一次，能不能成功抓到他。不然，他一個人在外，我總是有點擔心。」

「妳平時進進出出，身邊何曾少過從人？」權仲白道。「自己的安全，是不必擔心的了。至於別的事，從前他鬥不過妳，現在也一樣是鬥不過妳，多擔心也沒有用處，倒是做好準備去鬥他才是真的。」

蕙娘白了權仲白一眼。「你說得倒輕巧！若只有我，我當然不擔心了。我是擔心兩個兒子——」歪哥和乖哥受到的保護，只有比她更嚴密，因此蕙娘話說到一半，自己都覺得有點說不下去了。她嘆了口氣，軟綿綿地又道：「還有你呀，你平時在外行走，從來不帶隨從，那個瘋子什麼事做不出來？我怕他被逼急了，狗急跳牆，對你不利……」

權仲白的眼神略略柔和了一點，他搖了搖頭。「這妳就不必擔心了，我也不是毫無自保之力。再說，季青再瘋也不至於到這個地步的。」

「這可難說！」蕙娘嘟囔了一句，徹底失去了用餐的興趣，她淺淺地呷了一口杯中汁水，也不知哪來的勇氣和興致，忽然低低地笑了起來。

權仲白奇道：「妳笑什麼？」

「我是在想，」蕙娘瞅了權仲白一眼。「你有時候會不會有一點恨我？權季青雖然瘋，但從前對你也沒有如此仇恨。說來說去，還是『紅顏禍水』……我不殺伯仁，伯仁卻因我而死。有時想起這事，我心裡也有點過意不去。」

「妳從來都只有推卸責任的，何曾還有搶著往身上攬過錯的事兒？」權仲白瞅了蕙娘一眼，還是那副淡淡然的神仙樣子。「若連這種事都要怪，那我也太沒心胸了吧？妳的愛慕者總有些瘋瘋癲癲的，又不是妳的過錯。」

蕙娘剛才其實也就是隨便扯開話題，可現在聽權仲白這樣一說，又不禁嘟起嘴。「什麼叫做我的愛慕者總有些瘋瘋癲癲的？我又不是你，成天出街招蜂引蝶，我的愛慕者也就是那麼一個——」

想到焦勳，想到何芝生，還有那些從前在老太爺跟前見過她一面以後，就此明示暗示的諸多世交之子，蕙娘的話，就有點說不下去了。「……幾個而已。除了權季青以外，個個也都是知書達禮之輩，起碼，就不會做出達貞寶和福壽幹的那種事來。」

權仲白看了她一眼，唇角略微一勾，他先沒有說話，好似被蕙娘說服，見蕙娘得意地抬起了眉毛，方才慢吞吞地看了一眼院角盛放的峨眉春蕙——這盆花因為開得好，花盆又好，最重要的是，品種又合了蕙娘的名字，倒是順理成章地被留在了中一號裡。

「知書達禮之輩。」他含著笑慢慢地說。「嗯，都是知書達禮之輩。」

這個人，城府也太深了吧……什麼都知道了，卻裝著若無其事，就是現在了也不說穿，倒顯得她的心虛和遮掩是多麼的小家子氣，人家好像什麼都知道了——也根本就沒往心裡去。曾經青梅竹馬的未婚夫給送了一院子的花，權某人也不過就是一句淡然的「都是知書達禮之輩」……

蕙娘忽然有幾分委屈，她瞥了權仲白一眼，微微翹起唇，也並不主動說破，只是慢悠悠地，也學著權仲白的語氣，道：「是啊，都是知書達禮之輩，對我兼且也都一往情深。當時嫁給哪個不好，非得落到你這個老菜幫子手上，也只能說是我的命了。」

權仲白被她說得哈哈一笑，還是那樣八風吹不動的死樣子，他欣然道：「這麼說，我們還真是一對湊合夫妻嘛！來，我敬妳一杯，嫁給我，委屈妳了。」

蕙娘恨得牙癢癢的，也舉杯甜甜地說：「娶了我，也辛苦相公了。」

「是挺辛苦的。」在燈下看來，權仲白的眼睛裡像是自帶了兩盞小燈籠，和燈光交相輝映，倒是顯得他的雙眼明亮閃爍，比平時更柔和了許多。他的聲音裡帶著笑意，就使得蕙娘更加分不清他的情緒了：究竟是在逗她？還是半真半假，真有點這個意思？饒是她素來心較比干多一竅（注），此時也有點鬧不明白了。

想到自己為了那兩個女人拈酸吃醋，連廖養娘都看不下去了，權仲白此時卻是如此淡然，就是蕙娘，一時也有幾分牙癢癢的。她瞅了權仲白幾眼，看他還是那樣淡然出塵，心裡除了忐忑以外，陡然也冒上了一股負氣。

「那就多喝一杯。」一咬牙，索性把話給挑破了。「說起來，焦勳這一招，也的確是有些出人意表。他才去了國外幾年啊，怎麼就發展下了這偌大的家業。你在廣州和他分手的時候，可瞧出什麼端倪沒有？」

「卻是毫無頭緒。」

權仲白的語調還是這樣平淡，甚至缺少最基本的好奇。蕙娘不禁有幾分懷疑了：他該不會真沒把焦勳往心裡去吧？

要說起來，比起權季青又或者是別人，焦勳身分雖然低，但卻曾是離她最近的那個人。連他都不在乎了，別的情敵，權仲白只怕更不在乎了。

蕙娘輕輕地道：「我是瞭解他的，焦勳這個人，若是兩手空空的，絕不會回來見我。他沒兌我給的銀票，又回了京城，便只有一種可能，那就是他已經建立了可以自傲的事業。我只是不明白，他想見我，為的是什麼？我連孩子都有兩個了，難道他還想帶我去南洋私奔啊？」

「妳若會和他私奔，當時也就跟他一起去了，這應該還不至於吧？」權仲白說。「會否是多年不見，想要見妳一面，和妳敘敘舊，可他的身分，卻又不便正大光明地出面？畢竟在他看來，當時害他的人還沒找到，低調一點，總不會有壞處的。」

「送這麼多花，可不叫低調吧？」蕙娘不免失笑，這回，她也有點忘了讓權仲白吃醋的事，反而是真的在想焦勳的來意了。「也許，他亦不無試探之意，如我會差人去周家花房，那麼……」

那麼，這也許就證明了，蕙娘對現在的生活並不滿意，也許就證明了，焦勳尚有一線的希望。焦勳是通過這盆花，巧妙又婉轉地表達了自己對蕙娘的情意和期盼，卻又不給她落下為人議論的話柄。只從這一手看來，這些年的歷練，的確使他比當年更為老練了。

權仲白沈默了片刻，也點頭道：「妳說的也不無道理。」

多餘的話，他也不肯多說了。蕙娘想了想，自言自語地道：「說起來，好像也該去見他一下，把中毒的事和他說清楚，起碼讓他知道，以後他不必再提心弔膽了——雖說他如今根基都在海外，也用不著提心弔膽就是了。但，他畢竟是我從小一塊兒長大的好友，這些年際遇如何，我也真有點好奇。」

她的目光就對準了權仲白。「你說……我該不該去見他呢？」

注：心較比干多一竅，這用的是《紅樓夢》裡讚美林黛玉的典。比干乃商王紂的叔父，二十歲就以太師高位輔佐帝乙，後死諫紂王，紂怒曰：「吾聞聖人心有七竅信有諸乎？」遂殺比干剖視其心。心跟比干相比較之下，還多一竅，這是形容人極為冰雪聰明。

「雖說現在這些事，都和他無關了，但我們既然查明了真相，好歹也該和他通報一聲。」權仲白淡淡地道。「見一面，好像也是有必要的。妳想要親自去，似乎也能理解。」

這話聽起來，權仲白像是支持蕙娘的決定，可蕙娘是何等人也？聽話聽音，她心頭微微一跳，燃起了一絲希望的火花。「也能理解……這麼說，你是不想我親自過去了？」

「妳都是多大的人了，」權仲白說。「平時遇事，也沒見問我想不想，往往就自己作主，怎麼今天還問起我的意思來了？」

「這種事怎麼能一樣？」蕙娘瞟了權仲白一眼，漸漸地有些把握了。「這件事，我聽你的，你不想我去，我就不去。」

「那要是我無所謂呢？」權仲白問。

蕙娘衝他微微一笑，道：「那我就去啊！」

權仲白也衝她微微一笑，他舉起瓷杯，輕輕地品了一口沁涼的果漿，讚道：「嗯，好口味。」

居然就這樣乾淨利索地把這個問題給擱置了下來，不說想，也不說不想！

男人心、海底針。大了一輪就是大了一輪，蕙娘簡直都鬱悶得想哭出來了！要逼出權仲白的醋勁兒，怎麼就這麼難啊？

繁體版獨家番外篇——【吃醋記．下】

各懷心思地用過晚飯後，蕙娘亦無意再忙公事，趁著夏夜微涼的夜風，洗了澡便在院子裡搖扇閒坐，倒是權仲白進了書房又去忙他的醫案。蕙娘和幾個管事媳婦並丫頭們扯了幾句閒篇，也覺無味，便又令人調了琴來撫了幾下，終究亦是曲不成調，只是隨意撫琴不語。在月下托腮獨坐了一會兒，權仲白倒是打開窗子，從屋內笑問她道——

「怎麼，今晚這麼心浮氣躁，連曲子都彈不清楚了。」

蕙娘白了他一眼，半真半假地道：「要去見老情人了，心裡忐忑得很，不行嗎？」

權仲白笑道：「這麼說，妳還是決定去見焦勳了？」

兩人一在院子裡，一在屋內，自然是在屋內的權仲白，所處的環境更為明亮，蕙娘在暗處看他，看得就比較清楚。這個俊逸的年輕男子，面上帶著淡淡的微笑，眼神亦是坦然而明亮，似乎是光風霽月，一點不可見人的心思都沒有，倒看得蕙娘越來越惱，她也似笑非笑地道：「我去不去見他，不是由你來決定的嗎？」

兩個人都在繞圈子，彼此對峙了一會兒，誰也沒有讓步，權仲白既不說是，也不說不是，只是望著蕙娘微微地笑，蕙娘恨不得能用琴弦把他綁起來勒死，她悻悻然地站起身進了裡屋，再懶得搭理權仲白。

權仲白在自己書房裡，亦是沒甚動靜，

蕙娘在屋裡，看書看不進去，探兒又沒心情，真是百般無聊，怎麼都不順心的時候，托腮想了一會兒，便搬出了她收藏的秘製機關格，拆解為樂。

這些藏寶匣，許多製作精美，從外頭來看都不像是匣子，蕙娘多時不玩，也要慢慢摸索著重新拆解。有時隨手放進去的小物，現在重新翻出來，也覺得十分有趣。一邊拆一邊裝，還發覺了一把歪哥尋過一陣子的小羊拐骨，這卻不是她放進去的了，想是歪哥不知何時拆盒子時，隨手放進去的，後來卻又忘了。

隨手把油光發亮的羊拐骨放到一邊，蕙娘又拆開一個暗格時，忽然吃了一驚——她反射性地把抽屜推了回去，左右一看，見無人在屋裡時，才慢慢地拉開了暗格。把裡頭油光發亮的一枚玉勢取了出來，蹙眉暗想了一會兒，才恍然大悟，不免慶幸道：「還好這格子藏得好，小畜生怕也發現不了。」

她從前是上過特別課程的，當時以權仲白的尺寸和形狀，訂做了幾個玉勢、木勢的，作為教學之用，有時候還要依據江嬤嬤的指點，在自己屋中做點功課。這玉勢應該就是有天她做功課時，外頭忽然來人，她便就近藏起的。估計是事後她也忙忘了，除了她以外，又無人知道此事，因此便在這裡一藏多時了。

說起來，雖然當時也是煞有介事地上過了課，但其實真正用於實踐的機會卻是一次也沒有。權仲白本人修行童子心法，很有幾分清心寡慾的意思，自己兩次有孕期間，他都沒有什麼要求。至於平時，兩人真箇都來了興致，也就是劍及履及，很少耍這樣的花槍。倒是權仲白興致來了的時候，會稍微撩撥撩撥她，但因為兩人體力本來就有差別，他也從不會過分……蕙娘拿起玉勢端詳了幾眼，想到自己上的那些課程，不免紅了臉，尋出鑰匙來，開了個小櫃子，要把這玉勢裝進本來安放的地兒去時，見到這一櫃子的教學用具，又覺有些好笑，托著腮望著它們出了一會兒神，隨手拿起了一把軟鞭在手裡掂了掂，在腦海中想了一番鞭打權仲白的情景——光是想都感到一陣爽快。正在那裡出神時，腳步聲輕響，權仲白倒是進了屋子，在她身後遙遙問道——

「妳在看什麼？」

因為蕙娘背對著他，因此權仲白是看不見她的動作的，她忙把櫃子合攏了，將鎖扣上，才道：「沒什麼——」察覺到自己加速的心跳，再看看權仲白安然淡定的表情，就是蕙娘都覺得自己有點不爭氣，她故意說：「都是一些焦動從前送我的東西……」

權仲白眼神略微一黯，卻仍不過是微微點了點頭。從淨房出來後，他便先上了竹床。

因兩人都洗過澡了，也到了就寢時間，蕙娘闔上槅門，也沒多說什麼，便換了睡袍，也爬到權仲白身邊躺好。瞪著床頂出了一回神，聽權仲白的呼吸聲，發覺他還沒睡著，心裡倒有些甜甜的：這個人想睡的時候，一直都是沾枕就著的，今天到底還是有幾分反常了。

「怎麼還不睡啊？」她心底一高興，就主動翻了個身，在權仲白身邊趴著，伸出手輕輕地在權仲白胸前畫起了圈圈，權仲白輕輕地嘆了口氣，像是有些舒服，又像是有些煩躁——他雖然看似光風霽月，但有意隱藏自己情緒的時候，卻又總是顯得十分的莫測，就連蕙娘，都猜不準他的心思。「吃醋了就老實說，我又不會笑話你……你不喜歡我去見焦勳，那我不去就是了。」

她的手指輕輕地往下滑去，撩開了權仲白的睡袍前襟：自從她開始準備他的替換衣裳以後，蕙娘就摒棄了帶紐結的睡袍——那種衣服，實在是太不方便了。「幹麼不說話啊？被我說中心思，有那麼不好承認嗎？」

和一般的男人一樣，權仲白身上也有些毛髮，只是顏色頗淡，用眼睛看不大出來。上了手，就能摸出細細密密的觸感，毛茸茸的，給蕙娘的手指帶來了輕微的刺激。她輕輕地摁了摁手底下的堅實肌肉，不禁笑了起來。「想不到你還是挺能打的，平時看你那文質彬彬的樣子，總覺得你就和破瓦房似的，風吹吹就倒了。」

「若我被風吹倒了，妳是不是還要做個『茅屋為秋風所破歌』啊？」權仲白握住蕙娘的手，聲音有點低啞。「別鬧了，再亂摸，仔細走火。」

蕙娘咬著唇笑了，她和權仲白頂嘴。「走火就走火。」

一隻手被權仲白扣住了，她反而更加過火，另一隻手直奔重點，一把就握住了權仲白的小兄弟。蕙娘微瞇起眼，也有點臉紅了，她靠近權仲白，輕聲細語。「死郎中，你不老實啊！」

才被她捏在手上，這物事已有了幾分硬挺。權仲白的陽物，可要比主人誠實得多了，蕙娘輕輕地擼動了幾下，它便越發精神，硬挺挺地戳著蕙娘的手心。蕙娘捏了捏頂部頗有彈性的部分，調笑道：「莫著急，我雖欺負你，可你卻不許吐我一手的口水。」

權仲白低吟了一聲，倒是鬆開了蕙娘的手，伸手要去扳她的肩膀，卻又被蕙娘壓住了，他要翻身壓上蕙娘，也被她止住。權仲白雖然在武力上能和她一較高下，但卻還不至於在床笫間這麼不解風情。他輕輕地嘆了口氣，低聲道：「妳又要做什麼了？」

「你還記不記得，」蕙娘圈著權仲白的那物事上下滑動了一下，因未潤滑，只是鬆鬆垮垮地滑個意思而已。「從前我是上過一段時間的……嗯……課的。」

她說的是什麼課，權仲白自然無須提醒，他的睫毛上下搧動了一下，彷彿有幾分走神，俊朗的面孔漸漸蒙上了一層情色的薄霧，那似水墨畫一般的魏晉風采，也彷彿沾染上了一層水色。

蕙娘得意地欣賞著自己對他施加的影響，一個想法漸漸浮上心頭，她跨到權仲白腿上，把自己安置得妥妥當當的，又輕輕地套著他的物事，來回滑動了幾下，居高臨下地望著眼前的美景，輕聲續道：「上了那麼久的課，可卻一次都沒實踐過。今日心情不順，特意來欺負欺負你。」

能把話說得這麼直白的人，也只有蕙娘了。權仲白哭笑不得地睜著眼正要說話時，蕙娘驟然收緊了掌握，他口中的話語，便換成了斷斷續續的輕吟。「輕點輕點，有點兒疼……」

「沒有油嘛，乾乾的當然不大舒服。」蕙娘柔聲說，見權仲白伸手去搆床頭櫃，便握住他的手放到身側，低聲道：「今日你可用不著這個。」

她稍微又往下滑了一點，衝權仲白微微一笑，便低下頭去，一邊回想著燕喜嬤嬤們教導的步驟，一邊垂下頭，輕輕地用牙齒咬開了權仲白半鬆的衣襟。

神醫的呼吸聲頓時凌亂急促了起來，他低聲道：「焦清蕙，妳——」

蕙娘垂眸瞪著那深紅色的物事，深深地吸了口氣，在心底默唸了幾句「同吃香蕉一樣，只是不必用上牙齒」，又回想起從前練習的內容，又抬頭瞟了權仲白一眼，方才微張開口，把權仲白一氣含了進去。她之前畢竟也練習過一段時間，雖說還含不到底，但動作也不算太生澀，只是被硬物頂著喉嚨，到底有幾分不舒服。

權仲白和玉勢相比，自然是截然不同的兩回事了，他素性好潔，一直有定期去毛的習慣不說，還去過環皮，因此雖是夏日，但清洗過後，也只有淡淡的香皂味兒，只是這物事觸感細膩絲滑，又燙熱得很，和冷冰冰的玉勢比截然不同。且權仲白的反應也要比玉勢有趣得多了。

他失去了一貫的雲淡風輕、彷彿一切盡在掌握的優雅與沈穩，一面劇烈喘息，一面已道：「妳——」才說著，便伸手握住了蕙娘的肩膀，彷彿有些左右為難，不知是該把她往下按，還是把她往上拉。

蕙娘把他吐了出來，輕輕地咳嗽了幾下，方才拿手背抹了抹嘴唇，笑道：「怎麼啦？人家才欺負你一下，你就這麼受不住了？一會兒再欺負幾下，是不是要哭呀？」

就是在床第間，兩人這脣槍舌劍的習慣也是再改不了的了。權仲白瞪了她一眼，潮紅的俊臉上有幾分怒意，卻也有幾分情動，他啞著嗓子道：「別玩了，妳要在上面，就自己坐上來。」

這話透了難得的魄力和霸氣，蕙娘聽著，也不由得微紅了臉，她又圈住權仲白的物事，上上下下妥妥貼貼地套弄了起來。有了津液潤滑，這回可以握得緊些了。

權仲白半閉起眼睛，扣著她肩膀的手越發用力，他半是呻吟、半是抱怨地說：「我早和妳說過，我練過童子功……」

「我不也早和你說過，」蕙娘半睞起眼睛，在權仲白耳邊輕輕地道：「人家也有上過課，也算是半個練家子……」

手上功夫，她從前就學過，這門功課雖然聽來羞人，但燕喜嬤嬤和她把話說得明白：練好了對大家都好，閨房裡有什麼面子可講？妳把男人伺候得開心了，男人自然也開心地伺候妳。另一個，也是讓她早早地明白床笫間的花樣，在這種事上都要占盡先機，才不至於以後被贅婿在床上擺布，失了心魂。之前在洞房花燭夜裡，用手活兒對付權仲白，她還有點生澀，幾年夫妻做下來，這一點羞澀雖然還在，但卻淡了不少。今晚蕙娘又是誠心要欺負權仲白，心裡憋著一股氣兒呢。她是施展了百般精神，一邊用勁，一邊仔細地看著權仲白的表情，見他放在自己肩上的手慢慢地鬆開了，睫毛搧了搧，眼睛也輕輕地閉了起來，便知道自己的速度還算是合權神醫的心意，只是按他平素的表現，單用手就想讓他丟盔卸甲，卻是不現實的幻想。

不過，手畢竟是全身上下最靈巧的部位，蕙娘瞇起眼，忽然住了手，輕輕地拿手掌壓住了最最敏感的頭部，輕輕地往下壓了一壓，手掌心壓著鈴口左右一滑。

權仲白渾身一震，他終於發出了一聲動情的呻吟，連眼神都虛了一點兒。「焦清蕙，妳——」

蕙娘得意地笑了，她舔了舔唇，抑制住了俯下身索取一吻的衝動，拿指甲邊輕輕地刮了刮滲液吐珠的玉莖鈴口，刮得權仲白又輕輕地顫抖起來，方才圈住他緩緩套弄。「這叫龍口奪珠，燕喜嬤嬤教我的，喜歡嗎？」

十八般武藝，才施展了第一樣，權仲白已經堅硬如鐵，呼吸急促，蕙娘從容又施展了幾番功夫，從慢到快，把權仲白折磨得喘息連連，已開始閉著眼擺起腰，配合著她的一舉一動時，方才在權仲白耳邊笑問：「郎中，我有沒有進步啊？」

權仲白胡亂點了點頭，他的聲音隨著蕙娘再一次折騰鈴口的動作，有點兒發顫了。「坐……坐上來，這樣……這樣不夠的。」

「手不夠，還有別的嘛。」蕙娘貼著他滑了下去，一口噙住了龍首。「嗯……黏黏的，髒也髒死了，我來給你清乾淨。」

她便仔仔細細地用舌尖執行起了清潔工作，可卻是事與願違，越清此處便越是亂糟糟的。權仲白被她這麼多管齊下，又是言語、又是手、又是口，終於弄得有點把持不住了。等蕙娘終於痛痛快快，儘量把他吞進口中時，他的手潛進了她的髮間，一把將她的頭摁了下去——若是放在從前，權仲白可從沒有這麼失態、這麼狂野過。

蕙娘差一點點就被嗆著了，她又是好笑、又是吃驚——卻也有幾分得意。不過，權仲白估計對這種事也有點陌生，他這一下勁兒太大，倒是直直戳進喉嚨深處，深得她都有點不舒服了。

她才嗆了一聲，權仲白就和被雷劈著似的，把手給鬆開了，他破天荒地現出了幾分窘迫，半支起身子，有些尷尬地看了蕙娘一眼，方才低聲道：「妳沒事吧？」

蕙娘拿手背抹了抹嘴，沒有答話，反而握住玉莖底部，又彎下腰含住了前頭，她翻著眼睛觀察著權仲白的神情，從他的動作、表情，她能看得出來，權仲白已經快到頂峰了……

多年夫妻，她對他的身體還是足夠瞭解的，當權仲白漸漸加快了速度，呻吟聲越來越大、越來越劇烈的時候，蕙娘反而緩下了速度，她得意地瞟著權仲白，舌尖戲謔地在玉莖上下輕輕地滑動。這個不食人間煙火的神醫，如今已被她擺布得滿面潮紅、呻吟不絕，什麼淡然、出塵，全都被拋到了九霄雲外，他性急地頂著腰在她口中進出，鈴口溢出了絲絲鹹腥味兒……就在權仲白的眼睛死死地閉起來的那一刻，蕙娘一把捏住了他的命根子，得意地直起身來，輕輕衝鈴口吹了一口氣。

權仲白幾乎是從不怒吼的——看來今天他要破戒了。要不是蕙娘早有先見之明，用自己的重量把他死死地定在了床上，這回權仲白早就把她給掙開了，可即使是現在被她給壓制住了，權仲白也一反之前鼓勵的態度，粗喘著、不耐地掙扎了起來，抱怨道——

「焦清蕙，妳別太過分了！」

蕙娘在床上，何曾有過如此的威風？她幾乎高興得眉開眼笑——這種征服感，甚至比貨真價實的床笫之歡還能令她愉快，可她越是愉快，就越要故作淡然，手還牢牢地箝著玉莖根部呢，口中卻是雲淡風輕。「我就是忽然想起來，我去見焦勳的時候——」她本想說「我去見焦勳的時候，你應當同我一起去，畢竟，前人栽樹後人乘涼。這份功課本來是為他學的，最後占便宜的卻是你，就為這，你也該好好謝謝他」，要是在權仲白最失去自制的時候，用這麼一番話也無法從他身上壓榨出真心的反應的話，那權某人恐怕就是天生不會吃醋了……

可話還沒有說完，她僅僅才提到「焦勳」兩個字的時候，權仲白便發出了一聲貨真價實、不快的怒吼。蕙娘眼前一花，只覺得一股無可阻擋的大力，從她身下傳來，她壓根兒都沒來得及反抗，便已經被權仲白反壓到了身下。權神醫甚至都沒費事撩撥她的身體，不過是扯開了她的下裙，雙腿一分，輕車熟路只一挺，便全然沒入了她的身體之中。

也就是到了這一刻，蕙娘才明白過來：人家剛才那都是半推半就，和她玩情趣呢！真要拚武力，她根本壓不住權仲白！

不過，這種事在這個時候，也就是驚濤駭浪裡的一點小水花了：雖說權仲白進得粗魯，但卻並不艱難，蕙娘自己都有些臉紅——今晚她可是一心一意地服務權仲白，根本沒顧上自己，可就是這樣，她也已經是春潮氾濫了……當兩人終於結合在一起的那一刻，銷魂蝕骨的快感，頓時就席捲了她的全部理智。報復、得意、憤怒、不服輸，這些所有情緒，全被權仲白的玉莖給頂出了她的腦海，沒出口的話，被頂出唇瓣時，也變成了嬌媚的喘息。

「太……太大了，慢一點啦……」

可權神醫這回卻一點也不憐香惜玉了，他毫不留情地鞭撻著蕙娘的身子，每一次都退到了根部，再狠狠地撞到最深。這麼撞了十來下，蕙娘已經是雙眼發黑了——再這麼下去，沒一會兒，恐怕她真要交代了。以權仲白的戰鬥力來說，第一次交代得太早，到了後面幾次，她怕是只有討饒的分了……

蕙娘的神志，就像是被狂風巨浪捶打的堤壩，才這麼一會兒，就已經被頂得鬆鬆垮垮的，快散了架子。她凝聚起全身的力量，也不過是說了一句話。「郎中，你也疼疼我呀——」

此話壓根兒適得其反，權仲白的動作反而還更大了！蕙娘再堅持不了幾下，便再不能思考，她也顧不得計較自己發出了怎樣的聲音，是否有損自己的面子，顧不得她還在和權仲白賭氣，誓要逼出他的醋意，她什麼都顧不得了。她的世界裡只有權仲白，權仲白給予的空虛與飽滿，他的手落在她肩上，將她牢牢地摁在了當地，躲不開他徹底而粗暴的進犯，他在她耳邊輕聲呢喃著她聽不清的細語，這聲音被她和他的身體所發出的低吟給遮蓋得一乾二淨，還有……還有她在清醒時永不會承認的，她被權仲白逼出的高昂琴曲……

她怕得沒錯，第一次她交代得實在太早，女兒家的身子和男人不同，有過第一回小死，第二回、第三回來得就更輕易了。權仲白在她身子裡交代了一次，可卻未停止動作，就著愛液抽送了一會兒，便又再硬了起來。歡愉變成了銷魂蝕骨的折磨，不夠的同時卻又太多，蕙娘捂著臉，幾乎都要嚶嚶地哭了出聲，她被折騰得幾乎忘了一切，只有那似乎是永不停歇的進犯。太多了，她實在受不住，可又無法反抗，只能腰痠腿軟地任由權仲白擺布……

「太多了……」她幾乎要抽泣起來，淚水已經從她眼眶裡流過了，又乾涸了，權仲白一路進犯，燎出了難耐的星火，他故意在淺處停留，緩緩廝磨最為敏感的區域。「權仲白……太、太多了……」

權仲白維持著這磨人的動作，他俯下身來，在她耳邊說了幾個字。

蕙娘被磨得神魂顛倒，哪裡聽得明白？她真的要哭了。「我不知道……我聽不清……嚶嚶……別摩了……酥得厲害……」

權仲白的動作稍稍慢了一點，足夠她起碼凝聚出一些神志把他的話聽清，可蕙娘沒法理解，她理解不了，權仲白都快把她的腦子頂出來了，她只能輕聲重複權仲白的話。「什麼？李紉秋……李紉秋……是誰？」

權仲白似乎反而對她的愚鈍感到滿意，他輕輕地捋過了她臉上汗濕的鬢髮，咬住她的唇瓣輕輕地撕扯。

蕙娘張開口，等待著、邀請著，索求著他的吻，可權仲白又移了開去，他在她耳邊問了什麼，蕙娘又再費了好大的努力，才聽清他的說話。她的知覺已經模糊成了一團雲霧，權仲白的聲音就像是夢中的囈語，要聽明白得費老大的功夫。「你說什麼？誰……誰在——

嗯……誰在……我……」

權仲白又說了一遍，蕙娘終於明白了，她扭動著、呻吟著說：「你……啊！」

權神醫的動作陡然更重了一分，準準地擦過了她的敏感點，蕙娘的聲音化作了尖叫，她只能一遍遍地回答：「你——你——權仲白、權仲白、權——」

蕙娘連一根手指都不願意動了，但她依然沒法忍受自己躺在這黏乎乎的床褥上，更別提她周身上下沾染的各種液體——焦大小姐一直都是很愛乾淨的。她稍微平復了一點力氣，便捅了捅在她身邊閉眼調勻著呼吸的權仲白。

「我要洗澡。」她的嗓子都有點喊啞了。「壞郎中，抱我。」

壞郎中並未矯情，他痛快地把蕙娘抱進了淨房，讓她靠著自己站著，痛快地淋了些溫熱的水。

等兩人身上都乾淨了，他又體貼地把蕙娘抱向了備用的竹床，蕙娘在他肩上換了幾個姿勢，才覺得自己的腰好受了一點兒。

她累得過頭，反而有點睡不著，在權仲白懷裡躺了一會兒。

權仲白忽問：「妳滿意了嗎？」

蕙娘「嗯」了一聲，還有點遲鈍。「什麼滿意不滿意的？」

「妳不就是想看我吃醋嗎？」權仲白的語氣又淡了下來，他又是那個風輕雲淡的權神醫了。「醋也吃給妳看了，滿意了沒有？」

撫著瘦疼的腰眼，蕙娘陡然恨得又是牙癢癢的！這個人分明是早看穿了她的心思，只是一直不願配合，就吊著她玩呢！恐怕連最後的……的……都是他故意做出來哄她開心的。

「我——」她才要答話，權仲白的手忽然搭上了她的腰肢，蕙娘渾身一僵，雞皮疙瘩差點都起來了：再來一次，腰只怕真的就要斷了！好漢不吃眼前虧，要出口的答案被吞了回去，蕙娘輕聲細語地道：「再滿意不過了，夫君。」

權仲白的胸膛無聲地震動了起來。過了一會兒，他方又開口道：「焦勳那裡，想見就去見吧，老朋友了，見見也沒什麼的……讓桂皮陪妳去吧。」

有權仲白的心腹小廝陪著，就算他本人不去，焦勳也做不出什麼露骨的事來。權某人處事的手段，倒是日漸圓融，讓人挑不出毛病。蕙娘「嗯」了一聲，又揉著眼睛隨意問：「那你到底想不想我去？」

「我想不想，有什麼要緊？」權仲白也就隨意地答了。「難道妳還真會憑著我的想法做事？」

「你大可以試試看啊！」蕙娘卻也不給是或者否的簡單答案。

這一次，輪到權仲白發僵了。過了一會兒，他才嘆了口氣，低聲道：「雖說沒什麼道理，但我的確是不想妳去。這個答案……妳滿意嗎？」

蕙娘唇邊，終於躍上了微笑，她轉過身，把臉埋進枕頭裡。權仲白也不理會她，自己似乎是閉眼準備睡覺了。蕙娘還又等了一會兒，等到他那邊沒什麼動靜了，才輕輕地、小聲地對著枕頭說——

「我非常滿意。」

第二日，少夫人理所當然一整天都沒有下床。

第三天過了正午，她才在兩個兒子連番的追問聲中出現在飯桌前。

等到少夫人有心過問家務的時候，甲一號的峨眉春蕙，都已經謝了一半了。綠松來見她時，便漫不經意地提起。「這盆花都要謝啦，是否換個地方擺呢？」

蕙娘掃了階角一眼，不免微微一笑。「這花是要好好地養，可不能怠慢了。今年謝了，來年也還會再開的。」她便隨口分派綠松。「他既然送了花來，我們也不能不有所回禮。周家花房既然是做花木的，便送一些樹苗過去吧。」

「送哪幾種呢？」綠松問。

「就送一種吧……」蕙娘輕輕地嘆了口氣。「灞橋的柳樹是最有名的，替我送幾株過去，也算是還了情了。」

年年柳色，霸陵傷別。灞橋柳，本來就是離別的象徵。綠松不動聲色。「我這就去辦。」

蕙娘瞅了她一眼，倒是起了疑心，見綠松要走，她不免道：「回來——妳怎麼一點都不吃驚啊？」

「相見爭如不見，」綠松靜靜地說。「以姑娘的性子，不見他，也在情理之中。」

「既然如此，妳又何必這麼大張旗鼓地把花都送到甲一號來？這件消息報給我，然後把春蕙帶來，也就罷了——」蕙娘的聲音忽然一頓，她狐疑地瞟了綠松一眼。「妳是有意而為？」

綠松只是微微一笑。「有意無意，有什麼要緊？如今姑爺知道妒忌的苦惱，自然也會更加謹言慎行，更能體諒您的煩惱；而您也明白了姑爺對您的心意……既然是兩全其美，又何須在乎有意無意呢？」

蕙娘也不知是該惱怒還是該讚許，綠松自從爆出身分問題以後，的確已經喪失了她的一部分信任。這丫頭這是在展示自己察言觀色、體貼周到的能力，在爭取重回她的心腹位置呢！只是選的切入點，也實在是太敏感了一點，若是權仲白一直未曾坦露心意，自己少不得要遷怒於她了。

就是權仲白無意間順了綠松的期許行事，這也不是什麼大不了的事，為此嘉獎綠松，也有點小題大做……

摸了摸依然還隱隱泛疼的腰骨，蕙娘也有點裝不下去了，她想了想，到底還是嘆了口氣，惱怒地瞪了綠松一眼。

「別以為這就算完了！」她冷冰冰地說。「妳若表現不好，我隨時把妳打發回原來的位置去！」

綠松唇邊，終於出現了一抹衷心的笑意，她略帶頑皮地道：「把我打發回去了，誰為姑娘買灞橋柳？又有誰能為姑娘安排，讓姑爺再吃吃您的醋？」

「再吃醋？」蕙娘嚇了一跳，見綠松胸有成竹，似乎有了好幾個成形的計劃，捏了捏疼的腰骨，她忙搖手道：「綠松妳聽我說，買灞橋柳是要緊，吃醋什麼的，那就不必了！這種事也就是偶一為之，吃多了，他胃不好，也受不了——」

綠松再忍不住，噗哧一聲笑將出來。

蕙娘又是一怔，才明白自己被這丫頭給打趣了一把。饒是她素來城府深沈，也不禁面上一紅，惡狠狠地道：「綠松——」

長夏無事，天下太平，今日的沖粹園，也充滿了歡聲笑語……

機關算盡、局中有局之絕妙好手／玉井香

任何磨難，凡是殺不死她的，
終將化作她的養分，令她變得更強，
她就像懸崖上的花，牢牢抓著岩間的縫隙，
什麼風吹雨打都無法令她低頭！

天才廚藝美少女遇上天下最挑剔刁嘴的美少年

重生的試煉‧穿越的新鮮
人情的溫暖‧溫柔的情意
精緻烹煮的美食佳餚，佐以專一的愛情調味，
引得你食指大動、會心一笑……

文創風 108

豪門守灶女 7 完

國家圖書館出版品預行編目資料

豪門守灶女 / 玉井香著. --
初版. -- 臺北市 : 狗屋, 民102.07-
冊 ; 公分. --（文創風）
ISBN 978-986-328-109-2（第7冊：平裝）. --

857.7　　102011361

著作者	玉井香
編輯	黃淑珍
校對	黃薇霓　林若馨
發行所	狗屋出版社有限公司
地址	台北市104中山區龍江路71巷15號1樓
電話	02-2776-5889～0
發行字號	局版台業字845號
法律顧問	蕭雄淋律師
總經銷	知遠文化事業有限公司
電話	02-2664-8800
初版	102年8月
國際書碼	ISBN-13　978-986-328-109-2
原著書名	《豪门重生手记》，由北京晉江原創網絡科技有限公司授權出版

定價230元

狗屋劃撥帳號：19001626

網址：love.doghouse.com.tw　E-mail：love@doghouse.com.tw